지독한 현실주의자의 실전 멘탈 강화 프로젝트

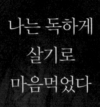

나는 독하게
살기로
마음먹었다

Mental Overcoming Solutions

나는 **독하게** 살기로 마음먹었다

초판인쇄	2017년 02월 25일
초판발행	2017년 03월 06일

지은이	권채민
발행인	조현수
펴낸곳	도서출판 더로드
마케팅	최관호 조재호 신성웅
표지＆편집 디자인	오종국 Design CREO
일러스트	서설미

ADD	경기도 고양시 일산동구 백석2동 1301-2
	넥스빌오피스텔 704호
전화	031-925-5366~7
팩스	031-925-5368
이메일	provence70@naver.com
등록번호	제2016-000126호
등록	2016년 06월 23일
ISBN	979-11-87340-23-2-03810

정가 15,000원

독 나는 하게 살기로 마음 먹었다

Mental Overcoming Solutions

권채민 지음

도서출판 **더 로드**
The Road Books

"나약한 당신을 위한 날카로운 솔루션"

이 책은 읽는 이의 현재 성향에 따라 매우 거칠게 느껴질 수도,
부드럽게 느껴질 수도 있다. 또한 읽는 이의 현재 기분에 따라 이해하기 어려울 수도,
심히 공감되어 술술 읽혀질 수도 있다.
이는 어디까지나 지금 이 책을 읽고 있는 당신의 몫이다.

　보통 자기계발 · 심리 관련 서적은 매우 긍정적인 조언과 따뜻한 위로의 말이 듬뿍 담긴 책이라고 생각하기 쉽다. 실제로 대형 서점의 자기계발 코너 에는 제목만 봐도 가슴이 따뜻해질 것 같은 책들이 즐비하다. 왠지 목차만으로도 힐링이 되는 것 같은 기분이랄까? 지나가는 발길을 묶어두고 한 장 한 장 페이지를 넘기게 만든다.

　그러나... 얼마 지나지 않아 느껴지는 배신감. 그 화려하고 거창한 제목에 티끌만큼도 보답하지 못하는 식상한 내용이 읽는 이의 고개를 절래 절래 흔들 게 한다.

　간혹 엄지손가락을 척하고 내밀며 감탄사를 연발하게 하는 책도 있다. 하지만 예쁘게 포장된 수많은 책들 사이에서 그런 진주를 찾아내기란 흡사 보물찾기가 연상 될 정도로 어려운 일이다.

필자는 본 책을 집필하기 시작했을 때 굳게 다짐하였다. '내 책은 기필코 유명 자기 계발 이론 · 심리학 이론들로만 꽉 꽉 채워 넣은 여타 관련 책들(혹은 서두에서 언급한 책들)과 차별화를 두겠노라 '고.

책을 출간한다는 것은 작가의 인생에 있어 매우 큰 기회가 아닐 수 없다. 그 소중한 기회를 '성의 없는 페이지 수 채워 넣기' 로 허비한다면 작가로서의 자존심이 용납 할 수 없지 않겠는가? 영혼을 파는 것과 다를 바 없는 일이다.

따라서 본 책은 여타 관련 서적들처럼, 따뜻한 감성을 느끼게 하지도 애써 위로의 손길을 내미는 척 하며 마음의 안정을 찾게 하지도 않는다.

오히려, 읽는 이에게 따끔한 일침을 가하고 그간의 잘못을 낱낱이 반성하게 한다. 심지어는 'ㅇㅇ하게 행동할거라면 차라리 포기하는 게 낫다' 고 얘기하기도 하며 실효성 없는 관계는 끊어버리고 마음에 심한 상처를 주는 사람에겐 과감히 반격을 가하라고 말한다.

지금 이 책의 머리말을 읽고 있는 당신. 만일 이 책을 통해 마음의 안정과 위안을 얻으려 했다면 지금 당장 책을 덮고 주위에 있는 수많은 자기 계발서 중 한권을 골라 읽는 게 더 나을 것이다. 굳이 당신의 소중한 시간을 허비할 필요가 없다.

책을 덮지 않은 당신, 계속 읽어나가자.

필자는 수년간 자기 계발, 대인 관계 관련 컨설팅, 세미나, 상담 등을 진행해오며 매우 흥미로운 사실들을 알게 되었다.

그중 몇 개만 소개해 보도록 하겠다.

1. 단지 공감하고 위로하는 방식은 설사 수강생 또는 내담자가 원하더라도 크게 실효성을 발휘하지 못 한다

2. 해결책을 제시하는 이의 지식만으로는 문제를 해결 하는 데 한계가 있다.

3. 때로는 상식을 뒤집는 해결책이 매우 효과적이다.

4. 의지와 상관없이 밀어 붙일 때 의외의 효과를 보는 경우가 많다.

이 외에도 여러 사실들이 있지만 굳이 소개하지 않더라도 이 책을 끝까지 읽고 나면 절로 깨닫게 될 것이다.

그렇다고 오해는 하지말자.

이 책에 담긴 내용이 감히 다가갈 수 없을 만큼의 큰 아우라를 지닌 것은 아니니까.

우리네 거칠고 험난한 현실을 이야기 하다 보니 직설적인 말투와

(비교적) 강력한 해결책을 제시하고 있을 뿐 그 핵심은 우리 모두가 충분히 공감할 수 있고 쉽게 깨달을 수 있는 내용들로 가득하다.

필자가 이 책에서 말하는 내용의 대부분은 실효성이 검증된 사실들을 기반으로 한다. '직접 체험하며 느낀 깨달음'과 '각종 세미나, 컨설팅, 상담 등을 진행하며 얻게 된 보석 같은 정보'의 종합적 산물이다.

이 책은 읽는 이의 현재 성향에 따라(정곡을 찌르는 조언처럼) 매우 거칠게 느껴질 수도,(진심으로 마음을 헤아려주는 조언처럼) 부드럽게 느껴질 수도 있다. 또한 읽는 이의 현재 기분에 따라 이해하기 어려울 수도, 심히 공감되어 술술 읽혀질 수도 있다.

이는 어디까지나 지금 이 책을 읽고 있는 당신의 몫이다.

자 그럼 시작해보자.

2017년 새아침에

저자 **권채민**

PS: 이 책은 읽고 싶은 챕터만 읽기보다 순서대로 읽기를 권하며 여러 번 반복하여 읽기를 권한다.
1독을 한 이후엔 읽고 싶은 챕터만 골라 읽어도 무방하다.

Contents | 차 례

RULE 04

내면의 구석 구석까지 완벽 정복하라 _ 143

RULE 01

[제 1 장]

강한 멘탈,
그 진실과 거짓을
구별하라

멘탈 강화란 무엇일까? 그 오해와 진실

강한 │ 멘탈. 과연 그 뜻은 무엇일까?

　　바로, 잦은 감정의 기복/ 타인(들)에 의한 휘둘림/ 자존감 하락 등등의 감정에 거의 영향을 받지 않는 상태를 의미한다. 혹자는 이보다 좁게 혹은 더 넓게 해석할지 몰라도 결국 위 의미에서 크게 벗어나지 않을 것이다.

　　필자는 본 저서를 통해 외부적 영향력(내면적 영향력과 반대되는 개념 EX: 대인관계/ 사회적 관계 등에서 파생되는 영향력)에 대응함으로서 스스로의 멘탈을 강화시키는 방법을 주로 다룰 것이며 대인관계의 개선을 통해 멘탈을 강화하는 새로운 전략을 소개할 것이다.

　　혹시 '멘탈 강화와 대인관계가 무슨 상관이지?' 라고 생각하는가?

만일 그렇다면 크게 잘못 생각하고 있는 것이다. 더 나아가 멘탈 강화의 의미를 '나의 정신 상태를 더욱 강화 시키는 일'로만 치부하였다면 첩첩산중에 들어가 강도 높은 정신훈련을 하는 편이 훨씬 나을 것이다.

멘탈이 약해지는 이유를 곰곰이 생각해보라. 대부분은 타인 또는 외부의 영향 때문이 아니던가. *소수의 뇌 관련 질환이 아닌 이상 대부분의 감정 상태는 타인 및 외부의 영향으로 인해 결정된다.*

여러분의 직장 상사, 동료, 지인, 친구, 가족, 고객 등등은 물론 그들과 함께하는 물리적 공간 + 정신적 공간 에서 벌어지는 일들이야말로 여러분의 감정 상태를 결정하는데 지대한 영향을 끼치는 주(主)요인이다.

따라서 멘탈의 강화를 논할 때 대인관계의 문제는 필히 거론되어야 함이 마땅하다. 아니, 반드시 짚고 넘어가야 한다. 그럼에도 다음과 같은 반문(反問)이 있을 수 있다.

'나는 그렇지 않은 것 같은데요? 왜냐하면 혼자 있는데도 한없이 우울해지고 나약해지기만 하거든요.' / '가만히 있어도 나 자신이 초라하기 짝이 없게 느껴져요.'

과연 그럴까? 혹시 현재 자신의 감정 상태를 잘못 파악하여 내린

'판단 오류'라고 생각해본 적은 없는가?

    필자의 지인 중에는 '가요는 자신 있는데 팝송은 영 부르기 힘들어.'라고 말하는 이가 있다. 놀라운 사실은 그가 알고 있는 팝송이 10곡이 채 안 된다는 것. 그나마 멜로디를 정확하게 기억할 수 있는 팝송이 두 곡 정도에 지나지 않는다.

    그는 팝송을 부르기 힘들어하는 게 아니다. 단지 아는 팝송이 많지 않기에 팝송에 익숙하지 않은 것뿐 이다. 그런데도 '팝송은 영 부르기 힘들다'고 말한다.

    참고로 그가 가사를 정확히 외운 가요의 수는 수십 곡 이상이다.

    마찬가지이다. '혼자 있으면 괜히 우울하기만 해요' 혹은 '슬픔에 빠져 한없이 나약해지곤 해요'라고 주장하는 이들은 하나같이 우울함이나 슬픔에 빠지는데 익숙하다. 그 반대의 경우에는 전혀 익숙하지 못하다. 그러다 보니(=우울함의 분위기에 빠져 허우적대는 것에 익숙하다 보니) 즐겁고 행복해지기 위해 무엇을 해야 할지 모르고 그 어떤 시도조차 해보지 않은 채 계속 부정적 상태에 머무르기만 한다.

    엄밀히 말하자면 그것은 우울한 게 아니다. 우울의 늪에서 나와 즐겁고 행복해질 수 있는 방법 을 모르는 것이다. 방법을 모르기에 '익숙한' 우울의 상태에 계속 머무르고 있는 것 아니겠는가. *팝송을 잘 알지도 못하면서 팝송이 어렵다고만 착각하는 필자의 지인처럼 말이

다.＊

　그래놓고선 '미치도록 우울해.' '아무도 나를 사랑하지 않아' '세
상엔 나 혼자야' 라는 식의 생각들로 스스로 만든 지옥에 자신을 안착
시킨다.

　'우울한 감정' 에 빠질 경우 스스로에게 냉정히 물어보길 바란다.
진정 우울한 것인지 행복해지는 방법을 몰라 우울함을 선택한 것인지.
　즐겁고 행복해지기 위한 일련의 여러 행동을 하였음에도 우울한 상
태가 전혀 나아지지 않는다면 그것은 '뇌' 가 보내는 신호일 수 있다.
'얼른 병원에 가봐!' 라며 말이다. 하지만 이러한 케이스는 극히 드물
다.

여기서 잠깐!

간혹 자신의 감정 상태를 알기 위하여 최면 혹은 그 비슷한 행위를 통해
'자신과 대화를 하라~' 는 식으로 유도 하는 이들이 있는데, 참으로 실소
를 금치 못할 때가 많다.

　이렇듯 '멘탈이 약화되는 이유' 도 혹은 '강화되는 이유' 도 외부적
인 환경의 영향이 절대적이라 할 수 있으며, 자동적으로 만들어진다고
생각했던 '감정 상태' 역시 익숙함이 불러오는 착각에 기인한 경우가
대다수이다.

다시 말하지만, 특정 질환이 아닌 이상 멘탈이 스스로 약해지거나 강해지는 일은 거의 있을 수 없다. 그러므로 대인관계 속에서 일어나는 크고 작은 일들에 올바르게 대응하여 적절한 대처방안을 찾는 것이야말로 멘탈을 강화하는 최선의 방법이라는 사실을 꼭 명심하길 바란다.

＊ 주변인들과의 관계 개선을 통해 자신의 입지를 굳혀나간다.
＊ (마음에) 상처를 주는 주변인들에 대한 대처를 연구하여 올바르게 대응한다.
＊ 객관적 입장에서의 감정을 파악하고 해당 감정을 올바로 활용하기 위한 방법을 찾는다.
＊ 틀어진 관계를 바로잡으려 노력함으로써 부정적 감정에 사로잡히지 않는다.
＊ 상대의 입장을 배려하고 이해함으로써 마음의 그릇을 넓힌다.

이것이 무엇인가? 대인관계 개선을 위한 과정이다. 이와 같은 행동은 대인관계의 혁신적 발전을 가져옴과 동시에 멘탈의 강화에 있어 더할 나위 없이 큰 도움 을 제공한다.

멘탈 강화를 어렵게 생각하지 말기 바란다. 올바른 대인관계 및 그에 따른 대처를 실행에 옮길 수만 있다면 멘탈의 강화는 따 놓은 당상이니까.

타인 및 외부의 영향력에 대응할 방법을 찾고 그것을 적용하여 현실을 이겨나가는 일.

이것이 바로 멘탈 강화의 첫 번째 법칙 이다. 그럼 강한 멘탈을 가진 이들의 특징을 살펴보자.

강한 멘탈을 가진 사람들의 공통점은?

우리는 │ 세상을 살아가며 수많은 사람들과 관계를 맺어간다. 이
는 그 누구도 피해 갈 수 없는 숙명이라 할 수 있다. 관
계 맺음의 능숙함에 따라 차이가 있을 뿐, 인간관계란 누군가에게는
행복이자 누군가에게는 불행 그 자체이다.

인간관계를 '스트레스'로 바라보는 사람은 관계 맺음에 능숙한 이
들, 다시 말해 대인관계에 능한 이들을 보며 '그 or 그녀는 (대인 관계에
있어) 웬만해선 상처를 받지 않을 거야'라고 생각하는 경향이 있다.

'나의 인간관계는 항상 상처투성이인데... 그래서 더 사람들한테 다가
가는 게 무서운데...저 사람은 전혀 그렇지 않은 것 같아....'

과연 그럴까? 대인관계에 능숙한 이들은 '잘 상처받지 않는' 유형의 인간일까?

결론부터 말하자면 '절대 아니다' 이다. 단지 상처받지 않는 것처럼 보일 뿐. 상처받지 않는 마음을 가진 사람은 존재하지 않는다.

필자 역시 '나는 상처받지 않는 마음을 가지고 있다' 라고 말하지 않는다.

그들 역시 지나가는 말에 상처를 받기도 하고 아픈 마음에 끙끙 앓기도 하며 누군가를 향한 '소심한 복수' 를 꿈꾸기도 한다. 그리고 관계의 틀어짐에 따른 걱정을 하며 자칫 소외되지는 않을까 두려워한다. 하지만 그들에겐 매우 강력한 능력이 있다. 그들을 다른 이들과 구별해주는 매우 강력한 능력 말이다. 바로, 관계에서 발생한 상처를 '상처' 로만 남겨두지 않는 특별한 능력.

그들은 관계에서 일어나는 수많은 부정적 상황, 상처와 아픔들을 응당 발생할 수 있는 '당연한 일' 로 생각한다. 또한, 해당 문제의 해결을 위해(혹은 해당 문제를 마음에 담아두지 않기 위해) 여러 가지 방법을 강구하여 실천에 옮긴다.

바로 이것이 그렇지 않은 이들과의 확연한 차이점 이다. 툭하면 서점으로 달려가 심리, 힐링 서적에 매달리거나 몇 시간이고 마음의 상처를 치유하는 방법 등을 검색하는 이들과 달리 그들은 관계에서 생긴 문제점을 면밀히 파악하고 그것을 해결하기 위한 '실질적인 방안'을 강구한다. 그리고 관계의 틀어짐을 바로잡기 위해 상대와 직접적인 조율을 하여 진정한 '관계의 발전'을 도모한다. 그렇지 못한 이들이 방구석에 앉아 눈물만 흘리고 있을 때 말이다.

이와 같은 실질적 대처가 그들을(타인들로 하여금) '대인관계에 능숙한 이들'로 보이게 만들고 실제로 그들의 대인관계 능력을 더욱 향상시킨다. *동시에 그들의 멘탈은 강화되어간다.*

시대를 뛰어넘는 최고의 명서 중 하나인 '한비자(韓非子)'에는 다음과 같은 예가 나온다.

송나라의 어느 농부가 밭을 갈고 있었다. 그런데 갑자기 토끼 한마리가 밭 한가운데 그루터기로 달려와 머리를 박고 죽는 게 아니던가? 운 좋게 토끼를 얻게 된 농부.

그 후 그는(농사는 손에서 놓은 채) 그루터기만 지키며 또 다른 토끼가 달려오기를 기다렸다.

대인관계의 상처로 마음이 아프고 괴로운가? 만일 그 상처, 괴로움을 그대로 간직하기만 한다면 예시 속 농부와 무엇이 다르겠는가? 시간이 지나면 아픈 마음이 가라앉겠지 라며 심리적 안정만을 추구하고 힐링(healing)만을 기대하는 것이 다른 토끼가 또 그루터기로 달려오겠지 라며 허송세월을 보내는 예시 속 농부와 무엇이 다르냐는 말이다.

물론 인간은 감정의 동물이다. 타인의 따뜻하고 정성 어린 손길이 필요할 때가 있다. 하지만 그것에만 의지하려는 습관에 젖어있다면 '진짜 문제'는 결코 해결되지 않을 것이다. 영원히.

착각에서 벗어나 현실과 마주 하길 바란다. '심리적 안정'과 '힐링'이라는 환상 속으로 도피하지 말고 현실과 부딪혀 방법을 찾아내고 이겨내란 얘기다.

멘탈의 강화는 그냥 얻어지는 것이 아니다.

장담컨대, 그렇지 않은 이상 관계는 물론 멘탈의 개선이란 있을 수 없다. 마음의 상처는 '무의식 속 흉터'로 남아 언제든지 의식으로 발현될 준비를 하게 될 것이다.

03

'자기 암시'로 멘탈을 강하게 만들 수 있을까?

자기암시 | [自己暗示]

　　　　　　'어떤 생각을 되풀이하면서 스스로에게 암시를 주는 행동'이라는 사전적 의미를 지닌 말이다.

　필자는 '자기암시'와 '멘탈 강화'의 연관성에 대해 자세히 말해보고자 한다.

　나는 잘 될 거야.

　나는 잘 할 수 있어.

　나는 내 삶의 주인이야. 나는 상처받지 않아. 등등.

　혼잣말로(혹은 상상으로) 마치 주문을 외우듯 말하며 스스로를 다독이는(?) 행위.

일반적으로 '자기암시'는 운동선수들이나 중요한 일을 앞둔 비즈니스맨들에게 매우 긍정적으로 작용한다고 알려져 있는데 실제로, 자기암시가 큰 효과가 있는지 그렇지 않은지 정확히 밝혀진 바는 없다. 그러나 '어느 정도의 도움은 될 수 있다'가 일반적인 견해라 생각한다.

필자는 이러한 자기암시가 '별 효과가 없다'고 생각하지 않는다. 다만, 멘탈 강화와 자기암시를 혼동하는 일은 없어야 한다고 말하고 싶다.

멘탈은 외부의 영향력에 대응(혹은 반응) 함으로서 강해지는 성질을 가지고 있다. 우리는 각기 한 명 한 명의 사회 구성원으로서 그 안에 속한 타인들에게 영향을 받거나 준다. 이러한 과정에서 타인의 영향력에 압도당할 때 즉, 나의 영향력이 매우 작아짐을 느낄 때 두려움, 불안 등의 감정은 싹트기 시작한다.

외부의 환경을 극복하지 못하는 상태 역시 두려움과 불안을 창출한다. 그 어떠한 외부적 영향력(타인의 영향력 + 환경의 영향력)도 존재하지 않는 상태에선 뇌 관련 질환이 있지 않는 이상 불안, 두려움 등의 감정이 파생될 리 만무하다는 얘기다.

에덴동산(성경 속에 나오는 인류 최초의 낙원)이 실존한다면 그곳이야말로 불안과 두려움이 없는 세상일지도 모르겠다.

외부의 영향력은 곧 한 개인의 감정적 상태를 좌지우지하는 절대적인 위치 에 있다 해도 과언이 아니다. 흔히들, 어마어마한 수행을 통해 열반(nirvana)의 경지에 오르고자 하는 승려들이나 구루(guru)들이 내부의 자신과 싸운다고 알고 있는데 이는 크게 잘못된 생각이다. 그들은 외부의 영향력이 자신의 내면에 혼돈(chaos)을 일으키지 못하도록 수련을 한다. 엄밀히 말하자면 그들이 말하는 '내면의 평화'는 외부의 영향력에 대항하여(=외부적 요인에 영향을 받지 않기 위한 투쟁/수련을 통해) 진정한 마음의 평화를 이룩하는데 있다.

여기서 잠깐!

성경을 보면 예수가 광야에서 40일 동안 악마와 사투를 벌이는 장면이 나온다. 필자는 이를 계속되는 사탄의 유혹에 굴하지 않음으로써 스스로를 강화한 훈련이라 생각한다. 신(神)이지만 인간의 몸으로 세상에 내려온 그가 '인간적 한계'를 극복하기 위해 택한 트레이닝. 여기서의 '외부적 영향력'은 악마의 유혹이다.

이 일을 통해 인간적 한계를 극복한 예수는 한층 더 성숙해지지 않았겠는가. 결국 외부적 영향력에 직접 대항함으로써 스스로를 강화하였다 봐도 무방하다.

그런데 일부 '심리' '멘탈' '힐링' 관련 서적들은 내면을 다독이고 힐링 하면 자동적으로 멘탈이 강해지는 것처럼 이야기한다. '외부적 요인쯤이야 내면을 다스리기만 하면 해결되지'라는 식으로 쉽게 치부한다. *이는 아마 많은 독자들을 확보하기 위한 전략이 아닐까 싶다.*

그래서일까??

내면을 다스리고 치유하기 위한 각종 요법, 운동 등등에 몰두하는 현대인들이 늘어나고 있는 게 이상하지만은 않다.

단호하게 말하겠다. 자기암시는 외부적 영향력에 대응하는 힘을 가지고 있지 않다. 단지, 외부적 영향력에 대응하기 위한 준비운동일 뿐이다. 다시 말해, 외부적 영향력에 대항 할 수 있게끔 긴장을 풀어주는 역할 정도만 한다는 의미다. 따라서 자기 암시는 모든 상황을 시원하게 해결하는 '마법의 주문' 이 결코 아니다.

멘탈의 강화는 외부적 영향력에 정면으로 대응하는 행동을 통해 이루어진다. 직접 행동하여 상황에 직면하지 않고서 멘탈의 강화를 바라는 것은 너무나 어리석은 짓이 아닐 수 없다.

필자는 대인관계에서 발생하는 수많은 문제들에 직접적으로 대응하라고 주야장천 외친다. 그리고 그에 따른 실제적 방법들을 전하고 있다. 왜? 언급하였듯이 '멘탈을 성장시키는데 이만큼 좋은 게 없기 때문' 이다.

타인이 여러분의 마음을 아프게 하는가?

그와 직접 맞닥뜨려 문제의 본질을 찾아 해결점을 강구하라. 타인으로 인해 연약해질 수 있는 멘탈을 강화시키는 유일한 방법이다.

주변의 상황들이 여러분을 힘들게 하는가?

상황을 거시적으로 바라보고, 해당 상황이 여러분에게 줄 수 있는 이점을 파악하라. 힘든 상황을 새로운 기회로 재탄생 시키는 것이다. 그 과정을 통해 멘탈은 더할 나위 없이 강해진다.

더불어, 이 책에서 소개될 방법들로 인해 여러분의 멘탈은 한층 더 업그레이드 될 것이다.

기회가 된다면 자기암시를 통해 성과를 이루었다고 주장하는 수많은 이들의 사례를 면밀히 살펴보길 바란다. 그들에게 있어 자기암시는 외부적 영향력에 직접 대항하는 행동 혹은 훈련을 하는데 도움을 주었을 뿐 성과에는 결정적 영향을 미치지 못했다는 사실을 알 수 있을 것이다.

수영 천재 '펠프스', 골프 천재 '타이거 우즈' 등등이 말하는 자기암시는 그들의(상상을 초월하는) 노력이 결실로 이어질 수 있도록 해 준 도구 그 이상 이하도 아니다.

자기 암시가 여러분의 행동력을 강화해줄 수 있다면 얼마든지 활용하라. 단, 자기암시만으로 멘탈을 강화할 생각은 꿈도 꾸지 말기 바란다. 움직이지 않고 얻는 것은 아무것도 없다.

여러분이 지금까지 구입한 여러 심리/힐링 관련 서적들을 떠올려 보라. 심리적 문제가 깨끗이 해결되던가? 나약한 멘탈이 강화되던가? 읽을 때는 마음이 진정되는 것 같지만 얼마 있지 않아 원래의 상태로 돌아오지는 않던가?

'긍정적 사고'의 함정을 조심하라!

흔히들 | '긍정적인 생각은 긍정적인 행동을 불러온다' 말한다. 완전히 틀린 말은 아니다. 반은 맞고 반은 틀렸으니까. 긍정적인 사고, 긍정적인 행동, 긍정적인 습관. 정말 듣기 좋은 말들이다.

'긍정'이라는 단어가 풍기는 분위기만으로도 기운이 솟아날 것 같은 느낌이다. 그러나 지나친 '긍정적 사고와 행동'이 오히려 삶을 망칠 수 있다는 사실, 혹시 알고 있는가?

필자는 이를 '긍정'의 세뇌라고 말하고 싶다.

여러분은 알게 모르게 모든 생각, 행동을 긍정적으로 해야 한다는 무언의 압박을 받고 있다.

모든 매체에서 긍정, 긍정, 긍정이라며 떠들고 있으니…… 사실, '긍정'이라는 단어만큼 만능열쇠와도 같은 단어를 찾아보기 힘들다. 누군가 고민을 토로한다 하자.

'요즘 너무 힘들어요….' '행복해지고 싶어요'
'고민이 없는 세상에서 살고 싶어요..'

자, 여기에 '긍정'이라는 만능열쇠를 이용해 볼까?

'너무 힘들어요.' → 긍정적인 마인드를 가져보세요.
'행복해지려면 어떻게 해야 하나요' → 긍정적인 생각으로 삶에 임해 보세요.
'고민이 너무 많아요.' → 문제를 부정적으로 바라보지 말고 긍정적으로 바라보세요.

짜잔! 그럴듯한 답변으로 변신! 전문가의 손길이 느껴진다.
동시에, 이만큼 성의 없는 답변 또한 없을 것이다.

우리의 삶은 부정적인 면과 긍정적인 면이 뒤섞여 있다. 쉽게 말해, 슬픔과 행복이 뒤섞여 있다는 얘기다. 어느 한 면만이 존재하는 삶이란 결코 있을 수 없다. 지나치게 긍정적 사고만을 강조하는 삶의 추구는 우리네 삶 속에 엄·연·히 존재하는 '부정적 상황'을 애써 외면하는 것과 다를 바 없다.

이는 마치 '나는 쨍쨍한 햇살이 눈부시게 빛나는 낮이 좋아요. 밤은 너무나 싫어요!' 라며 애써 밤을 부정하는 것과 같다. 밤이 되어도 '지금은 밤이 아냐! 낮이야 낮!' 이라며 스스로를 억지 세뇌 시키는 행위와 비슷하다고 할까??

인간이 영위하는 모든 것은 상대적이다. 악(惡)이 있어야 선(善)이 있을 수 있고 긴 것이 있어야 짧은 것이 있을 수 있으며 낮이 있어야 밤이 있을 수 있다. 마찬가지로, '부정'이 있어야 '긍정'이 있을 수 있다. 그러나 (지나친) 긍정 주의자 들은 이 지구에 오직 긍정만이 존재하는 냥, 긍정을 외쳐댄다. 그것도 아주 지겹게 말이다.

만일 여러분이 삶 속에 존재하는 '부정성'을 외면한 채 살아간다면, 이내 자기 합리화라는 괴물이 만든 망상 속에 빠져 사는 비현실적 인간이 될 것이다.

쉽게 예를 들어 보겠다. 번번이 여러분을 괴롭히는 동료(혹은 지인)가 있다고 하자. 그는

'어이~오늘 스타일 죽이는데? 딱 10년 전 스타일이야~'

'일을 그따위로 하고도 월급을 받아? 다른 사람들한테 미안하지 않아?'

'너 같은 녀석이 애인이 있다니.. 분명 네 애인은 정상이 아닐 거야~'

라며 사사건건 여러분에게 모욕감을 선사한다. 본 서적의 후반부 내용을 접하게 되면 알겠지만 이와 같은 상황은 '문제를 유발하는 이'와 직접적인 대면을 통해 해결 하지 않는 이상 답이 없다. 그럼에도

'그래! 저 친구(여러분에게 모욕을 시전 중인 상대)도 분명 좋은 녀석일 거야!'

'내가 좀 더 이해하고 착하게 대하다 보면 언젠가 저 친구도 알아줄 때가 오겠지.'

'긍정적인 생각/명상 으로 마음을 다스리자!!' 라는 식으로 행동한다면......

분명하고 확실하게 말해두겠다. 이와 같은 생각은 긍정적 사고가 아닌 '현실 도피적 사고' 다.

스스로에게 솔직히 물어보라. 삶에서 마주하는 여러 부정적 상황(들)을 맞닥뜨리기 두려워하고 있지는 않은지. 그래서 '긍정적으로 생각하자' 라는 각성하에 '현실 도피' 를 합리화 하고 있지는 않은지. 만

약 그렇다면 여러분은 현재 '긍정적 마인드'라는 기차를 타고 현실 저 너머로 도망치고 있는 중이다.

물론 긍정적 사고가 무조건 잘못되었다는 얘기는 아니다. 긍정적 사고는, 삶을 보다 행복하게 이끌어줄 요소를 충분히 갖추고 있으니까. 하지만 모든 상황을 지나치게 긍정적으로만 대하는 태도는 해당자를 비겁한 도망자로 만든다. 나약한 변명꾼으로 만든다. 긍정적인 사고는, 현실적 문제에 맞닥뜨린 후! 그에 따른 확신을 가져야 할 때 다시 말해, 결과에 따른 확신을 가져야 할 때 비로소 그 빛을 발한다.

최고의 운동선수들이 가지고 있는 '긍정적 사고'를 생각해보라. 그들은 '노력의 결과'에 대한 확신을 긍정적 사고를 통해 유지한다. 그간의 노력들이 값진 결과를 안겨줄 것이라는 확신을 '긍정적 사고'를 통해 굳건히 한다는 얘기다.

> **ex**
>
> "이렇게 훈련해서 금메달은커녕 메달이나 딸 수 있을까...??"〈X〉
> "최선을 다해 훈련했으니 반드시 이에 걸맞은 최고의 결과가 따라올 거야!!"〈○〉

만약 여러분이 '모욕감을 선사하는 상대'를 향해 적절한 대처를 했다 하자.

(ex: 추후 그러한 언행을 펼치지 못하도록 따끔한 반격의 한마디를 던지는 대처)

그 후,' 내가 너무 심했나?' '행여, 저 녀석이 마음에 상처를 받으면 어떡하지?' '나를 안 좋게 생각하면 어쩌나..' 라는 식의 걱정(=부정적 생각)이 마음을 흔들어 놓는다면?

'나는 다른 이로부터 무시/모멸/모욕 등등을 당하지 않기 위해 적절한 대처를 했을 뿐이야'

'나는 쓸데없는 걱정에 휘둘리지 않아.'

'어떠한 문제가 닥쳐도 해결해낼 자신이 있어!'

라는 긍정적 확신(=사고)을 통해 어느 정도 마음을 다잡을 수 있다. 결과에 따른 여러 부정적 생각이 여러분을 휘감지 못하도록 말이다.

'선(先) 행동' → 긍정적 마인드를 활용한 '후(後) 사고'

'긍정적인 사고/생각/마인드' 란 이와 같이 활용해야 한다. 아무런 행동도 하지 않은 채 오직 긍정적인 사고만으로 문제를 해결/타파하려는 것은 현실 도피행위나 다름없다는 사실을 반드시 명심하길 바란다.

핵심 → 부정적인 상황은 일단 직접 맞닥뜨려 해결점을 찾아라! 그리고 자신이 행한 행동에 확신을 부여하라. 긍정적 사고를 통해.

　부정적 상황은 현실의 문제를 똑바로 직시할 수 있는 기회를 제공한다.

　현실적이고 객관적이며 합리적인 사고에 입각해 '긍정적 사고'를 현명히 활용 할 수 있는 지혜를 갖추어야 함을 잊지 말기 바란다. 이에 있어 본 서적이 큰 도움을 줄 것이라 생각한다. 계속 읽어 나가보자.

RULE02

제 2 장

구닥다리
심리 상식을
박살내라

성격은 바뀌지 않는다고??
성격 · 성향은 반드시 바뀐다!

필자가 | 아는 한 지인이 있다. 그녀는 '여장부'라 할 정도로 활발한 성격과 웬만한 남성 저리 가라 할 정도의 큰 배포로 다른 지인들 사이에서도 그 명성이 자자하다.

어느 날 필자는 우연치 않은 계기로 그녀와 대화를 나누게 되었다. 그녀의 여장부 같은 성격을 익히 알고 있는 탓에 그 기(氣)에 눌리지 않으리라 다짐한 채 그녀와 마주 앉아 대화를 시작하였는데... 이게 웬일인가. 내가 알고 있던 그 '기 센 여성'은 어디에도 없었다. 수많은 사람들을 호령하며 용맹함(?)을 내뿜던 그녀는 온데간데 없었다.

상대를 배려하는 조심스러운 한마디 한마디와 매우 예의 바르고 단아한 태도. 오죽했으면 순간, '혹시 나를 이성적으로 좋아하는 것은 아닌가?'라고 생각하였을까. 마치 다른 사람을 대하는 것만 같아 놀란 필자는 그녀에게 직접 물어보았다.

'제가 알고 있는 OO씨는 매우 활발하고 호탕하신 분인데 오늘은 정말 의외네요. 혹시 저와 대화를 나누는 게 불편하신가요?'

수줍게 웃으며 그녀는 대답했다.

'그런 거 아니에요. 제가 원래 사람들 앞에서는 (일부러) 좀 나대는 경향이 있어서 아마 그렇게 보이지 않았나 싶네요.'

'네?? 그럼 지금까지 제가 알고 있던 OO씨의 모습은 주변 사람들을 의식한 가식적인 OO씨였던 건가요?'

'어떻게 보면 그럴 수도 있어요. 그런데 그것도 제 모습 중 하나가 아닐까요?'

추후 필자는 그녀와의 대화를 회상하며 다음과 같은 결론을 내렸다.

'그녀는 타인들에게 무시/멸시 당하는 것을 몹시 두려워하고 있기에 타인들 앞에서 일부러 당당한 모습을 내 비치고 스스로를 방어한다. 타인들이 자신을 공격(놀림/ 무시)할지도 모른다는 두려움이 그녀 자신으로 하여금 더욱 활발한(혹은 공격적인) 성향의 페르소나를 창조해냈다.'

얼마 후 필자는 결론을 전달하였고 그녀는 이렇게 대답하였다.

'네, 맞아요. 저는 누군가에게 무시당하거나 놀림당하는 상황을 견딜수가 없어요. 정말... 그보다 더한 치욕은 없을 정도로 말이죠. 그래서 생각했어요. 나 스스로가 마치 '사내대장부' 처럼 행동한다면 아무도 나를 무시할 수 없을 거라고. 정말 그렇더군요. 오히려 제가 남들을 무시하거나 놀리면 놀렸지 감히 아무도 저를 무시하지 않았어요.'

필자는 그녀에게 물었다.

'그렇다면 지금처럼 개인적인 대화를 나누는 경우는 왜 다르게 행동하시죠??'

'글쎄요. 왠지 여러 명이 있을 때의 분위기와는 사뭇 달라서라고 할까? 여러 명이 있을 때는 누가 어디서 어떻게 나를 공격(놀림/ 무시)해올지 모르잖아요? 그런데, 단둘의 대화는 그렇지 않으니까, 좀 더 편하게 대화를 나

눌 수 있는 게 아닐까 싶어요.'

　본 예시에서의 '공격'은 언어적 혹은 정신적인 공격을 의미한다. 쉽게 말해 듣는 이 에게 상처가 될 수도 있는 막말/ 예의 없는 언행/ 놀림 등을 의미한다.

　자, 이 예시를 보며 어떠한 생각이 들었는가?

　필자는 예시 속 그녀를 '이중인격'이나 '철면피', '가식덩어리'와 같은 용어로 비하하고 싶지 않다. 오히려 '처세술의 달인'으로 칭하고 싶다. 만일 그녀가, 사람들에게 마냥 순진하고 착하게만 대했다면 불안해하던 걱정(타인들로부터의 무시)은 여지없이 수면 위로 드러나 그녀를 향해 무차별 폭격을 가했을지 모른다.

　그녀는 자신의 행동에 변화를 가함으로써 스스로를 강화하였다. 많은 사람들이 자신의 불안, 걱정, 고민으로 아무런 행동도 하지 못한 채 고개 숙이고 좌절하기만 할 때 그녀는 스스로의 해법을 찾아 훌륭한 성과를 내고 있었던 것이다.

　그렇다고 타인들에게 항상 독설을 내뱉으라는 얘기는 아니다. 자신의 나약함을 개선하는데 있어 적극적인 행동을 취한 그녀의 발전적 사고에 포커스를 맞추기 바란다.

　아마 여러분 중 다수는 다음과 같은 생각을 할지도 모르겠다.

'그래도 원래 성격이라는 게 있는데 원래 성격을 무시한 채 아닌 것처럼 행동하면, 언젠가 그에 따른 자괴감이 생겨나지 않을까요?'

'사람은 원래 잘 안 변해요~ 그녀도 결국 제품에 지칠 거예요.'

'사람 성향이라는 게 다짐만으로 쉽게 변한다면 세상 사람들 모두 좋은 사람만 있게요?' 등등.

이는 성격 · 기질 · 성향은 태어날 때부터 어느 정도 정해져있고 그것은 DNA에 각인이 되어있는 요소이기에 바꾸는 것이 불가능하다는 관점에서의 주장인데,(혹은, 환경적으로 성격을 어느 정도 바꾸는 것은 가능하지만 완전히 다른 사람이 될 수 있을 정도로 바꾸는 것은 불가능하다는 주장이거나.)

'성격은 이미 유전적으로 결정이 된 것이므로 변화될 수 없다' 라는 식의 주장은 이미 수십 년간 주류로 인식되어온 사고방식이다.

여러 경로를 통해 '성격 유전' 에 관한 자료를 찾아보길 바란다.(수십 년간 주류로 인식되어 온) 관련 자료들이 쏟아져 나올 것이다. 더군다나 오래 전 '성격' 에 관련된 주제로 편성된 국내의 한 방송 프로그램에서도 '주류' 의 주장들과 사례들을 예로 들어 마치 '성격은 유전 된다' 가 100% 맞는 말인 양 방송이 된 적이 있기에 '성격의 불변성' 이 정설인 듯 보여 질 수 있다.

그러나 위와 같은 관점이 '실제 사례 연구' 는 물론, 더욱 치밀하게 밝혀지고 있는 '유전학 연구'를 통해 '그렇지 않다'라는 쪽으로 바뀌고 있다는 사실을 아는가?(이를 '후성 유전학' 또는 '후생 유전학'이라고도 한다. 현재 각광받고 있는 분야이다.)

인간은 DNA에 각인된 대로 살아가는 'DNA의 꼭두각시'가 아니라 스스로 DNA를 변화시켜나가는 주체(主體)라는 사실이 속속들이 밝혀지고 있다는 것.

더욱 궁금한 이들은 '후성 유전학' 관련 책/자료들을 찾아보길 바란다.

사실, 필자의 경우 성격은 정해져 있다는 식의 관점을 고수해왔다. 성격이나 성향은 어느 정도 고정되어 변하지 않는 것이므로 주어진 성격과 성향을 최대한 좋은 쪽으로 활용하자는 주의.

그러나 많은 사람들을 코칭 하는 과정 및 그들이 변화되어가는 과정을 쭉 지켜본 결과 '성격/성향/기질은 결코 정해져있는 것이 아니다'라는 사실을 직접 확인하였고 필자 스스로의 변화를 통해 체험하기도 하였다.

성격이 부모의 성격과 비슷해 보이는 이유는, 부모의 성격 관련 유전자가 심어졌기 때문이 아니라 부모의 행동, 습성을 학습한 결과이다. 성격, 기질, 성향은 어느 순간 완성된 것이 아니다. DNA에 각인되어 더 이상 변형이 불가능한 것은 더더욱 아니다.

지금도 만들어져가고 있는 '진행형' 이자 무궁히 발전할 수 있는 가능성을 내포한 '발전 가능 형' 이다. *이에 관련된 실제적 사례들은 무수히 존재한다.*

행여 지금 이 순간에도 '나의 성격은 _하다/ ㅁㅁ하다' 고 단정 짓는다면 무궁한 가능성을 무시하고 있는 것이나 다름없으며 변화하지 않고 머무르기만 하려는 자기 합리화적 사고를 인정하는 것과 다를 바 없지 않을까?

성격, 성향이란 우리의 수많은 선택들과 각각의 선택에 따른 행동에 따라 일시적으로 결정되는

'임시 거처' 일 뿐이다. '영구히 정착되는 것' 이 아니라는 사실을 꼭 명심하길 바란다.

여기서 잠깐!

그럼에도 필자는 독자들의 이해를 위해 '_성향/ _성격/ _유형' 이라는 표현을 가끔 사용하는데 이를 '해당인의 성격이 변화하지 않을 것이다' 는 의미로 받아들이지 않기 바란다. 단지 읽는 이의 편의를 위해 사용하였을 뿐이다.

그럼 다시 예시 속 그녀의 경우를 볼까? 그녀는 변화되고자 하는 열망을 특정 행동(=자신감 넘치는 행동)을 통해 현실화해 나갔다. 이는 그녀

스스로가 노력을 통해 '성향 변화'에 성공하였다고 말 할 수 있다.

만일 '나는 원래 성격이 _해서 못해.' '나는 선천적으로 _한 성향이어서 불가능해'라는 고정관념이 그녀를 사로잡았다면 어땠을까?

그녀의 불안은 점차 그녀를 옥죄였을 것이고 발전 가능성은 정지 상태가 되었을지 모른다.

여러분은 누군가로부터 정해진, 누군가가 원하는 인생을 살아가는 삶의 객체(客體)가 아니다. 스스로가 원하는 대로 모든 것을 변화시킬 수 있는 주체 그 자체이다. 되고 싶은 성격, 성향 모두 다 손에 거머쥘 수 있는 삶의 주인이란 얘기다. 필자는 그러한 열망이 있는 이들에게 도움이 될 수 있는 방법을 전해주고 있으며 본 책을 통해 열망이 있는 이들과 함께하고 싶은 마음이다.

열망은 도전을 낳고 도전은 결과를 낳는다.

PS

후성 유전학은 최근 각광받고 있는 학문/과학으로서 아직 그 명확한 근거가 100% 밝혀지지는 않았음을 알린다. 그럼에도 필자가 '후성 유전학'적 견해를 강력히 주장하는 이유는 필자 개인의 경험들과 그것을 토대로 한 연구를 신뢰하고 있기 때문이다. 또한 수많은 관련 자료들로 미루어 볼 때 추후 '후성 유전학'을 뒷받침하는 증거들이 쏟아져 나올 것을 예상하고 있기에 필자는 이와 관련된 사항들을 믿어 의심치 않는다.

02

심리 상담의 치명적 문제점을 파헤치다

많은 │ 이들이 심리적 문제로 인해 상담사/ 치료사 등을 찾는다.
'왠지 모르는 공포증을 가지고 있어요.' '사람들과 사귀는 것이 너무 힘들어요.' '이유 없이 불안해요' 등등.

　필자는 이러한 문제들에 있어 여러 치료법이 존재한다고 믿는다. 더불어, 단 하나의 방법만으로 치료가 가능한 심리적 증상은 없을 것이라 확신한다. 본 챕터에서는 그 중 유난히 많이 시행되고 있는 '퇴행식 치료법'에 대해 얘기(비판)해 보고자 한다.

　퇴행 식 치료란 현재 증상을 유발한 원인을 찾고자 여러 가지 방식(최면, 비 최면, 단순 상담)등을 동원하여 과거로 퇴행하는 치료법을 의미한다. 우리가 잘 알고 있는 '과거로의 퇴행을 통한 최면 치료' 정도로 생각하면 이해하기 쉬울 것이다. 이는 그 유명한 정신분석학의 대가 '프로이트(Sigmund Freud 1856~1939)' 박사가 애용한 방법으로 현재도 많은 관련 분야의 상담사들이 선택하고 있는 방법이기도 하다.

현재는 세분화되어 각기 다른 이름들로 불리기도 하지만, '퇴행 방식' 이라는 점에서 본다면 거의 같다고 생각하면 된다.

십 수 년을 대인 관계적 문제로 인해 고민해오던 A라는 사람이 있다. 수많은 자기계발 서적 혹은 세미나 참여를 통해 해당 문제를 해결하려 하였으나 그의 문제는 언제나 제자리걸음. 결국 전문 심리 상담가를 찾아간다.

심리상담가는 그에게 '과거로의 퇴행' 을 통해 문제의 근원을 찾아보자 제안한다. 푹신한 소파에 누운 A는 살포시 눈을 감고 심리상담가의 지시에 따라 과거로의 퇴행을 진행한다. 1년 전, 5년 전, 10년 전의 특이한 사건들을 하나하나 떠올리며 당시 감정을 새삼 다시 느끼기 시작하는 A. 웃기도 하고 눈물을 흘리기도 하는데......

과정이 종료된 후, 심리상담가는 A에게 이야기한다.

'수년전 큰 충격적으로 다가왔던 00한 일이 원인이군요..

현재 그 문제가 마음속 깊이 남아있기에 계속 A 씨를 괴롭히는 것 같습니다..'

이제 A는 자신이 겪고 있는 문제의 원인을 알게 되었다. 그리하여 심리상담가의 조언에 따라 해당 트라우마를 없애는데(혹은 고치는데) 총력을 다하기 시작한다. 자신의 문제가 해결될 것이라는 확신(?)과 함께. ※ 트라우마(trauma): 정신적 외상(外傷) ※

아마도 A는 매우 기뻐할 것이다. 해당 문제가 해결되면 자신이 겪고 있는 문제가 말끔히 해결될 수 있을 것이라는 생각에 말이다.

일단 이에 대해 본격적으로 논하기 전, 여러분이 알아야 할 사실은 필자는 심리적 문제가 있는 이들을 치료하는 일을 하지 않는다는 것이다. 놀랐는가? 필자는 심리 상담가, 치료사가 아니다. 필자는 발전 가능성을 발견하여 그가 더 나은 방향으로 나아갈 수 있도록 최적의 동기부여 즉 '코칭'을 하는 사람이다. 또한 필자는 (일반적으로 시행되고 있는 심리적 치료들은 물론) '퇴행 식 치료'를 그다지 신뢰하지 않는다.

'왜 퇴행식 치료를 신뢰하지 않지?'

주의 깊게 잘 읽어보길 바란다, 예시에서 보았듯 퇴행 식 치료는 내담자(=상담을 받는 사람)가 경험하였던 비극을 재차 '간접 경험' 하도록 유도한다. 이것이 과연 올바른 방법일까?

예를 들어 여러분이 15년 전 부모로부터 심각한 학대를 당한 경험이 있다 하자. 해당 경험은 분명 15년 전의 여러분에게 매우 큰 정신적 상처를 남겼을 것이다. 이는 마음속 깊이 트라우마로 각인되어 인격·성향·성장 등에 매우 큰 영향을 미친다. 여기까지는 누구나 동의하는 부분일 것이다. 그러나 문제는 이제부터다.

긴 기간 동안 내담자는 스스로 해당 문제(트라우마)를 해결하였을 수도 혹은(마음속에서) 지웠을 수도 있다. 물론 계속 간직한 채 살아갈 수도 있겠지만 마치 어제의 일처럼 100% 생생히 기억하며 살아가지 않는다는 사실 만큼은 확실하다.

단! 어마어마하게 끔찍한 일이라면 평생 어제의 일처럼 생각하며 살아갈 수도 있다.

퇴행 식 치료를 통해 과거로 후진(?)하여 해당 트라우마와 마주하게 된다면 우리의 뇌는 기억 속에서 거의 삭제되었다고 인식했던 혹은 완벽히 삭제되었다고 인식했던 당시의 끔찍한 경험과 다시금 만나게 된다.

판도라의 상자가 열린다고 생각하면 될 것이다. 그리고 이는 뒤에서 더 자세히 다룰 것이다.

'결코 마주하고 싶지 않은 재앙과 또다시 마주치게 되는 끔찍한 경험 일 수밖에 없다. 설상가상으로 뇌는 당시의 감정, 기분 등등을 생생히 '현실감각화(現實感覺化)' 하기 시작한다.

'이게 현실이야 상상이야? @_@' 라며..

최면치료 중 감정에 북받쳐 울거나 화를 내거나하는 이들을 보면 잘 알 수 있다.

'트라우마의 근원 찾기' 가 '끔찍한 경험의 재탕' 으로 돌변한다는 얘기다.

한번 생각해보길 바란다. 몇 년 전 당한 교통사고를 다시 똑ㆍ같ㆍ이 당하게 된다면 기분이 어떨지.

여러분의 뇌는 당신에게 소리칠 것이다. '그만해!! 애써서 지워가고 있는 기억인데, 왜 굳이 다시 꺼내는 거야??!?!?' 라며. *이는 의식적으론 느낄 수 없다.*

자 그렇다면, '고통의 재 경험' 이라는 험난한 과정을 동반한 '퇴행식 치료' 가 효과가 있기나 할까? 이는 여러 의견이 분분하지만 필자의 개인적 입장은 '글쎄올시다' 이다.

행여 현재의 문제가 해결되었다 하더라도 다시금 터치 당한 트라우마는 또 다른 문제를 유발할 수 있기 때문이다. '혹 떼려다 혹 붙이는 격' 이랄까?

아문 상처를 다시 후벼 파내는 것과 다를 바 없다.

그리고 당장 (운 좋게) 문제가 해결되었다 하더라도 봉인이 풀린 트라우마로 인해 동일한 문제가 지속적으로 발발할 가능성 역시 매우 높아진다.

혹시 매번 같은 문제로 상담가 찾기를 반복하는 이(들)를 본 적이 있는가? 필자는 수도 없이 보아왔다. 이것이야말로 퇴행 식 요법의 절대적 문제점이 아닌가 싶다. 일부 상담가들의 주머니 사정은 좋아지겠지만.

따라서 필자는 일부 심리 상담가들이 밥 먹듯이 행하는 퇴행 식 치료법을 반대하는 입장에 서있다. 물론, 퇴행 식 치료법이 필요한 경우도 있다고 본다. 매우 특이한 케이스에 한하여 말이다. 하지만 굳이 퇴행 식 치료법이 필요하지 않음에도 불구하고 만병통치약인 듯 남발한다면 해당자의 심리적 상태는 더욱 엉망진창이 될 것이라 확신한다. 위에서 설명한 이유들로 인해.

필자는 심리적 문제의 해결을 '미래 지향적'으로 대한다. 경우에 따라 과거 지향적이 될 때도 있지만 대부분의 경우 미래지향적 코칭을 선택한다. 퇴행 식 치료법은 '과거 지향적'이다.

이 책을 다 읽었을 때 그것이 무슨 의미인지 이해할 수 있을 것이다. 여하튼, 최종 선택은 여러분의 몫이지만 무작정 퇴행 식 요법을 선택하는 일은 어떻게든 말리고 싶다. 왜냐고?

다음 챕터에서 더욱 자세히 알아보자.

＊필자는 모든 '퇴행식 치료' 법을 반대하지 않는다. 다만! 굳이 필요 없음에도 시행되어 고통을 가중하는 치료법을 더 이상 치료법이라 부르고 싶지는 않다.＊

＊본 내용에서 언급한 '퇴행 식 치료법' 에 대한 설명이 퇴행 식 치료법의 모든 면을 대변하지는 않는다.

또한 퇴행 식 치료법으로 심리 치료를 행하는 이들이 모두 잘못된 치료법을 행하고 있다고 보지는 않는다.＊

03

과거의 트라우마를 꺼내 문제를 해결한다?
똑바로 알자, 트라우마 심리치료의 '허와 실'!

필자는 | 과거의 트라우마에 얽매이거나 그 트라우마(trauma)를
풀기 위해 고군분투하는 삶을 지향하지 않는다. 이미
바로 전 챕터에서 언급하였던 것처럼 말이다.

*뇌의 발전적 측면에서 보아도 과거 트라우마의 터치는 궁극적으
로 좋은 결과를 이루어내지 못한다는 게 필자 의 생각이다.*

그러나 많은 사람들은 아직도 과거의 트라우마를 통해 현재의 문제
를 해결하려 고군분투한다.

또한 그 기대 에 부응(?)하여 많은 심리상담사 및 관련 업계 종사자
등등이 '과거의 트라우마 문제' 에 초점을 맞추고 있다. 그들은 '잠재
되어있는 문제의 근원을 해결하면 현재 겪고 있는 문제 역시 해결 된

다' 고 주장한다. 이는 약 100년 전부터 시행되어 온 방식이며 현재 그 결과에 따른 찬반양론이 맞서고 있다.

그렇다면 위와 같은 방식이 (과연) 통하는지 어디한번 면밀히 살펴보자.

사람들은 대체적으로 자신의 문제를 '과거의 경험에 입각한 기억'에서 찾는 경향이 있다.

'난 왜 이렇게 영어를 못하는 거지?' ╱
'아... 생각해보니 학창시절에도 줄곧 영어성적이 안 나왔었군... 원래 영어에 소질이 없나 보다.'

'난 왜 이렇게 남자/여자들에게 인기가 없는 걸까?' ╱
'아마도 예전부터 남자/여자한테 매번 차이기만 했던 아픈 기억들이 자신감을 떨어뜨려서 일거야...'

'왜 이리도 이유 없이 불안한 걸까?' ╱
'심리 상담사와 함께 트라우마 치료를 받다가 알게 된 사실인데 (기억도 안 나는) 4살 때 부모님과 떨어져 있던 경험이 마음속 깊이 뿌리내리고 있어서라고 하던데 역시 그게 문제였어!'

혹시 여러분도 이와 같은 식으로 사고의 길을 따라가고 있지는 않은가? 그런데 말이다 반드시 이 사실을 알아야 한다. '기억은 왜곡된다.' 그리고 '기억은 왜곡은 시간에 비례한다.'

즉, 시간이 흐르면 흐를수록 기억은 희미해지거나 상상이 더해져 전혀 다른 기억으로 저장된다는 뜻이다. 이는 완벽히 증명된 사실이기도 하다.

방금 외운 영어 단어가 시간이 지날수록 기억에서 사라지거나 희미하게 생각나는 것 처럼.(혹은 전혀 다른 spell로 생각나는 것처럼)

그렇다면, 기억의 단편인 '트라우마' 역시 시간이 지날수록 왜곡되지 않을까?

인간의 의식은 넘쳐나는 정보의 양을 소화하기 너무나 빠듯한 나머지 부 정보들을 무의식 이라는 일종의 하드디스크에 저장한다. 하지만 저장된 정보도 기억의 조각 인지라 시간이 지날수록 재구성되기 마련이다. 다시 말해 무의식이라는 하드에 저장된 기억 정보는 시간이 지날수록 다른 정보들과 섞이거나 그중 일부를 소실하여 원래의 순수성을 잃어버린다는 얘기다.

간혹 시간이 지나도 원래의 상태를 보존하는 경우도 있지만 이는 극히 일부에 지나지 않으며 대부분은 (시간이 지날수록) 다른 정보들에 의해 오염되거나 소실된다고 생각하면 된다.

극도로 충격적인 기억은 원래 상태에 가깝게 보존될 확률이 높으며 이는 무의식에 저장 된다기보다 의식 안에서 함께한 다고 보는 편이 맞다.

그렇다면 시간이 흘러 오염되고 희미해진(혹은 삭제되기 직전인) 트라우마를 5년, 10년, 20년 후에 꺼내어 그것을 토대로 심리적 문제를 해결하려 하는 시도가 타당하겠는가?

시작이 잘못되었으니 결과 역시 올바를 수 없지 않을까?

물론 이에 있어선 앞서 언급하였듯 학자들 사이의 의견이 분분할 것이라 생각하나, 필자가 경험한 사례들 및 다년간의 연구결과로 보았을 때 그리 타당하지 않다고 생각한다.

이러한 (퇴행 식) 트라우마 추적 치료, 상담 등등의 방식은 적어도 우리나라에서는 주류를 이루고 있는 방식이 아닐까 싶다.

또한 이 이유뿐만이 아니더라도 필자가 매우 우려하는 다른 부분은, 왜곡되고 희미해진 트라우마를 억지로 들춰낸 후 '자~이제 이것만 해결하면 된다~' 는 단편 일률적 사고로 문제에 접근하는 방식이다. 왜곡되고 희미한 근본을 바탕으로 해결 방법을 도출한다? 더군다나 단 한 가지(혹은 몇 가지)의 방법만으로 그 복잡한 심리적 문제를 말끔히 해결한다고?!

상식적으로 생각해보자.

만일 '영어실력이 잘 늘지 않는 이유'가 현재 숙지하고 있는 어휘의 양이 적고, 문법의 구조를 이해하지 못하고 있는 상태이며, 회화의 경험이 전혀 없는 데에 있음에도 불구하고 전문가라는 자가 '과거 초등학교 1학년 시절의 영어 성적을 보니 듣기 실력이 부족한 것 같군. 오늘부터 다른 것 생각하지 말고 무조건 히어링(hearing)에만 집중합시다!'라며 단정 짓는다면 후에 어떠한 일이 벌어지겠는가?

심리적 문제의 발생 요인은 결코 하나 혹은 몇 개로 단정 지을 수 없다.

이는 마치 '당신이 연애를 못하는 이유는 단지! 오직! 돈이 풍족하지 않아서야!'라며 단 하나의 가설로 문제를 단정 짓는 것 과 같다.

그렇다면 희미하고 퇴색된 과거의 트라우마를 억지로 꺼낸 후 그것을 토대로 문제를 풀어나가려는 다수의 심리 상담사 혹은 관련 업계 종사자들은 어떠한가? 애석하게도 너무나 애석하게도 그들은 단정 짓는다. 단지 몇 개의 (정확하지 않은) 요인을 가지고 말이다.

혹은 빠져나갈 구멍을 만들기 위해 여러 개의 가설을 뿌려놓기도 한다.

'당신이 현재 00한 심리적 문제를 가지고 있는 이유는 바로! 과거의 __

한 경험이 무의식 속에 남아 현재 당신도 모르는 사이 당신에게 영향을 끼치고 있기 때문입니다. 이 외에 여러 요인이 있을 수 있지만 아마 이것이 제일 큰 요인 일거에요'

개인의 '심리적 문제 발생 요인'은 셀 수 없이 많은 요소들로 뒤엉켜있다. 단지 한 개 혹은 몇 개의 단편적인 방법으로 해결할 수 있는 '간단한 문제'가 절대 아니라는 얘기다. 그러나 이러한 이유에도 불구하고 많은 이들은 '과거 퇴행 식 트라우마 치료 방법'에 환호한다. 왜? 현재의 문제가 해결된 것처럼 느껴지니까. 왠지 논리적으로 느껴지니까. (과거의 근원을 뿌리 뽑아 현재의 문제를 치유한다! 이 얼마나 그럴듯하게 들리는가?) 마음이 편안해지는 것처럼 느껴지니까. 그리고 얼마 지나지 않아 같은 문제로 같은 상담사를 찾는다.

혹은 직/간접적으로 이와 연관된 다른 문제(들)로 상담사를 찾는다. 아주 꾸준히

그 후, 이렇게 이야기한다.

"문제가 아직 해결이 되진 않았지만 차츰차츰 좋아지고 있는 것 같아요. 그리고 적어도 상담을 받는 그 순간만큼은 마음이 편안해지니 자주 찾게 돼요^^"

이를 비유하자면

A: '자동차가 고장이 났네? 수리 센터에 맡겨야지.'

며칠 후

A: '어? 같은 곳이 또 고장 났네? 지난번에 맡긴 수리 센터에 또 맡겨야겠네.' 며칠 후

A: '어라? 또 같은 곳이 고장? 지난번 수리센터에 다시 맡기면 되지 뭐~'

이 상황을 보던 지인 왈,

'아니, 잘 고치지도 못하는 수리 센터에 왜 자꾸 차를 맡기는 거야?'

A: '왠지 모르게 그 수리 센터에 자동차를 맡기면 마음이 편해져요. 적어도 차를 맡기러 가는 그 순간만큼은 말이죠. 그리고 정비공의 따뜻한 말 한마디가 얼마나 기분을 좋게 하던지~'

이게 과연 해결인가? 한번 잘 생각해보길 바란다. 필자는 내담자 혹은 회원의 심리적 문제를 대할 때 결코 과거 지향적으로 바라보지 않는다. 왜? 과거는 현재를 구성하는 하나의 경로일 뿐이기 때문이다.

그렇다 해서 과거의 일/문제 따위는 중요치 않아! 라고 주장하는 것은 아니다. 다만, 지나간 문제에 지나치게 치중할 시, 과거에 얽매여 앞으로 나아가지 못하게 된다는 사실을 누구보다 더 잘 알기에 '과거는 단지 과거일 뿐' 이라 말하고 싶다는 얘기다.

필자는, 확고하고 강력한 멘탈을 구축 후 현실을 당당하게 헤쳐 나가 진정 갈망하는 미래를 구성하는 해법을 추구한다.

'과거 퇴행 식 트라우마 치료' 여러분은 단 2가지의 문제점만을 살펴보았지만 실제로 '과거 퇴행 식 트라우마 치료'는 이 외 여러 문제점을 안고 있다고 생각한다. 물론 자신의 심리적 문제를 해결하기 위한 최종 선택은 여러분의 몫이다. 그럼에도 본 내용이 여러분의 현명한 선택에 단 1%나마 도움이 되었길 바라는 마음이다.

필자는 모든 '과거 회기 식 트라우마 치료방식'이 잘못되었다고는 생각하지 않는다. 오히려 적절한 수준에서는 간혹 필요할 때가 있다고 생각한다. 다만 그것만이 최고의 방법이며 유일한 방법인 것처럼 떠들어대는 다수의 관련 업계 종사자들의 부적절한 행태를 꼬집고 싶다. 또한 현재 그러한 방식으로 전혀 효과를 보지 못하고 있는 수많은 이들에게 그것(트라우마 치료방식)만이 최선의 해결책이 아님을 알리고 싶다.

04

마음을 비우면 해결된다고?!
글쎄올시다..[비움의 허와 실]

수많은 심리 · 자기계발 관련 서적, 영상, 칼럼 등등에서 애용하는 말이 있다. 무엇일 것 같은가?

눈치가 빠른 이들은 알 것이다. 바로 '마음을 비우고 평정심의 상태를 유지하라' 라는 식의 말.

이는 다수의 동양 고전 사상과 직결되는 말이기도 하다. 자기계발 분야에 몸을 담고 있는 한 명의 사람으로서 정말 공감한다. '마음을 비운 평정심' 이 주는 평안함을. 직관적인 고찰을 통해 문제의 해결점을 찾아나가는 서양 철학의 사고와 달리 문제의 근원 자체를 'O(zero)' 의 초점에 맞춘 동양 철학의 사고방식은 어찌 보면 우리의 DNA에 더욱 적합하지 않나 싶기도 하다.

그런데 바로 여기에 문제가 있다. 무엇? ① 그것을 실천하는 것이 너무나 어렵다는 것. ② 어디에도 치우치지 않는 중용과 그에 따른 덕을 실천하며 살아가기엔 우리네 삶이 너무나 빡빡하기만 하다는 것.

마음의 비움을 수양·실천하라 말씀하시는 많은 분들의 그 깊은 마음을 모르는 바는 아니다. 하지만 온갖 고통과 아픔이 산재해있는 이 현실 속에서 '마음의 비움'을 통한 평정심을 유지하기란 여간 어려운 일이 아니다. *어찌 보면 일반인으로선 불가능에 가까운 일 일 수 있다.*

그럼에도 불구하고 왜 많은 사람들은 '마음의 비움'에 따른 평정심을 찾아가는 데에 그토록 열광할까? 이유는 바로 그 말 자체가 주는 '완전무결함'에 있다. 그리고 각자의 입맛에 맞춘 '갖다 붙이기 식 해석'도 한몫을 한다. 일단 그 말 자체가 주는 '완전무결함'에 대해 예시를 보겠다.

'항상 일에 치여 사는 게 왠지 진정한 나를 잃어가는 것 같습니다.'
잠시 일을 내려놓고 '마음의 평안'을 줄 수 있는 휴식을 자신에게 줘보세요. 그리고 그 속에서 울리는 마음의 소리에 귀를 기울여 보세요.'

'대인관계가 서투르다 보니 사회생활이 고역입니다.. 어떻게 하면 좋을까요?'

잠시 모든 걸 내려놓고 편안히 자신과 대화해보시길 바랍니다. 마음에서 울려 퍼지는 참된 소리를 들을 수 있게 되요.

그 소리에 귀를 기울이면 모든 것이 아무것도 아니라는 사실을 느끼게 될 것입니다.

자, 예시는 필자가 나름 그들(마음의 평안함을 필두로 해결 방법을 찾으려는 이들)의 방식을 재구성하여 만든 것이다. 어떤가? 비슷하지 않은가? 참 신기하다. 왠지 정답처럼 들리니 말이다. 어찌 보면 현자(賢者)의 대답 혹은 절대자의 완벽한 답변처럼 들린다. 그 이유가 무엇일까? 필자는 그 이유를 '회피성'에서 찾는다.

인간은 어려운 일이 닥치게 될 시 반드시 두 개 중 하나를 선택한다. 부딪히느냐 피하느냐.

대부분은 '피하기'인 경우가 많다. 왜? 간단하다. 편하니까. 쓸데없이(?) 자신의 에너지를 낭비하지 않아도 되니까. '싸우지 않고 이기는 것이 최고의 승리다'라는 손자병법의 말처럼 쓸데없이 힘을 쓰지 않아도 되니까. 그러나 진정한 문제는 이로 인해 발생한다. '현실이란 녀석은 피한다고 해서 완전히 비껴가는 일이 없다'는 데서 말이다.

현실은 집요하다 싶을 만큼 문제의 해결을 (끊임없이) 요구한다. 또한 잠시 피하더라도 언젠가 부메랑처럼 다시 돌아온다. 그럼에도 인간은 '피함'을 택하려 한다.

맞부딪혀 이겨내는 소수에겐 '역경을 이겨낸 성공' 이라는 메달이 주어진다.

이러한 속성(어려움을 피하고자 하는 속성)에서 볼 때 '마음의 비움을 통해 평정심을 얻어라' 는 말은 매우 달콤하게 들릴 수밖에 없다. 마치 어려운 문제를 영원히 비껴갈 수 있게 해주는 것처럼 말이다. 그러나 막상 마음의 비움을 실천을 하자니 어렵다. 너무나.

마치 특정 종교에 귀의를 해야 하는 게 아닌가라는 생각이 들 정도이다. 그래도 부딪히는 것보단 낫다는 생각에, 적어도 (부딪히는 것보다)아프지 않겠지...라는 생각에 계속 '마음의 비움' 에 매진하려 한다. 어떻게든 마음의 평정심을 얻기 위해.

물론 필자는, 수천 년을 이어온 동양 철학 이념을 무시하지 않는다. 단지 그 위대한 사상들을 너무나 쉽게 '자기계발 공식' 에 담으려는 많은 이들의 시도가 받아들이는 이들로 하여금 문제를 회피하도록 유도한다는 사실이 아쉬울 뿐이다. 그리고 받아들이는 이들 역시 자기 입맛에 맞춘 현실을 도피 용도로 '비움' 을 받아들인다는 사실 또한 매우 아쉽다.

단언컨대, 그 어떠한 동양 사상도 '어려움으로부터 회피하라' 고 이야기하지 않는다. 귀에 걸면 귀걸이 코에 걸면 코걸이가 되듯 그것을 자신의 '회피' 에 좋은 핑계거리로 삼아 받아들이는 이들이 문제이다.

한번 진지하게 생각해보라. 스스로 문제와 부딪혀 싸우는 것이 힘들어 '마음의 비움을 통한 평정심'을 택하였는지 아닌지를.

만약 어려움의 회피를 위해 택하였다면, 현실에서 벗어나 심신의 안정만을 찾기 위해 택하였다면, '너무나도 잘못된 선택'을 하였다'고 말해주고 싶다. (동양철학을 만만하게 본 것이나 다름없다.)

마음의 비움을 통한 평정심은 단지 자신의 문제를 회피하기 위한 도구가 아니다.

마음의 비움, 중용 등등에 대해 논하자면 끝도 없다.

동양철학과 사상을 운운하며 '회피 목적의 자기계발'로 유도하는 수많은 관련 강사 · 저자 · 학자들에게 심심한 유감을 표한다.

진정한 마음의 평안이 무엇인지 궁금한 이들은 금강경과 노자의 도덕경을 읽어보기 바란다.

'힐링'이 스트레스, 걱정, 고민을
해결해 줄 수 있을까?

요즈음 | 힐링에 관련된 TV 프로그램, 서적, 칼럼 등등 아주 난
리도 아니다. 심지어는 힐링에 도움이 되는 음식까지
소개될 정도이니 대한민국이 힐링의 열풍에 휩싸여있는 것은 아닌가?
라는 생각이 들 정도이다. 힐링 받기를 원하는 이들이 늘어나고 있다
는 것은 그만큼 아프고 상처받는 이들 또한 늘어나고 있다는 사실을
방증한다.

*입시 경쟁 · 취업 경쟁 · 창업 경쟁 등등의 경쟁사회가 창조해낸
병폐(고민 · 걱정)와 그로 인한 각종 스트레스들이 자연스레 힐링을 부르
는 게 아닌가 싶다.*

＊ 힐링을 위해 서점으로 달려가 마음이 편안해지는 구절이 잔뜩 담긴

책을 한 움큼 쥐어들고 열심히 탐독한다.

* 힐링을 위해 관련 세미나, 강연 등을 열심히 수강하며 울퉁불퉁한
  마음을 평평히 만들려 안간힘을 쓴다.

* 힐링을 위해 각종 스포츠에 매진하며 구슬땀을 흘린다.

* 힐링을 위해 새로운 종교를 찾으려 하거나 이전보다 더욱 종교 활
  동에 매진한다.

필자는 '힐링을 위한 나름의 노력(?)' 들을 나쁘게만 바라보지 않는
다. 오히려 아무행동도 하지 않는 것보단 낫다고 생각한다. 그러나 힐
링이 근원적 문제 해결에 있어 최선의 방법이라고 생각하지는 않는다.
자신의 걱정, 고민, 스트레스들을 잠시 잊게 해주는 데는 효과가 있을
수 있지만 근원적 문제 해결에는 거의 도움이 되지 않는다고 생각한
다.

현실의 문제들은 여러분과 맞서길 기다리고 있다. 여러분은 그 문
제들과 맞서야 한다. 반드시.
직장생활의 과중한 스트레스를 해소하기 위해 서점으로 달려가 마

음에 안식을 안겨줄 책을 한 권 골랐다하자. 저자의 달콤한 말들과 '마음의 비타민'을 안겨주는 것 같은 황홀함에 빠져 이내 마음의 평안을 얻는다. 하지만 직장 생활의 시작과 함께 다시금 쌓이는 과중한 스트레스......또다시 힐링을 갈망한다. 문제의 해결은 뒷전으로 한 채......

물론, 각종 힐링 관련 제품들(서적·세미나·칼럼 등등)이 현실의 문제(직장 내 과중한 스트레스)를 해결하는데 어느 정도 도움이 될 수 있을지 모른다. 하지만 문제 해결에 따른 황금 열쇠를 줄 순 없다는 사실을 명심하길 바란다.

또한, 근원적 해결이 없는 이상 힐링의 악순환은 끊이지 않을 것이다.

스트레스 → 힐링 제품 구매 → 다시 스트레스 → 다시 힐링 제품 구매 → 또다시 스트레스 → 또다시 힐링 제품 구매

힐링의 진정한 의미인 '치유'라는 관점에서 바라볼 때 이러한 악순환을 진정한 치유라고 말 할 수 있겠는가? 오히려 힐링이 우리를 중독시키고 있는 것은 아닌가?

그래서 필자는 이렇게 주장한다, '근원적 문제의 해결 없는 힐링은 진정한 힐링이라 말할 수 없다'고. 진정한 힐링(=치유)은 근원적 문제가 완벽히 해결되어야 그 의미에 충실한 것이다.

필자를 찾는 수강생들에게는 공통점이 있다. 수많은 힐링 · 심리 서적들을 가지고 있다는 점.

(더 나아가 관련 세미나들을 전전하는 경우도 있다.) 필자는 그들에게 묻곤 한다. '왜 그리도 많이 가지고 있나요?'. 이에 '그나마 읽을 때는 마음이 편해지니까요.' 라는 대답이 돌아오는데...

그럼에도 그들의 끊임없는 스트레스, 걱정, 불안, 고민들은 해결되지 않은 채 유령처럼 마음속을 떠다닌다.

필자는 과감히 추천한다. '일단, 그 책들을 버리는데서 부터 시작하세요.' 라고. 그리고 스트레스, 걱정, 불안, 고민 등을 해결하기 위해 반복적으로 행하던 잘못된 힐링 중독 행동을 중단하길 권한다. (그 후에 해결 방법을 알려준다.)

물론 '무조건 중단 하세요!' 라고는 이야기하지 않는다. 도박에 중독된 이들에게 '당장 도박을 중지하세요!' 라고 하면 듣겠는가? 마찬가지이다. 그들 역시 이미 힐링 관련 제품들에 '중독' 되었기에 바로 끊어내지 못한다. 이는 일시적이나마 그러한 제품들을 통해 얻어왔던 쾌감을 잊지 못해서인 경우가 대부분이다.

아마 여기까지 읽은 여러분 중 몇몇은 이렇게 생각 할지 모른다.

'그래도 (힐링 관련 제품들이) 어느 정도 도움이 되었는데?' 라고.

눈을 감고 스스로에게 자문(自問) 해보기 바란다. 일시적 도움이 아닌 근원적 해결이 이루어졌는지 말이다.

감기는 완치될 수 없는 질병이다. 이전보다 증상이 호전되어 정상적 생활이 가능하게 될 수는 있지만 평생 감기에 걸리지 않을 수는 없기에 감기는 완치될 수 없는 질병이다. 그렇다면 마음의 힐링(심리적 힐링), 관계의 힐링(처세적 힐링)도 감기처럼 생각해야 할까? 아니다. 완벽히 치유되어야 한다. 반복되는 일 없이.

필자는 먼저 마음을 다스리고 강화하여 '진정한 해결 방법' 을 모색하는 양방향 시스템을 추구한다. '내면을 다스리고 외면을 강화 한다' 라고 생각하면 쉬울 것이다.

진정한 '힐링' 을 찾아 헤매는 이들의 심리를 악용하여 관련 제품의 판매에만 급급해하는 일부 악덕 '힐링 판매꾼' 들의 뒤틀린 양심도 문제지만 힐링의 진정한 의미도 모른 채 계속되는 악순환 속에서 힐링에 중독되어가는 이들도 문제가 없다고는 할 수 없다.

힐링(healing)

진정한 힐링은 말끔하고 완벽하게 '치유' 되는 것을 뜻 한다. 더 이상 일부 '악덕 상술' 에 치여 이리저리 헤매지 않기를 바란다. 또한 본

책이 그에 있어 더할 나위 없이 큰 도움을 제공할 것이니 계속 읽어나

가자.

상대의 성격, 성향을 쉽게 판단하려는 당신.
자칫하다 큰 코 다친다!

대다수의 │ 사람은 성급한 일반화 경향 즉, '성급한 일반화 오류'의 홍수 속에서 살고 있다.

쉽게 예를 들어보겠다.

여러분이 누군가를 만났다 하자. 그는 사소한 일에 빈번히 신경을 곤두세우며 좀처럼 분위기에 동화되지 못하는 것처럼 보인다. 얼마 지나지 않아 그의 혈액형이 A형이라는 사실을 알게 된 여러분은 이렇게 판단을 내릴지 모른다. 'A형은 소심하며 매사에 적극적이지 못하다'.

행여 그와 비슷한 행동 패턴의 소유자 들을 몇몇 더 알게 되어 그들의 혈액형 역시 A형이라는 사실을 알게 된다면 판단은 더욱더 곤고해질 수 있는데...

이는 비단 혈액형뿐만이 아니다. 특정 지역 출신, 특정 학교 출신,

특정 연령, 특정 국가 출신의 사람들에 대한 판단 또한 그렇다.

'○○지역 출신 사람들은 성격이 느긋해'

'○○학교 출신들은 예의가 없어'

'나이가 ○○대를 넘어가면 염치가 없어지는 것 같아'

'○○나라 사람이라 그런지 굉장히 친절해' 등등.

지금까지의 자신을 돌이켜 생각해보길 바란다. 위와 같은 판단을 내린 적이 없었는지 말이다. 만약 그래왔다면 혹은 지금도 그러하다면 여러분의 판단 기준은 완·벽·하·게 잘못되었다.

행여 '환경적, 사회적인 배경이 개인의 '특정 성향'을 만들어낼 수 있으니 동일한 환경적, 사회적 배경아래 놓인 이들의 특징을 집어내어 판별할 수 있지 않겠는가?'라고 반문할지도 모르겠다.

물론, 인간이 받게 되는 환경적, 사회적인 영향을 완전히 무시할 수는 없다. 자라온 환경, 사회적 배경은 개인의 자아 형성에 큰 영향력을 끼치며 동일한 환경, 사회적 배경이라면 구성원 간의 (어느 정도) 비슷한 자아 형성 토대가 마련될 수 있으니 말이다. 하지만 그것은 어디까지나 '비슷한 정도'이다. 아무리 환경적, 사회적 배경이 동일하다 해도 결코 개개인의 성향을 (뭉텅이로) 싸잡아 평가하거나 동일하게 판단할 수 없다.

더군다나 '비슷하다' 라고 불리는 부분 역시 객관적인 수치상의 '동일하다' 가 아닌 '비슷한 경향이 있는 것처럼 보인다.' 는 매우 주관적인 평가에 기인한다는 사실을 명심하길.

동일한 성장 환경에서 자란 형제·남매·자매라 하더라도 각기 뚜렷이 구분되는 인격을 가지게 되며 일란성 쌍둥이에게서조차 나타나는 현격한 성향의 차이는 이를 뒷받침할 수 있는 더할 나위 없이 뚜렷한 증거이다. 따라서 성향이란 마치 지문과도 같은 개인 고유의 성질이라 할 수 있다.

또한 같은 문화나 종교, 환경을 공유한 이들이 가지게 되는 '공통적 의식' 은 해당 사항들에 영향을 받은 양식(집단 신념·목표·교육방식 등등) 일 뿐 그들의 개인적 성향과 관련이 없다.

한 예로 캐나다인(Canadian)들은 질서의식이 뛰어나다고 정평이 나 있는데, 그것은 그들이 공유하여 사고하는 집단 사고방식(교육, 문화, 사회 분위기 등등) 일 뿐 캐나다인 개개인의 고유한 성향과는 관련이 없다. 오직 캐나다인에게만 각인이 된 '우수 질서 의식 DNA' 가 있다는 것이 아니란 얘기다.

그럼에도 대부분은 여전히 그릇된 평가 기준을 잣대로 상대를 판단한다. 그들의 평가 기준이란

'몇몇 동일한 성질을 가지고 있는 사람의 성향을 (나름대로) 따져보니 __혈액형이라는 공통점이 있었다.'

'_출신이라는 공통점이 있었다.'

'_나라 사람이라는 공통점이 있었다.' 정도이다.

이는 동일하게 해당하는 '공통적 성향' 을 기준으로 삼는다는 것인데 이미 언급하였다시피 매우 주관적인 평가에 기대는 경우가 대부분이므로 '잘못된 평가' 일 확률이 매우 높다.

연대별 조사, 유전 성질별 조사, 수년 혹은 수십 년간의 정밀한 추적조사 등등의 방식으로 엄격하게 테스트하였다면 모를까 자신의 개인적인 기준(또는 감)만으로 판단을 내린다면 정확할 리 만무하다.

전문 심리학자나 통계학자들조차도 관련 실험 시 매우 긴 시간을 할애, 반복에 반복을 거쳐 오차의 범위를 최소화하기 위한 노력에 심혈을 기울인다.

요즘은 한술 더 떠, 인터넷에 난무하는 각종 심리테스트만으로 타인 판단의 기준을 정하는 일도 (심지어는 자신의 성향을 규정짓는 일도) 비일비재하니 참으로 어처구니가 없다.

*인터넷에 떠도는 심리테스트의 대부분이 근거 없는 낭설로 구성된 '그럴듯해 보이는 테스트' 라는 사실을 알고 있는가? *

'상대를 그런 식으로 판단 내리는 것은 매우 잘못된 것이다' 라고 주야장천 외쳐대도 아마 대부분은 그 습관을 쉽게 떨쳐내기 힘들 것이다. 뭐, 필자 역시 그러한 습관을 없애는 데까지 매우 긴 시간이 필요

했으니 이해는 한다만.

혈액형 · 특정 지역 · 특정 문화배경 등등을 토대로 한 나름대로의 판단 그리고 몇몇 공통된 행동 경향을 보이는 대상들을 관찰한 후의 판단으로 상대의 성향 · 됨됨이 · 성격 · 인격 등을 규정짓는다면 그에 따른 결과적인 혼란, 피해는 고스란히 자신이 받게 될 것이다.

왜? 잘못된 판단 결과를 토대로 상대에 대한 행동양식(어떻게 대화해야 할지/ 어떻게 관계를 맺어야 할지/ 어떻게 대해야 할지 등등)을 결정할 것이고 잘못된 행동양식은 상대에게 크나큰 불쾌감, 언짢음, 심하게는 분노 등의 감정을 제공 할 것이며 이로 인해 상대는 여러분을 '이해하지 못할 사람', '신뢰하지 못할 사람', '나와는 맞지 않는 사람' 등등으로 판단할 것이기 때문이다.

예를 들어 볼까?

"상대가 A형이니 마음에 상처받지 않도록 조심히 얘기해야지!"
상대는 오히려 대범한 경향이 많은 이 일 수 있으며, 여러분의 태도는 상대에게
'소심한 사람' 으로 비칠 수 있다.

"유럽인이니까 더 프리(FREE)하게 대해야지"
상대는 오히려 예의를 매우 중요시하는 사람 일 수 있으며

여러분의 행동은 매우 무례하게 비칠 수 있다.

"○○학교 출신이라 학식이 매우 높을 테니 유식하게 말 해야겠다."
오히려 상대는 여러분보다 학식이 매우 낮을 수 있으며 여러분을 겸손하지 못한 사람, 잘난체하는 사람으로 여길 수 있다.

"(상사가) ○○지역 출신이라 성격이 급한 편일 테니 빠른 일 처리를 보여 줘서 점수 좀 따야겠다. ^^"
알고 보니, 빠른 일 처리보다 꼼꼼함을 더욱 중요시하는 상사라면 어떡할 것인가?

이 외에도 수천수만 가지의 예시가 있을 수 있다. 물론, 해당 판단이 정확히 맞아떨어질 가능성도 존재한다. 그러나 이는 어디까지나 도박에 가깝다.
아무리 도박에 소질이 없는 사람이라도 어쩌다 운이 좋아 돈을 딸수 도 있지 않겠는가?
그러나 여러분의 소중한 대인 관계를 단지 운에 맡길 것인가? 타인에 대한 섣부른 판단은 '화'를 불러일으킬 수 있음을 명심하길 바란다.

왜 대부분의 사람은 (이렇게) 타인의 성향을 쉽사리 판단하려 할까?

우리는 삶을 살아가며 수없이 많은 사람들을 대한다. 그러나 특정 개인에게 많은 시간을 투자하게 될 시 다른 타인(들)과의 관계 형성 시간은 줄어들게 된다. 즉, 특정 개인의 성향을 파악하기 위해 그에게 많은 시간을 소요할 시 다른 이들을 파악할 수 있는 시간은 줄어들 수밖에 없다는 얘기. *우리 삶의 시간은 한정돼 있기에..*

이러한 '시간적 손실(타인들의 성향을 파악할 수 있는 시간의 loss)'은 여러 타인들과 폭넓은 관계를 맺길 원하는 인간의 기본적 본능에 적신호를 켜게 한다.

쉽게 말해 많은 사람과의 유대관계를 이어나가야 하는데, 소수 몇몇의 관계에만 너무나 많은 시간적 투자를 하게 된다면 많은 이들과의 '유대관계 형성이 불가능해질지 몰라!' 라는 일종의 본능적 불안감이 특정 상대의 성향을 빨리 판단하게 만드는데 일조한다는 얘기다.

'빨리빨리 상대의 성향을 파악해야 두루두루 많은 사람들과의 유대 관계를 이어나갈 수 있다' 는 생각이 오히려 타인에 대한 잘못된 판단 방법(혈액형별, 지역, 학벌, 출신별 구분 등등)을 더욱 갈구하도록 하여 잘못된 인간관계(=대인관계/유대관계)를 증폭시킬 수 있다는 사실!

그럼 어떻게 개선해야 할까?

일단 필자는, 어떠한 이유에서든 '섣불리 타인을 판단 내리지 말라라고 이야기하고 싶다. 그리고 '반드시 판단을 내려야만 하는 상황이라면 지극히 주관적이거나 잘못된 판단 근거에 따른 판별법 혈액형별 성격 유형 테스트, 각종 심리테스트, (지역·학별·국가·문화적 차이에 따른 판별 등등)이 아닌 보다 확실하고 객관적이며 합리적인 잣대로 판별하라'라고 이야기하고 싶다.

이에 따른 '합리적이고 정확도 높은 판별법'의 기초적인 부분은 본 저서에서 꾸준히 소개될 것이다.

'열 길 물속은 알아도 한 길 사람 속은 모른다.'는 옛말이 있다. 섣불리 타인을 판단하는 습관에 젖어있다면 이제부터라도 그 생각에 변화를 주는 것은 어떨까?

시작이 반이다. 더 나은 사람으로의 변화는 언제나 개선되고자 하는 강한 열망과 그에 따른 행동에서 시작되는 법이니 항시 '새롭고 올바른 지식'을 실천에 옮기는 여러분이 되었으면 한다.

이에 있어 본 저서가 많은 도움을 줄 것이다.

RULE03

제 3 장

상대의 심리를
속속들이 해부하라

01

소심한 성격, 철저히 분석해주마!

'나는 | 원래 소심해...' 라는 말. 흔히 듣는 한탄이다. 만일 여러분이 그 한탄의 주인공이라면 일단 희소식을 전하고자 한다. '소심함' 이라고 명확히 정의된 성격 유형은 그 어디에도 존재하지 않으며 설사 (자칭) 소심한 성격의 소유자라 하더라도 얼마든지 (원하는 성격으로) 바뀔 수 있다!

※ 여기서의 '소심함' 은 '내향적 성격' 과 비슷한 의미로 해석하여도 무방하다. 그렇다고 '소심함' 과 '내향적' 이라는 두 단어를 완전하게 동일시하는 일은 없기 바란다. 두 단어가 가진 공통적 속성이 많을 수 있어도 완벽히 같다고는 볼 수 없기 때문이다. 단지 본 챕터에서만 비슷하게 사용하였음을 알린다. ※

일반적으로 '소심하다' 고 불리는 이들의 공통적인 성향을 보자면

· 자기 의견 · 주장 등을 명확히 내세우기 힘들어한다.

· 매사에 타인(들)의 눈치를 보느라 바쁘다.

· 화나는 일, 기분 나쁜 일이 있어도 잘 표출하지 못한다.

· 보통, 말수가 적다. (상황에 따라 말수가 많아지기도 한다.)

· 여럿이 모여 있는 자리를 힘들어한다.

· 의미 없는 말, 지나가는 말에도 쉽게 상처 받는다.

· 토라지는 일이 많다.

· 혼자 있는 시간이 많으며 때로는 그 시간을 즐기기도 한다.

· 매우 사소한 일에도 걱정을 하기 일쑤이며 비교적 많은 고민을 가지
  고 있다.

 *이는 필자가 수많은 상담 · 강의 사례를 토대로 작성한 개인적 데
이터베이스에 기초한다.*

 이 외에도 여러 가지가 있지만 보통 이 정도가 두드러진 특징이지
않을까 싶다.

 우리가 살고 있는 이 사회는 대체로 '소심' 하다고 불리는 이 보다
'대범/ 활발하다' 고 불리는 이를 원하는 경향이 높다. 왜? '경쟁 사
회' 이기 때문이다.

경쟁에서 승리하기 위해선 남들보다 더 뛰어난 능력과 그에 따른 기술이 필수이며 이는 일반적으로 대범하고 활발한 성향을 지닌 이들이 지니고 있는 이점이기도 하다. 물론, 대범하고 활발하다 해서 무조건 경쟁에서 승리하는 것은 아니다.

다만 그러한 기질이 '타인들과의 더 많은 부딪힘'을 이끌어내며 경쟁에서 유리한 환경을 만들어 내기에 비교적 더 나을 뿐이다. 따라서 대다수의 인식 속에는 경쟁 사회에서 살아남기 위해 혹은 성공하기 위해선 어떻게든 대범하고 활발한 성격을 지녀야 한다는 강박 관념이 자리 잡기 십상이다.

그래서일까? '소심함'은 사회로부터 소외당하고 도태되어 바깥쪽으로 밀려나는 인상을 준다. 이는 많은 이들이 자신의 소심함을 한탄하며 어떻게든 그 굴레에서 벗어나려 하는 결정적 계기를 만드는데…

그러나 여기에 매우 큰 오류가 있다. 바로 활발한 사람 / 사교적인 사람 / 대범해 보이는 사람은 소심하지 않을 것이며 소심한 사람은 사교적이지도 대범하지도 않을 것이라는 이상한 기준(standard)적 오류. 어찌 보면 이 기준은 흑백논리라고도 할 수 있을 만큼 애매모호하다.

예를 들어보겠다.

만약 소심하다고 불리는 이가 매우 사교적이고 활발해 보이는 사람을 보게 된다면 '저 사람은 나처럼 소심하지 않네, 부럽다.'라고 생각할 수 있다.

반대로 활발하다고 불리는 이가 사교적이지 못하고 쉽게 상처받는 사람 을 본다면 '저 사람은 왜 이리도 소심한 거야?' 라고 생각할지 모른다.

잘 생각해보자. 사교적이고 활발하다 해서 소심하지 않다고 정의 할 수 있는가? 소심하다고 해서 사교적이고 활발하지 않다고 정의 할 수 있는가?

어느새 부터인가 우리들의 인식 속에는 사교적이고 활발하면 소심 하지 않고, 비사교적이고 비활동적이면 소심하다는 인식이 자리 잡히 게 되었다.

대체 누가 정한 기준이고, 어떤 근거에 입각한 사실이란 말인가? 이는 서울 사람은 어떻고 전라도 사람은 어떠하며 경상도 사람은 어떠하다는 식의 편 나누기 식 사고와 전혀 다를 바 없다. 또한 세상의 그 어떠한 심리학자 · 관련학자도 '소심함' 에 대해 명확하고 합리적인 증명을 하지 못하였다. 즉 '소심' 함은 어떤 식으로도 증명된 적 없는 근거 없고 두리 뭉실한 개념이라는 얘기다.

여러분이 '소심하다' 고 정의내린 이들을 떠올려보라. 그들이 서두에 나온 '소심함의 공통된 성향' 을 모두 가지고 있다 하더라도 그들을 '소심하다' 라고 명확히 정의할 수 있는 객관적이고 합리적인 근거를 가지고 있는가? 결코 없을 것이다.

'많은 사람들이 그렇게 생각하니까요' 라고? 그 많은 사람들은 대체 얼마큼 많은 사람들인가?

모든 국민의 설문조사를 통해 얻은 결과이던가? 아니다. 고작해야 주위 몇몇의 의견일 뿐일 것이다. *이야말로 철저한 '주관적 허위 의견 합의' 가 아닐 수 없다.*

그럼에도 불구하고 여러분 혹은 대다수의 사람들은 특정 개인의 성향을 마치 칼로 무 자르듯 소심하다/ 대범하다/ 내향적이다/ 외향적이다 등등으로 나누곤 한다.

필자는 개인적으로 인간의 성향을 싸잡아 평가 내리는 기준의 위험성을 보다 많은 사람들에게 알리고 싶다.

여하튼 앞으로 누군가가 여러분을 향해 '소심하다' 고 하거나 혹은 자신의 대범함(?)을 앞세워 여러분을 가르치려 한다면 여러분은 이렇게 생각하기 바란다. '일말의 가치조차 없는 말이니 신경 쓰지 말자' 라고.

자, 그럼에도 여러분 스스로가 많은 사람들이 '소심하다' 라고 부를 만한 성향을 가지고 있기에 그것을 바꾸고 싶다면? (='경쟁 사회'에서 살아남기 유리한 혹은 성공하기 유리한 성향들을 갖추고 싶기에 자신의 성격을 바꾸고 싶다면?)

당연히 바꿀 수 있다.

행여, '성격은 타고난 것이기에 바꿀 수 없다' 라는 식의 생각을 가지고 있는가? 이는

'나는 머리가 나빠서 뭘 해도 되질 않아.'
'나는 원래 부지런하지 못 해서 항상 게을러.'
'내가 해봤자 어쩌겠어, 그냥 되는대로 살아야지...'

라는 식의 생각과 단 0.01%도 다를 바 없다.

바꿀 수 있다.

만약 그것을 바꾸는 것이 불가능하다면 나와 같은 직업을 가진 이들은 세상에 있어선 안 된다. 알겠는가?

단! 해당 성격/성향을 바꾸고자 할 때는 '나의 소심함을 바꿔야지!' 라는 식의 단편적 의지가 아닌 '나의 성격 중 몇 개를 보다 더 사회생활에 적합할 수 있도록/보다 더 인간관계에 최적화될 수 있도록 개선해야지!' 라는 식의 구체적인 의지가 필요하다. 또한 단순히 남들에게 '소심하다' 라는 말을 듣기 싫어서가 아닌 진정 나에게 필요한 것이 무엇인지에 대한 고찰 후, 해당 부분의 개선이 필요하다.

소심함. 결국 아무것도 아니다.

형체도 없고 족보도 없는 정체불명의 '애매모호한 정의', '카더라

식의 소문'에 압도당해 움츠려 드는 일이 없길 바란다. 그럼 다음 챕터를 통해 소심한 사람들의 작은 복수에 대해 알아보자.

02

소심한 사람들이 꿈꾸는 복수

일명 │ '소심한 사람'이라 불리는 이들에겐 많은 공통점이 있다. 열거하기 힘들 정도로 말이다.

여기서 말하는 '소심한 사람'이란, 단지 주변인들로부터 '소심하다'고 불리는 이들을 뜻한다. 오해 없길 바란다.

자, 그럼 그들이 한 번쯤 꿈꾸는 '작은 복수'에 대해 알아보자.

말수가 적은 김 대리. 업무를 마치고 집으로 가 혼자만의 시간을 보내는 게 그의 유일한 낙이다. 그에게 있어 '직장 내 인간관계'란 단지 업무의 일환일 뿐 동료들과의 친목 따위는 관심 밖이다. 하지만 직장 생활이란 게 어디 자기 마음먹은 대로만 흘러가던가?

무조건 참여해야 하는 회식, 끊임없이 이어지는 회의, 프레젠테이션. 게다가 동료 및 선·후배들과의 부딪힘 등등 그에겐 이 모든 일이 스트레스 그 자체이다. 그런 김 대리에게 요즘 새로운 고민이 생겼다. 언제부턴가 친한 척을 하며 가까워지려는 양 대리 녀석 의 '장난인지 진심인지 모를 막말(?)'로 인한 고민.

- 오~김 대리! 웬일이야? 오늘따라 시간 맞춰서 오고 말이야~ 좀 더 자다 오지 그랬어?
- 김 대리! 화장실 다녀오는 김에 커피 한잔 부탁!
- 거북이도 너보단 빠르겠다. 그렇게 느려 터져서 어떡하려고 그래?
- 오늘 뭐 기분 안 좋은 일이라도 있어? 또 차인 건가? 등등.

머쓱한 표정으로 어색한 미소만 지을 뿐 아무 대꾸도 못하는 김 대리. 속은 부글부글 끓는다. '어찌도 저렇게 막말을 하지? 두고 봐라 나도 똑같이 갚아줄 테다!' 라고 생각은 하지만 매번 속수무책으로 당하는 그 다. 조용히 영화를 감상하며 마음을 다잡으려 해도 예전 같지만 않다. 마치 양 대리의 목소리가 TV스피커를 통해 들려오는 것 같은 느낌이랄까?

'회사에서 그 녀석 얼굴을 볼 생각을 하니 벌써부터 또 짜증이 나네.'

김 대리의 하루하루는 양 대리라는 악마(?)의 등장으로 엉망진창이 되어버린 것만 같다. 그러던 어느 날. 김 대리는 나름의 작전을 계획한다. 이름하야 '복수 플랜'.

며칠 동안의 고심 끝에 김 대리는 양 대리의 막말에 대처할 방법을 마련하였고 기회가 왔을 때 멋지게 한 방 먹일 작정이다. 회사에 도착한 김 대리. 불타는 복수의 눈빛으로 결전(?)의 시간만을 기다리는데…

자, 여러분은 이 예시를 보며 무슨 생각을 하였는가?

내 친구의 이야기 / 지인의 이야기 / 나의 이야기라고 생각하였는가? 아니면 단지 일부 사람들의 일상이라 생각하였는가? 어찌 되었든! 김 대리의 플랜은 그리 잘 통하지 않을 것이다.

언 발의 오줌 누기 식 응급대처는 가능할지 몰라도.

왜? 그는 인간관계의 넓은 측면을 생각하지 않고 좁은 측면만을 생각했기 때문이다.

인간관계의 넓은 측면과 좁은 측면이 무엇이냐고?

한번 이렇게 생각해보자. 만일, 애초부터 양 대리가 김 대리를 '함부로 대하지 못할 만큼의 큰 아우라'를 지닌 사람으로 인식하였다면 어땠을까? 아마도 양 대리는 감히 막말 시전을 행하지 않았으리라.

김 대리가 제아무리 복수(?)를 계획하여 양 대리의 막말을 하나씩 되받아친다 한들 (→순간순간의 대처) 양 대리의 인식 속 김 대리는 '만만한 상대'이므로 그의 생각은 크게 바뀔 리 없다. 따라서 양 대리의 막말 시전은 계속될 가능성이 높다. 그러므로 김 대리가 우선적으로 해야할 일은, 양 대리의 막말에 따른 즉각적 대처가 아닌, 양 대리와의 관계를 재설정하는 것이다.

다시 말해 인간관계의 좁은 측면(현재 처한 상황만 벗어나거나 해결하려는 행동. 딱 김 대리의 행동이라 생각하면 된다.)만 고려하는 것이 아닌 넓은 측면(상대와의 관계를 완전히 재설정하는 것을 의미)을 고려해야 한다는 얘기다.

단지 상황만을 모면하기 위해 행하는 순간적 대처는 (산 넘어 산이라는 말처럼) 비슷한 문제를 반복적으로 야기하고 이는 매번 스스로를 스트레스의 굴레에 갇히게 한다. 인간관계의 좁은 측면만을 생각하는 바보들의 방식이 아닐 수 없다.

간혹 상황을 모면하기 위한 응급대처가 필요할 때도 있긴 하다. 그럴 때는 본 서적의 후반부에 소개되는 내용들을 잘 응용하길 바란다.

여기서 잠깐!

양 대리의 막말 시전이 (그가 주로 사용하는) '타인들과 친해지기 위한 수단' 일수 있으며 상대를 무시하거나 비하하기 위한 게 아닌 단지 그만의 대화 스타일일 수도 있다. 아니면 이 모든 상황이 김 대리 혼자만의 망상일 수도 있다.

예시는 어디까지나 사회를 살아가는데 있어 김 대리와 같은 사고방식을 고수하는 이들이 많다는 것을 가정하고 작성한 것이기에 '양 대리가 일부러 김 대리를 무시하기 위해 막말을 하였다' 는 전제로 이어가겠다.

인간관계는 반드시 넓은 시각으로 바라보아야 한다. 좁게만 바라보면 한없이 작아지는 것이 바로 인간관계, 대인관계이다.

흔히들 이러한 문제를 겪고 있는 누군가에게 '좋게 생각해~' '그냥 넘겨~' '넓게 생각하자~' 라는 식으로 위로하는데 이와 같은 위로는 스트레스만 가중시킬 뿐이다. 당사자라고 해서 좋게 넘어가고 싶지 않겠는가? 오히려 그런 쓸데없는 위로가 당사자로 하여금 '남들은 이러한 일도 아무렇지 않게 넘기는데 난 그러지 못하는 바보구나.' 라고 낙담하게 할 수 있다. 따라서 영혼 없는 위로가 아닌 '지극히 현실적인 해결책'이 필요 한 것이다.

지극히 현실적인 해결책? 언급하였듯 '언 발에 오줌 누기 식 응급 대처'가 아닌 인간관계의 넓은 측면을 이해함에서부터 시작한다.

자 그럼, 인간관계의 넓은 측면을 자세히 알아보자.

인간관계의 넓은 측면이란, 말 그대로 관계를 양방향, 세 방향 혹은 그 이상으로 폭넓게 바라보는 것을 의미한다. 즉 현재 일어나고 있는 상황을 일시적으로만 바라보는 게 아닌 해당 상황에 봉착하게 한 자신의 (숨은) 문제점을 찾아내고 개선함으로써 전반적인 인간관계를 재설정하는데 총력을 기울이는 것을 의미한다. (관계를 좁게 바라보는 것은 정확히 이와 반대이다.)

예시의 경우 김 대리는 '양 대리가 나에게 그런 식으로 대하는 이유가 무엇인가?' 에 대한 고찰에서부터 출발하여 (양 대리뿐만이 아닌) 타인들이 자신에게 행하는 행동(들)을 분석하여야 했다.

이렇게 말이다.

ex〉'생각해보니 박 대리, 정 대리, 서 대리도 나에게 말을 툭툭 던지곤 하는데... 내가 무슨 말, 무슨 행동을 할 때 그들이 그렇게 나오는 걸까?

아! _라는 식의 행동을 할 때마다 그들은 나에게 _하게 행동하는구나!'

이것이 바로 인간관계의 넓은 측면을 이해하기 위한 첫 단계이다. (개선은 그 후이다.) 단지 순간의 감정에만 치우쳐 '감정 해결' 을 위한 노력을 기울이는 게 아닌 자신의 오류를 찾아가는 것에서부터 시작해야 한다는 얘기다.

김 대리는 이에 있어 '나는 아무 잘못이 없는데 상대가 나에게 상처를 준다.' 는 식의 자기 피해 적 관점으로만 관계를 바라보았다. '도대체 나한테 왜 그러는 거야!! 으아~~~!! 못 참겠다!! 복수해야지!!' 라는 식으로 말이다.

그렇다면 상처를 준 상대는 잘못이 없다는 말인가?

물론 상대의 잘못이 없는 것은 아니다. 타인에 대한 고려 없이 (=생각 없이) 말을 뱉어 상대의 기분을 상하게 하였으니. 때로는 그들의 그런 언행에 과감하게 대해야 할 때가 있다. 특히나 상대가 '모멸감'을 주었을 때는 더더욱 말이다.

이에 관해선 '나를 언짢게 하는 사람에겐 이렇게' 챕터를 참고하길 바란다.

하지만 지금은 좀 더 넓게 생각해보자. 상대가 오만방자하게 행동하도록 상황을 만든 것은 누구의 잘못인가? 만만하게 보이도록 상황을 방치한 당사자의 잘못 아니던가? 또한, 개선점을 찾으려 노력하기는커녕 상대의 탓만 하는 것 역시 잘못 아니던가? 타인의 잘못을 따지고 그 책임을 묻는 것도 중요하지만 그전에 자신의 개선점을 찾아 관계를 개선하는데 중점을 두는 것이 보다 현명한 방법이다. 자신의 잘못을 깨닫지 못한다면 매번 똑같은 상황이 반복될 것이니 말이다.

물론, 자신의 개선점을 찾아 고치기 위한 노력을 한다 해서 문제가 즉각적으로 해결되진 않는다. 하지만 이는 '관계 발전'을 비롯 모든 자기 계발 적 요소에 있어 매우 중요한 첫걸음이라 할 수 있다.

· 알고 보니(=자신의 잘못을 돌이켜보니) 매번 남들에게 휩쓸려 다니기만 했다.
· 정작 자신이 남들에게 하는 막말은 모르고 있었다.
· 타인들을 불쾌하게 할 수 있는 습관을 지니고 있었다.
· 대인 · 인간관계를 개선하기 위한 노력이 전혀 없었다.

등등의 사실들을 발견하였는가? 그것을 개선하기 위한 노력이 바로 폭넓은 인간관계를 지향하기 위한 첫 시작이 될 것이다.

첫술에 배 부르려 하지 마라. 자신에 대한 고찰 없이는 그 무엇도 소용없다. '내 단점을 파악하고 개선한다는 말은 너무 당연한 거 아냐?'라고 생각하는가? 마음속 깊이 생각해보라. 그리도 당연하다고 느낀 사항을 과연 얼마나 실행해왔었는지 말이다. 그리고 그간 인간관계에 문제가 생길 때마다 김 대리처럼 좁디좁은 생각을 했던 것은 아니었는지 자신에게 물어보길 바란다.

기본조차 되어있지 않은 상태에서 관계의 개선을 바란다면 (미안하지만) 잘 안될 것이다. 언제나 순간순간의 해결에 급급해 응급 대처만 갈구하는 소심한 사람 그 자체로 전락해버릴 것이다.

03

유교사상이 우리에게 끼친 영향?

무구한 세월을 유교의 영향권 아래 있던 동아시아 지역. 특히
나 유교사상의 지(智), 덕(德) 일치를 꿈꾸던 우리나라는
(뼈 속 깊은 곳까지 뿌리내린 그 영향으로 인해) 정치는 물론 경제, 문화까지 그
손길이 닿지 않은 곳이 없다 해도 과언이 아니다. 실용주의에 입각한
'합리적 사상' 보다 인의예지(仁義禮智)에 따른 유교적 사상이 으뜸이 되
기 일쑤였던 조선 그리고 한국.

그래서일까? 아직도 우리의 행동, 말투 하나하나엔 상대에 대한 예
의를 매우 중요시하는 습관이 배어있다.

필자는 개인적으로 공자, 맹자 등이 남긴 위대한 지적 유산으로서
의 유교를 높이 평가한다. 한 나라의 통치이념으로서 뿐만이 아닌 백
성들을 위한 평화적 통치 수단이었던 유교 사상은 정말이지 시대가 나

은 위대한 사상이 아닐 수 없다.

하지만 우리는 21세기를 살아가고 있다. 조선시대처럼 유교를 '삶의 모든 것'으로 받아들이기에는 어려운 부분들이 너무나 많이 존재한다. 글로벌화된 세계정세 속에서 홀로 유교적 사상을 외쳐대기에는 무리가 있지 않겠는가.

더군다나 경제, 사회, 문화, 의·식·주의 대부분이 서구화되어버린 이 시점에서 유교적 문화와 서양문화의 합일점을 찾기란 여간 까다로운 일이 아닐 수 없다.

그럼에도 우리는 마치 DNA에 각인이라도 된 듯 유교적 관념을 뿌리 깊게 인식하고 있으며 이는 평생 그림자처럼 따라다닐지 모른다. 특히나 대인관계를 더욱 복잡하게 만드는 상하관계... (엄밀히 말하자면 '불평등적 수직관계') 예의와 관습을 앞세운 '강요적 행태' 등등... 필자는 이러한 문화적 아이러니 속에서 피어나는 특유의 심리에 대해 말해보고자 한다. 다음 챕터를 통해서 말이다.

지나치게 예의를 따지는
사람의 심리는?

나이, 지위 에 따른 위계질서. 상하 수직관계.

    *여기서 말하는 지위는 '사회적 관습' 으로 인해 정해진

위치를 의미한다. [선배, 직장 상사 등등]*

  나이, 지위 등에 따른 엄격한 위계질서 체계가 오롯이 유교적 관념 때문은 아니겠지만 분명 일정 부분 책임이 있지 않을까 싶다.

  애초에 유교적 사상과 관습이 우리 삶 속 깊은 곳까지 들어오지 않았다면 어떠했을까?

  위계질서 체계가 지금만큼 엄격해졌을까? 아닐 것이라 본다. 그렇다면 나이, 지위 등에 따른 위계질서 체계가 유교의 영향을 받은 동아시아권에만 존재할까? 그렇지는 않다.

분명 서양 권(또는 그 이외의 지역에도)에서도 나이에 따른 대우 및 지위에 따른 위계질서가 존재한다. 하지만 확실히 말할 수 있는 것은 적어도 한(韓), 중(中), 일(日) 만큼은 아니라는 것.

윗어른을 공경하고 대우하는 것은 굳이 유교적 측면이 아닌 인간적 측면 에서만 보아도 매우 아름다운 일이 아닐 수 없다. 하지만 지나치게 엄격해질 시

· 나이를 위시하여 대우를 받으려는 이들의 행태
· 수직관계에서 벗어나는 행동을 용납하지 않아 벌어지는 일들
· 의사결정의 부자연스러움
· 강압적인 태도의 고수와 그로 인한 非 발전적 관계 형성 등등의
　문제가 생길 수 있다.

얼마 전 필자는 참으로 요상한 광경을 목격했다. 한 노인이 지하철을 타자마자 대뜸 자리로 성큼성큼 걸어가더니 자리에 앉아있던 어느 청년을 향해 '어른이 앞에 있는데 앉아있어!?' 라며 호통을 치는 게 아니던가. *일정 시간 동안 서 있다가 마지못해 청년에게 소리를 친 게 아닌, 타자마자 곧바로 달려가 호통을 쳤다. 마치 노렸다는 듯이.*

놀란 표정을 감추지 못한 채 자리를 양보한 청년은 뻘쭘히 다른 칸으로 도망치듯 옮겨갔다. 그런데 그 노인, 자리에 앉아서도 (혼잣말인지

모두에게 고하는 말인지) '요즘 젊은 것들은 예의라고는 찾아볼 수가 없어 도대체! 어른이 타면 알아서 일어나야 할 것 아냐!?' 라며 분을 삭이지 못하였다.

이것이 과연 올바른 태도인가? 비단 이뿐만 아니더라도 비슷한 경우는 수 없이 많다. 단지 나이가 많다는 이유만으로 (혹은 관습상 정해진 위계에 따른 지위가 높다는 이유만으로) '동방예의지국' 이라는 명목 하에 행해지는 지나친 행태들.

어쩌면 필자에게도 혹은 여러분에게도 위와 같은 습관이 배어있을지 모른다.

자, 기존의 유교적 관념과 충돌하는 수없이 많은 관습들에 대해 열거하고 설명하자면 애초 목표한 방향에서 벗어날 수 있기에 곧바로 '그들의 심리' 에 대해 이야기해보고자 한다.

그들은 왜 지나치게 대접을 받으려 하는가? (=그들은 왜 지나치게 예의를 따지려 하는가?)

일단 첫 번째 이유는, 사회 관습에 따른 습관적 행동이 될 수 있겠다. 아이가 부모의 행동을 무비판적으로 수용하듯 그들 역시 어린 시절부터 '위계질서가 팽배한 사회적 분위기' 를 무비판적으로 수용했을 것이다. 그것은 곧 습관으로 굳어졌을 것이고. 하지만 이것만으로는 설명이 부족하다. 지금 언급할 두 번째 이유와 결부하여 생각해야 하기 때문이다. 바로, '타인으로부터 인정을 받기 위한 몸부림' 즉 타인 지향성.

타인지향성: 자신의 인정보다 타인의 인정을 더욱 중요시하는 성향

우리가 말하는 '자존감'이란 말 그대로 '자신을 존중하는 마음'이라는 해석이 있을 수 있지만 이보단 '스스로 만족하게 느끼는 감정'이라는 해석이 더 맞지 않을까 싶다.

타인의 인정이 아닌 스스로를 인정하는 마음.

누군가 인정해주지 않더라도 스스로를 인정할 수 있는 마음.

이것이 바로 자존감의 실체다. 이는 매우 작은 부분에서도 알 수 있다.

멋지게 꾸민 당신. '와우! 헤어스타일이 멋지군요!'라는 말에 더욱 의기양양해진다.

반대로 생각해볼까?

'머리 스타일이 그게 뭐야? 정말 이상하다~'라는 말에 마음이 흔들리는 당신.

'정말 이상한가? 내가 볼 땐 멋진데... 미용실에 다시 가야 하나?'

'머리카락이 빨리 자라게 하는 샴푸를 사야 하나...'

자존감이 강한 경우, 즉 스스로를 인정하는 마음이 강한 경우는 타인의 칭찬, 비난에 그리 큰 신경을 쓰지 않는다. 자기 스스로 만족하면 그걸로 끝이기 때문.

'너 머리 스타일이 그게 뭐야? 꼭 사자 같아.'

'무슨 가부키 연극 나갈 일 있어? 화장이 그게 뭐야?'

'내가 봤을 때 당신은 이 직업이 적성에 맞지 않는 것 같습니다'

자존감이 강한 이들에게 위와 같은 말들은 일종의 작은 조언 혹은 잔소리와도 같다. 그들은 크게 신경 쓰지 않는다. 타인의 인정보다 스스로의 인정이 훨씬 더 중요하기에.

물론 지나치면 '독단' 으로 비칠 수 있다.

그런데, '예의' 를 들먹이며 지나친 대접을 받으려는 이들 대다수에게선 자존감의 결여가 눈에 띄게 발견된다. 타인의 인정이 없으면 견디지 못할 '자존감 결여' 가 그들의 작은 행동 하나하나에 배어있다 이 말이다.

누군가 자신에게 예의 없는 행동을 할 시(사실 그리 예의 없는 행동이 아닌 경우가 허다하다.) 그들은 상대의 행동을 자신을 무시하는 행동 즉, 자신을 인정해주지 않는 행동으로 받아들인다. '나를 인정한다면 예의 없는 행동을 하지 않을 것이다' 라는 신념으로 꽉 찬 그들의 머릿속은 상대의 행동이 얼마큼 예의가 있었는가를 판단하기 바쁘다.

이는 자(自)존감이 아니라 타(他)존감이 아니겠는가?

한편으로 그런 그들의 행동을 보면 안쓰럽기 까지 하다. '스스로에 대한 인정심이 얼마나 부족하면 저렇게 기를 쓰고 타인의 인정을 받으려 할까..'.

마치 어린아이가 부모의 관심을 끌기 위해 재롱을 피우는 듯 보일 때가 많다.

그런 그들에게 '유교적 관념'에 따른 예의는 매우 좋은 무기(=핑계)가 아닐 수 없다. 대부분의 사람들이 '사회적 관습'이라는 명목 하에, 자신의 행동을 암묵적으로 용인을 해줄 것이란 사실을 알고 있기 때문이다.

'이 문제는 ㅁㅁ한 관점으로 봐야 한단다.'

'그런가요? 제 생각엔 ○○한 관점으로도 설명이 될 수 있을 것 같은데...'

'그건 네가 아직 세상 물정을 잘 몰라서 그러는 거야.'

'네? 그게 아니라 상식적으로 생각해보아도..@!@!#%%#'

'아니 이놈 자식이 꼬박꼬박 말대꾸야??'

'어른(혹은 선배)을 보면 90도로 인사해야 할 것 아냐?'

'아 죄송합니다... [인사]'

'어린놈이 예의라곤 쥐뿔만큼도 없으니 이거 원!'

'네, 다음부터는 주의하겠습니다.'

'앞으로 지켜보겠어! 얼마나 인사를 잘 하나 못하나!'

그들은 알고 있다. 상대가 아무리 논리적으로 나온다 하더라도 예의라는 무기를 들이 내밀면 이긴다는 사실을. 이 얼마나 완벽한(?) 무기인가? 게다가, 자신의 연약한 '타인 지향성'을 감추는 것은 덤.

＊나는 ○○한 대접을 받아야 해.

＊나를 높게 대해줘야 해.

＊나를 인정 해줘야 해.

라는 생각은 반대로

＊나는 ○○한 대접을 별로 받아보지 못했어...

　　나 스스로도 그러한 대접을 받을 수 있는 자격이 있는지 잘 모르겠고.

＊많은 사람들은 툭하면 나를 무시해...하긴 내가 남이었어도 나 같은 녀석을 무시했을 거야!

＊왜 주변 사람들은 나를 인정해주지 않지? 나 좀 인정해줘 제발... 부탁이야...

라는 '무의식적 외침'이 반영된 생각이라 할 수 있다. 필자는 확실히 말할 수 있다. 사회 관습에 따른 기본적 대접 '그 이상'을 받으려 하는 이들 거의 모두는 '자존감'이 현저히 낮다고 말이다.

마음속에서 외쳐대는 자신만의 소리를 무시한 채 애써 눈을 돌려 외부의 인정, 칭찬, 평판에만 집중하는 그들. 기본적 예의마저도 자신을 향한 인정이라 생각하는 그들의 심리는 어떤 면에서는 매우 애처롭기 까지 하다.

필자 역시 주변에 그러한 이들이 있다.

'형(누나)이 말이야!~

내가 너 인생 선배로서 얘기하는데!

어디서 어른이 말하는데 껴들어?'

등등의 말들로 필요 이상의 기선제압(?)을 하곤 하는데, 필자는 일부러, 마음에도 없는 말로 그들을 인정해준다. 왜? 그들이 필요한 건(위에서도 언급하였듯이) 인정 아니던가?

얼마나 불쌍한가. 인정이라는 동전을 던져주면 조용해지는 그들. 맞서기보다 동정 어린 '인정'을 던져주면 문제는 간단히 해결된다.

그들은 인정을 구걸하고 있는 나약한 이들이다. 그들의 '욱' 하는 감정에 휘말려 긁어 부스럼을 만들지 말길. 그들은 마치 부모의 관심을 갈구하며 생떼를 쓰는 어린아이 와 같으니까.

그리고 한 가지 더.

그들이 던지는 '분노 덩어리' 는 결코 타인을 향한 것이 아니다. 오랜 시간 동안 스스로 쌓아왔던 치욕과 무시(←자신만 그리 생각하는 경향이 크다)를 뱉어내는 것일 뿐이다. 뱉어내고 남은 빈자리에 자신을 향한 인정을 (억지로) 채워 넣으려는 것.

그러니, 그들의 분노는 대응할 가치조차 없는 빈껍데기일 뿐이다. 다시 한 번 강조한다. 동정 어린 인정 을 툭 한번 던져주면 그들은 잠잠해진다.

ex

아~그러고 보니 ○○씨의 말씀이 맞는 것 같습니다!
네~선배님^^ 제가 몰라 봐서 너무 죄송합니다!^^
앗! 이렇게 대단하신 분인 줄 모르고 제가 큰 결례를 끼친 것 같네요.

'지나치게 대접을 받으려 하는 이들' 의 심리적 상태와 정말 간단한 그에 따른 대응책, 이제 이해할 수 있겠는가? 어찌 보면, 그들은 따듯한 사랑의 손길을 기다리고 기다리다 변해버린 것인지 모른다. (그들을 동정할 때 이 사항을 꼭 기억하라.)

그럼에도 확실한 것은! 그들의 권위주의적 행태가 작게는 한 개인에게 크게는 한 사회에 넓게 퍼진다면 (지금도 매우 넓게 퍼져있지만) 간과할 수 없을만큼의 큰 문제로 발전할 수 있다는 사실. 적어도 여러분만큼은 그들을 어느 정도 이해함과 동시에, 그들의 마수(魔手)에 휘둘리지 않기를 바라는 마음이다.

PS

'기본적인 예의'를 지켜야 함은 당연하다.

이는 자존감의 문제와는 상관없이 인간이라면 반드시 지켜야 할 도덕적 규범이 아니겠는가.

필자가 언급하고 있는 이들은 '지나치게 대접을 받고자 하는 이들'이다.

오해 없길 바란다.

05

순진한(?) 이들이 겪는 고통

많은 │ 이들은 세상을 두 가지 시선으로 바라본다.

강한 자(or 가진 자)들이 꿈꾸는 세상 vs 약한 자들이 억압받는 세상.

어찌 보면 매우 극단적인 구분일 수 있겠지만, 현시대를 살아가는 우리는 두 개의 틀 속에서 방황하며 굳이 하나의 세상을 택하려 한다.

만약 여러분이 권력과 돈을 가진 이 라면 '역시 세상은 손에 무엇인가를 쥐고 있어야 살아남을 수 있어!' 라며 안도의 미소를 내비칠지 모르고 가진 자의 억압 속에서 고통을 받고 있는 이라면

'빌어먹을 세상!' 이라는 한탄과 함께 어두운 색안경을 통해 세상을 바라볼지 모른다.

이러한 '이분법적 선택' 은 여러분을 흑백논리의 기로 위에 밀어 넣

는다. 넓게는 진보/보수로 구분되기도 하며 또 다르게는 복지와 발전이라는 문제로 구분되기도 한다.

'순진한' 사람이라 불리는 이들은 일반적으로 스스로를 억압받고/착취당하며/손해만 보는 이들로 인식하는 경우가 많다. 이는 어떤 면에서는 '철저한 사실'일 수 있으며 어떤 면에서는 '과장된 자기 연민'일 수 있다. 하지만 당사자의 입장에서 자신은 그 누가 뭐래도 항상 억압/착취/손해와 밀접한 연관성을 가진 사람 그 자체이다. (필자는 글의 객관성을 위해 어느 입장이 좋다 혹은 나쁘다고 하지 않을 것이다.)

일단, 쉬운 이해를 위해 그들(스스로를 억압/착취당하고 있다 여기는 이들)을 '순진한' 사람이라고 지칭하겠다.

'왜 나만 이럴까?'

직장생활(특히 동료 직원들과의 관계)에 있어 고통을 겪고 있는 한 사람이 있다고 하자. 그의 입사 동기들은 별 걱정 없이 회사생활에 임하고 있지만 그는 그렇지 못하다. (그 만의 생각이기도 하다.) 불편하기만 한 직장 내 상하 관계, 동료들과의 친목, 회식 자리 등등. 잘해보려 노력은 하지만, 이내 포기하고 마는 자신을 발견하며 한탄한다.

'다들 잘 하는데 왜 나만 이럴까?'

그의 눈에 비친 '자신을 제외한 대부분의 이들' 은 원만한 직장생활을 유지하고 있다. 그러나 사막에 홀로 핀 선인장 마냥 본인은 영 자신이 없다. 애써 힐링 서적, 심리 서적 등을 펼쳐보며 위로를 받으려 해도 그때일 뿐. 애써 종교의 힘에 기대보려 해도 상황은 반복될 뿐. 나아질 생각을 하지 않는다.

필자는 그간 이와 같은 고민을 하는 수많은 상담자들을 만나보았다. 그리고 그들에게서 한 가지 공통점을 발견할 수 있었다. 바로 '다들 잘하는데 왜 나만 이럴까' 라는 생각. 그들에게 있어 타인(들)은 언제나 행복한 세상에서 살고 있는 '스마일 맨(Smile Man)' 이다.

이렇듯 순진한 이들은 대부분 타인들과의 비교 속에서 자신을 발견한다. 그들이 스스로를 바라보는 관점은 '많은 이들 중 하나' 인 경우가 대부분이다.

인간은 홀로 세상을 살아갈 수 없다. 당연하다. 타인들과 조화로운 삶을 살아가는 것은 인간의 본능이자 숙명이니까. 그러나 '타인이 있어야만 내가 존재한다(타인 지향성)' 는 생각은 전혀 다른 차원의 문제이다. 그들이 가지고 있는 '타인 지향성' 은 결국 자신을 탐구하는 데 몰두해야 할 시간을 타인들과의 비교/대조라는 엉뚱한 시간 속으로 몰아넣는다.

그렇다면 그들의 공통된 생각 즉 '남들은 안 그런데 나만 그렇다…' 라는 부분. 한번 곰곰이 생각해보자.

그들이 바라보는 타인들은 정말 고통 없이 지내는, 항상 행복하기만 한 초인적 존재들일까? NO! 타인들 역시 고통을 느끼고 힘들어하는 '보통 사람들'이다. 단지, 순진한 이의 눈에만 그리 보이지 않을 뿐. 아니, 순진한 이들은 그러한 모습을 애써 외면한 채 보려 하지 않는다. 왜? 아이러니하게도, 문제를 개선하는 것 보다 자신 스스로를 '비극의 주인공'으로 남겨두고 싶은 마음(?)때문이다.

이는 스스로를 탐구하여 문제의 원인을 찾고 개선해 나가는 과정을 모르기에(=노력하여도 안 될 것이라는 생각에) 모든 것을 포기하는 심정에서 일어나는 사고(思考)이기도 하며, 다르게는 '자기 연민'이라고도 불린다.

스스로의 개선점을 찾자니, 어디서부터 무엇이 잘못되었는지 감조차 오지 않고 막상 개선하려 하자니, 무엇을 어떻게 해야 할지 모르겠고...어찌 보면 차라리 자신을 '불쌍하고 무능하다'라며 자책하는 편이 더 편할 것 같기도 하다. 적어도 반대편을 향해 분노를 쏘아댈 순 있으니까. 하지만 남는 것은 아무것도 없다.

전혀 해결될 것 같지 않아 보이는 이 문제..... 해결책은 있을까? 있다. 더군다나 매우 간단하다.

'타인(들)과의 비교를 통해 자신을 찾는 것이 아니라 스스로에 대한 객관적 탐구를 통해 자신을 찾아라.'

어떠한가? 너무나 간단하지 않은가? 단지 관점을 달리하기만 하면 된다. 타인들을 향한 관점을 좀더 자신에게 집중시켜 보라는 얘기다.

타인들을 비교대상으로 자신을 탓하는 것이 아닌 스스로 할 수 있는 것을 발견하지 못한 자신을 탓해야한다.

순진해서가 아니다. 타인과의 비교의식이 스스로를 이른바 '순진하다'고 자처하게끔 이끄는 것이다. 여러분은 '여러분'이고 타인은 '타인'이다. 자신에 대한 탐구 없이 빈약한 흑백논리만으로 스스로를 순진한 사람으로 몰아가는 일은 없어야 한다.

본 책을 끝까지 다 읽고 나면 이에 대해 더욱 깊게 깨달을 것이다.

여기서 잠깐!

노파심에 한마디 하겠다. 행여 본 내용을 확대해석하여 현 세대의 젊은이들이 힘들고 아픈 이유는 모두 스스로의 탓이라는 식으로 받아들이지 않기를 바란다. 필자는 (대인/인간)관계적 문제를 이야기하고 있다. (참고로 필자는 현재 젊은이들이 처한 여러 현실적 문제들의 대부분은 現사회에 책임이 있다고 생각하는 1人 이다.)

06

감성적인 사람의 치명적 단점은
바로 이것!

여러분은 | '감성적' 인가 아니면 '이성적' 인가?

사람의 유형을 옷을 재단하듯 나눌 수는 없지만 필자의 경우 타인의 유형을 구분해야만 할 시 '감성적' 혹은 '이성적' 으로 구분하곤 한다. 물론, 인간이라면 누구나 감성적인 측면과 이성적인 측면을 동시에 가지고 있다. 단지 어느 측면이 더 강한지, 특정 상황에서 어떠한 측면이 더 잘 발휘되는지에 따라 '감성적이다 혹은 이성적' 이다 라고 말 할 수 있다.

굳이 나눠보자면 인간은 '성인' 의 시기보다 '청소년' 의 시기에 더 감성적일 수 있으며 비교적 남성보다 여성이 더 감성적이라 할 수 있다.

감성적인 유형:

＊ 객관적 판단의 근거보다 직감, 느낌을 중요시 여기는 경향이 크다.

＊ 감정의 변화에 매우 민감한 경향이 있다.

＊ 외부적 요인에 따라 감정의 상태가 결정되곤 한다.

＊ 감정의 상태에 따라 결정을 내리는 일이 많다.

이에 모두 일치한다고 해서 '감성적이다' 라고 단언할 수 없음을 밝히는 바이다. 단, 위 사항들은 감성적이라 판단되는 대부분이 공통적으로 가지고 있는 요소이다.

이성적인 유형은 이와 반대라고 생각하면 좋을 것이다.

필자는 '지나치게 감성적인 사람들의 문제점에 대해 이야기하고자 한다. 그들이 현실에서 겪을 수밖에 없는 '치명적 문제점'에 대해서 말이다. 필자의 주위엔 유난히 '감성적인 유형의 사람들 이 많다. *아마도 직업 때문에 그런 게 아닌가 싶기도 하다.*

필자 역시 과거엔 매우 감성적인 경향이 강하였으므로 그들이 삶 아니 현실을 대하는 방식을 이해하지 못하는 것은 아니다. 그러나 그들의 지나친 감성적 태도가 야기하는 여러 문제들을 보면 참으로 씁쓸할 때가 많다. 앞서 언급 하였듯 감성적인 유형의 사람들은 대부분 주변의 환경, 상황, 인물들이 선사(?)하는 여러 분위기에 휩쓸리는 경향이 크다.

'오늘 이 음악을 들으니 과거의 연인이 생각나면서... 눈물이 나는군요..'
'당신의 그 말 한마디가 오늘 내 기분을 완전히 망쳐버렸어요..'
'이 영화를 보고 3일 동안 기분이 축 처지게 되었네요..'

아마 여러분도 이와 같은 경험이 있었을 것이다. 주변의 환경, 상황 혹은 타인들로 인해 감정의 격한 변화를 겪게 된 경험. 이것이 잘못되었다는 얘기가 아니다. 자연스러운 감정이니까. 다만 이러한 감정의 변화가 '지나칠' 경우, 문제가 발생한다는 점에 주목해야한다.

우리는 냉정한 현실세계를 살아가고 있다. 조금만 방심해도 뒤처지고 살짝만 돌아가도 자리를 빼앗기는 치열한 경쟁 사회를 살아가고 있다.

더군다나 복지시스템이 무지하게 빵빵한 북유럽의 어느 나라에 살고 있지도 않다.

이러한 사회는 잔인할 정도로 이성적 · 객관적 · 현실적인 인물을 요구한다. 맛있는 빵을 많이 만들어 경제적 수익을 올리는 사람을 원하지 빵을 예술작품으로 만드느라 팔지도 못하는 사람을 원하지 않는다는 말이다.

※ 물론, 일부 예술 세계에서는 후자의 행동을 '일부러' 하는 이들이 존재한다. 그리고 그중 (극소수로) 성공을 이루는 이들도 존재한다. 하지만 그것은 어디까지나 극소수의 경우에 불과하다. 크게 성공한 아티스트가 있다면 그는 몇 천 분의 1, 몇 만 분의 1의 확률을 뚫고 나온 경우이다. (혹은 의도 하에 상업적 예술을 추구한 경우이거나.) ※

(지나치게) 감성적인 이들의 문제점 중 첫 번째는 바로 그들이 주변의 환경/상황/인물 등에게 너무나 민감한 영향을 받기에 냉정한 현실이 원하는 '스피드(Speed)'에 부합하지 못하게 될 가능성이 높다는 것.

자, 여러분이 신발공장의 공장장이라 하자. 납품 마감일이 바로 코앞이라 24시간 내내 공장을 가동하여도 시간이 모자랄 정도이다. 그러던 어느 날 한 직원이 여러분에게 이렇게 이야기한다.

'사장님, 제가 어제 여자 친구와 헤어져서 오늘은 도저히 일을 할 기분이 아니네요.'
이때 여러분은 무엇이라 얘기하겠는가?

'그래, 그 감정 나도 충분히 이해하네. 지금 납품 마감이 코앞이지만 집에 가서 기분 좀 추스르게.' 라고 할 것인가?

이 예시는 지나치게 감성적인 사람이 현실에서 겪게 되는 일명 '도 태 현상' 을 설명하고 있다.

감정에 흔들리지 않고 자신의 할 일을 해야 함이 마땅함에도 '주변 의 환경/상황/타인들로 인해 과도한 스트레스를 받아 현실에 적응하 지 못하는 현상' 말이다. 당연히! 이렇게 반문하는 이도 있을지 모른 다.

'도저히 무엇인가를 할 기분이 아닌데도 억지로 하란 말입니까?'

그래, 이해한다. 필자 역시 기분이 매우 좋지 않을 때는 다 내려놓 고 싶을 때가 한두 번이 아니니까. 그러나 지나치게 감성적인 이들의 경우 기분에 휩쓸려 '현실적인 해결점' 을 찾으려 하기보다 감성으로 의 도피(?)만을 선택한다는 데에 문제가 있다. 즉, 눈앞에 있는 현실의 문제를 뒤로해버린 채 감성의 피난처(?)로 숨어버리는데 큰 문제가 있 다는 말이다.

그들은 현실에서 풀어내야 할, 반드시 해결해야 할 일이 있음에도 불구하고 도피처를 찾는 일에 더 급급하다.

여러분은 아마 이렇게 생각할지 모른다. '내가 설마 그 정도까지 현실적이지 않게 행동하겠어?' 라고. 과연 그럴까?

고민을 한가득 안겨주는 누군가가 있음에도 '시간이 지나면 다 괜찮아지겠지.' '뭐 어쩌겠어 그냥 그러려니 해야지' 라며 애써 자기 위로를 한 적은 없는가?

좋아하는 누군가가 있음에도 '저 사람과 인연이라면 맺어지겠지.' '때가 되면 저 사람도 나의 마음을 알아주겠지.' 라며 마음을 추스른 적은 없는가?

당장 풀어야 할 현실적인 문제가 있음에도, '이럴 땐 어디론가 여행을 떠나는 게 최고야' '마음에 안정을 주는 심리/힐링 서적을 읽어야겠다.' 라며 도망간 적은 없는가?

가끔은 '시간이 약이 될 때'가 있고, '힐링이 도움을 줄 때'가 있다. 하지만 풀어야 할 문제가 눈앞에 있음에도 아무런 조치와 해결 없이 위와 같이 생각하고 행동한다면 앞서 언급한 '감성으로의 도피(=현실 도피)' 와 무슨 차이가 있겠는가? 해결 되어야 할 문제는 반드시 해결되어야만 한다.

비닐이 자연분해 되기까지는 약 10~13년 정도가 걸린다고 한다. 집

주변에서 비닐이 썩어 문드러지고 있는데 '10년 정도만 참으면 알아서 자연분해 되겠지..' 라며 기다리기만 할 것인가? 아니다. 그것을 치우는 것이 정답이다.

한번 잘 생각해보길 바란다. 자신의 심리적, 대인관계 적, 처세 적 문제에 있어 마치 집 주위에 버려진 비닐 마냥 자연분해 되길 기다리고 있는 것들이 몇 개나 있는지 말이다.

※ 필자는 그러한 문제들을 해결할 수 있는 최적의 방법을 알려주는 일을 업으로 삼는다. 그것이 삶을 윤택하게 만드는 황금열쇠 라는 사실을 그 누구보다 명확히 알고 있기에 필자는 필자의 직업에 큰 자부심을 가지고 있다. ※

07

자랑을 늘어놓는 사람의 심리는
무엇일까?

간혹 │ 사람들과 대화를 나누다 보면 '이 사람, 내 말을 듣고 있기
나 한 걸까?' 라는 생각이 들 때가 참 많다. 딴청을 피운다
거나, 자신이 이야기할 타이밍만 노리고 있다거나...등등

누군가 말했다. '말은 하는 것보다 듣는 것이 더 중요하다' 고. 참으
로 맞는 말이다. 아무리 말을 잘한다 해도 경청의 태도가 결여되어 있
는 사람에게 맞장구쳐줄 사람은 아무도 없을 테니 말이다.

예전, 학식이 풍부하다고 소문난 지인과 점심을 먹은 적이 있다. 그
런데 분명 점심을 함께하기 위한 자리였음에도 어찌 '교장선생님 훈
화 말씀 시간' 인 듯 마치 강연을 듣다 온 기분이었다.

한시도 쉬지 않고 강연(?)을 펼친 그로 인해 식사도 제대로 못하였기
에 그리 유쾌한 자리는 아니었던 걸로 기억된다. 대화를 하러 갔다 설

교를 듣고 온 꼴이랄까?

이외에도 비슷한 경우가 많았는데 신기한 사실은 자신의 분야에 전문성을 띠고 있는 이들일수록, 필자보다 나이가 많은 이들일수록, 여러 면에서 보수적인 성향이 강한 이들일수록 예시 속 지인처럼 행동하는 경향이 있다는 것이었다. 물론 필자보다 나이가 많거나 보수적이라 하여 모두가 다 그렇지는 않겠지만 이상할 만큼 일치하는 그들 사이의 '비(非)경청' 요소는 필자를 놀라게 하였다.

자, 그들 한 명 한 명의 심리를 분석하여 '경청' 을 하지 못하는 이유를 밝히고 싶지만 그보다 더 깊은, 그들의 무의식에 깔려있는 (그들이) 자랑을 하고 싶어 하는 근본원인에 대해 말하고자한다.

필자가 매우 좋아하는 속담이 있다. '벼는 익을수록 고개를 숙인다.' 그리고 '빈 수레가 요란하다.' 이다. 이는 여러분 역시 매우 공감하는 속담이라 생각한다. 하지만 대부분의 사람들은 이 명쾌한 속담을 무시하며 살아간다. 그래서일까? 많은 이들은 자신이 알고 있는 풍부한 지식(?)을 다른 사람에게 알리길 좋아한다.

왜? 자신을 드러낼 수 있기 때문이다. 자신의 '유식한 페르소나' 를 상대에게 어필할 수 있기 때문이다. 그로 인해 상대로부터 '유식함' 이라는 타이틀을 획득할 수 있다고 믿기에 자신의 유식함을 어필하려 온갖 애를 쓴다.

*유식함을 떠벌리고자하는 유혹을 이겨낸 이들은 '현인(賢人)'이라
부를 수 있겠다 .*

    혹시 유식함을 드러내려는 행동의 원인이 '불안'에서 출발한다는
사실을 알고 있는가? 자신의 유식함/박식함이 아직 타인들로부터 증
명되지 않았기에 심지어 자신조차도 100% 확신을 하고 있지 못한 상
태이기에 (불안한 나머지) 그것을 증명하려 애를 쓰는 행위라는 사실을.
    *비단 유식함뿐만이 아닌 재력/ 사회적 위치 등등의 어필도 이와
마찬가지이다.*

    A는 큰돈을 들여 유명 브랜드의 옷을 샀다. 그것도 가슴팍에 떡~하니
브랜드의 로고가 박힌 제품으로. '모두들 예쁘다고 난리겠지?' 라는 생각
에 기쁜 A.
    그러나 아무도 그에게 새 옷에 대한 언급을 하지 않는다. 단 한마디조
차도.
    얼마 지나지 않아 A는 주변인들에게 이렇게 얘기하기 시작한다.
    *'이 옷이 얼마짜리 줄 알아? 넌 상상도 못할 거야 얼마나 비싼지.... 이
게 말야 @!$#!@#!@#!'*

    예시 속 A는 타인들로부터 인정을 받기 위해 옷을 산 것이나 다름

없다. 마찬가지다. 기회가 날 때마다 자신의 유식함을 드러내려는(=자랑하려는) 이들은 사실, 스스로 자신을 유식하다고 생각하지 않기에(=혹은 불안하기에) 타인들로부터 인정을 갈구하는 것이나 마찬가지이다.

즉, 자신의 유식함/박식함에 대한 확신이 너·무·나·도 없기에 타인들의 인정을 통해 확신 받으려 한다는 것. 그런데, 확성기를 들고 다니며 '나 유식해요! 박식하단 말이에요!' 라고 외치며 다닐 순 없지 않겠는가? 그들에게 있어 타인으로부터 인정을 받을 수 있는 기회란 좀처럼 많지 않다. 그런 그들이 유식함을 '자랑' 할 수 있는 기회! 바로 대화의 자리이다. 특히 유리한 위치를 쉽게(?) 점유할 수 있다고 생각하는 대화의 자리는 절호의 찬스(?)가 아닐 수 없다.

※ 사회적 관념 상 자신이 우위를 차지하고 있는 대화 (연배가 아래인 상대, 자식, 제자, 후배 등등)
※ 자신의 지위가 상대보다 높다고 생각할 때의 대화 (학력/ 사회적 위치/경제력 등등)

그들은 이 기회를 놓치지 않고 떠벌리기 시작한다. (필자의 지인처럼.) 그들에게 경청을 할 여유 따위는 없다. 자신의 유식함을 알리기에도 시간이 부족하기에. 필자는 이러한 이들을 마주할 때면 한편으로 안쓰러움이 느껴진다.

지나치게 예의를 따지는 이들을 마주할 때와 비슷한 감정이 느껴진다.

'얼마나 자기 자신에 대한 확신이 없으면 이렇게 떠벌릴까..'
'주변사람들이 얼마나 알아주지 않으면 (혹은 무시하면) 나한테까지 이런 얘기들을 늘어놓을까...'
'어쩜 이리도 자존감이 낮을 수 있을까...' 라는 동정심 말이다.

'진정한 경청' 이란 상대의 이야기를 자신의 이야기처럼 듣는 것을 의미 한다. 그러나 그들에게 경청을 바라거나 대화다운 대화를 바라기는 매우 힘들다.

만약 여러분이 위와 같은 이들을 만나게 된다면 그저 고개나 몇 번 끄덕여 주다가 자리를 피하는 것을 추천한다. 장시간 그들의 요구에 부합되는 행동을 하게 될 시 그들은 물귀신 마냥 여러분을 더욱더 물고 늘어질 테니 말이다.

그들에게 조언이나 충고를 하려 하지 말고 스스로 깨닫고 뉘우칠 때까지 그냥 내버려 두 길 바란다. 평생 불안을 안고 살든지 깨우치든지 그것은 그들 스스로의 몫이다. 그들의 자랑거리나 들어주느라 여러분의 소중한 시간을 낭비하긴 아깝지 않은가?

진정으로 유식하고 박식한 이들은 자신이 이야기를 해야 할 때와 그렇지 않을 때를 구분할 줄 안다. 또한 '경청'의 중요성을 잘 알고 있으며 유식함을 떠벌리고 싶은 유혹을 매우 잘 통제한다.

어찌 보면 이들에겐 유식하다, 박식하다는 말보단 '지혜롭다'라는 말이 더 어울릴지 모르겠다.

08

미안하다고 말하지 않는 그들.
도대체 왜 그럴까?

여러분의 │ 주위 에는 '미안해', '내 탓이야', '내가 잘못 했어'
라고 자신의 잘못을 인정하는 사람이 많은가, 적은
가?

필자가 알고 있는 한 인물이 있다. 필자는 그와 알고 지낸 후 부터
그의 입에서 '미안하다' 라는 단어를 들어본 적이 없다. 그 무엇을 보
더라도 그가 잘못했음이 명백한데 그의 입에선 결코 '미안하다' 는 말
이 나오지 않는다. 가끔은 그의 그러한 태도 때문에 짜증이 날 때도 있
지만 어쩌겠는가. 그만의 습관(?)인 걸. 우리 주위에는 이처럼 ' 자신의
잘못을 인정하지 않으려 하는 이들' 이 있다.

그들은 왜 그럴까?

우리의 '자아'는 스스로의 의지와 타인의 영향력에 의해 만들어진
다.

*이는 일반적으로, 사춘기시절의 신체적/정신적 변화를 통해 완성
에 이른다. 사춘기를 '질풍노도의 시기'라고 부르는 이유이기도 하
다.*

쉽게 말해 스스로 인지하는 '자신에 대한 가치'와 '타인의 영향력
아래 있는 자신의 가치'를 비교해가며 자아를 만들어간다고 생각하
면 된다.

예를 들어, A라는 사람이 누가 봐도 명명백백한! 잘못/실수/비난을
받을만한 행동 등을 저질렀다 하자. 그의 마음 한편에는 두 가지 종류
의 불안함이 도사리게 된다.

불안함 1. 자신의 마음을 괴롭히는 불안함 (=양심)

불안함 2. 주변인들에게 '그따위 행동이나 저지르는 녀석'이라 불릴
　　　　것에 따른 불안함 (=타인의 비난에 대한 두려움)

'불안함 1'은 스스로 인지하는 자신에 대한 가치라 할 수 있고 '불
안함 2'는 타인의 영향력 하에 있는 자신의 가치라 할 수 있겠다. 만일
A가 '불안함 1'을 더 중요히 생각하는 사람이라면 그는 '자신의 잘못
을 인정하는 쪽'을 선택할 확률이 높다. 왜? 잘못을 인정하는 행동이

'마음을 불편하게 하는(=양심에 거슬리는)불안함' 을 조금이라도 덜어낼 수 있다고 생각하기에.

잘못을 시인 한 후 왠지 모를 '후련함' 을 느낀 적이 있을 것이다. 그때의 기분이라 생각하면 된다.

그러나 '불안함 2' 를 더 중요하게 생각하는 사람이라면 그의 입에서 SORRY 라는 말을 듣기는 그리 쉽지 않을 것이다. 왜? 그에게 있어 '미안하다/내 잘못이다' 라는 식의 말은 곧 타인들로부터의 비난/멸시/놀림/무시 /천대 등등을 부르는 '두려운 주문' 과 같기 때문이다.

즉, 웬만해서 자신의 잘못을 인정하지 않는 이들의 무의식 속에는 '타인으로부터 멀어지는 데에 따른 두려움' 이 크게 자리 잡고 있다는 얘기.

※ 물론! 자신의 잘못을 인정하지 않는 이들의 심리가 '무조건 이 이유 때문이다!' 라고 단정 지을 수는 없지만 필자는, 대부분의 경우가 이러한 이유 때문이라고 확신한다. ※

만일 여러분 주위에 위와 같은 사람이 있다면, 그의 행동(=잘못을 인정하지 않으려는 행동)에 화를 내기보단 '주위 사람들에게 비난/힐난/놀림 등을 받을까 봐 굉장히 두려워하고 있구나.'

'얼마나 사랑받길 원하면 이리 행동할까...애처롭다..' 라고 생각하도록 하자. 마음이 훨씬 편안할 것이다.

혹은, 이를 활용하여 그와 더 공감할 수 있는 통로를 마련해보는 것도 나쁘지 않을 것이다.

PS

지나치게 '자신의 잘못을 인정하지 않는 사람'의 경우 '신뢰하지 말아야 할 LIST'에 기재하는 것도 나쁘지 않을 것이다. 이는 '고수가 말하는 신뢰의 기술' 편을 참조하길 바란다.

인간의 행동 하나하나에는 이유가 있다. 그 어떠한 작은 행동도 '아무 이유 없는 행동'은 없으며 그 이유를 보다 더 잘 파악할 수 있는 지식과 능력이 있다면 인간관계의 풍요로움은 따 놓은 당상이라 할 수 있다.

필자가 본 저서를 통해 더 나아가 세미나, 강연 혹은 추후 다른 저서의 집필 등을 통해 많은 이들에게 알리고자 하는 것 또한 이와 같은 '지식과 능력'이다.

이는, 지금 보다 더 행복한 세상을 만드는데 일조하는 필자의 노력이라 말하고 싶다.

톡하면 미안하다고 말하는 그들.
도대체 왜 그럴까?

이전 챕터의 내용과는 반대되는 입장에 서있는 툭하면 미안하다
며 사과하는 이들의 심리상태에 대해 알아보자.

B: 어라? 오늘은 출근시간에 딱 맞춰서 출근했네? 평소에는 10분 정도
먼저 출근하더니~^^
A: 아...그러네요. 죄송합니다. 내일부터는 일찍 오도록 하겠습니다.

C: 가격 좀 깎아주세요!!
A: 죄송합니다... 더 이상의 할인은 불가능해서요..

D: 이 역으로 가려면 여기서 어떻게 가야 하나요?

A: 저도 잘 모르겠네요. 죄송합니다...

E: 저의 사랑을 받아주세요!!

A: 죄송해요... 저는 그쪽을 이성으로 생각한 적이 없네요,,,

예시 속 A의 한마디 한마디에는 '죄송합니다.' 가 마치 습관처럼 따라붙는다. 자, 그렇다면 한번 '죄송합니다.' 를 빼고 읽어보길 바란다. 어떤가? 문맥상 전혀 어색함이 없다. 오히려 문장 내 '죄송합니다.' 라는 말이 어색하게 느껴질 정도다.

그렇다면 그들은 왜 이리도 사족(蛇足)과 같은 사과성 발언을 남발하는 것일까?

사족(蛇足): 쓸데없는 짓을 하여 오히려 일을 그르침

물론 '미안하다고 말하지 않는 그들. 도대체 왜 그럴까?' 챕터 에서도 언급하였던 이유도 원인 중 하나이다. 하지만 이번은 경우가 다르다.

인간은 누구나 '본능적 자기 방어' 라는 원초적 시스템을 탑재하고 있으며 이는 '무의식' 의 경고 하에 자동적으로 작동한다. 쉽게 말해, 위험한 상황이 닥칠 경우 '본능적 무의식' 은 '의식' 에게 경고를 보내고 이 경고는 (실질적으로 느낄 수 있는) '공포/두려움' 의 신호로 전환되어 그에 따른 즉각적 대처를 유도한다. 이 모든 과정은 다음과 같은 순서로 (순식간에) 일어난다.

◆ 불은 위험해 〈경고〉 → 불에 너무 가까이 다가가면 생명에 지장이 생길 수 있어 〈강한 경고〉 → 불에 대한 공포심(= 두려움) 발동! → 대처 〈불에 다가가지 않음〉

◆ 밤늦게 어두운 골목을 혼자 다니면 위험해 〈경고〉 → 자칫 불한당을 만나 생명에 위협을 받을 수 있어! 〈강한 경고〉 →어두운 골목에 대한 공포심 발동! → 대처 〈어두운 골목에 가지 않음〉

※ '생명에 위협이 될 만하다' 라고 판단 → 공포/두려움 발동 → 행동 제약 ※

참고로 이는 신체적 자기방어에도 동일하게 적용된다.

◆ 이렇게 세게 맞다가는 생명을 잃을 수 있어! 〈경고+두려움 발동〉 → 팔 또는 다리로 취약한 머리/급소 등을 막아! 〈대처〉

◆ 눈은 매우 취약한 부분이라 각별히 신경 써서 보호해야 해 〈경고+두려움 발동〉 → 공이 날아오고 있네! 얼른 눈을 감아! 〈대처〉

'높은 곳에 올라가면 무서운 게 당연한 거 아니야?'

'주먹이 날아오면 눈을 감는 게 정상 아닌가?'

라며 당연시 생각했던 작은 행동 모두 사실은 매우 정교한 무의식적 자기방어 시스템의 작동으로 인해 이루어진 것이라 할 수 있다.

이렇듯 무의식적 자기방어 시스템은 정신적/신체적인 위험으로부터 우리를 지켜주는 수호천사와 같은 역할을 톡톡히 해내고 있다. 그런데 문제는 위협적이지 않은 상황을 위협적으로 인식하는 식의 '오류(error)'에서 발생한다.

실제로는 전혀 위협이 될 만한 상황이 아님에도 해당 상황을 '공포'로 인식하여 정상적 행동을 제약하거나 이상행동으로 유도하는 오류.

각종 공포증(불안 · 강박 · 공황장애 등등)의 원인 중 하나이기도 하다.

'미안하다/잘못했다/죄송하다'는 말을 습관처럼 하는 이들에겐 하나같이 이러한 오류에서 비롯된 '대인 관계적 공포/두려움'이 엿보인다.

그렇다고 오해는 하지 말기 바란다. 그들이 모두 '나는 대인관계가 너무나 두려워요...'라며 무서워하는 것은 아니니까. 필자는 그들이 의식하지 못하고 있는 사이에 묻어 나오는, 마음속 깊은 곳에서부터 스멀스멀 피어오르는, 두려움에 대해 이야기하고 있다.

아마 다수의 심리상담사들은 '자, 당신이 왜 그러한 두려움을 가지게 되었는지 그 원인을 찾아봅시다.' 라며 퇴행 식 최면 요법 혹은 비슷한(거기서 거기인) 방식들로 문제에 접근할 것이라 본다. 하지만 필자가 이미 언급하였듯이 '뇌' 라는 녀석은 과거의 트라우마를 다시 체험하게 될 경우 그것을 현실로 인식해버린다. 이는 공포와 두려움이 가중될 수 있는 계기가 될 수 있으므로 과거로의 퇴행을 통한 '트라우마 재경험' 방식은 그리 좋은 해결점이 되지 못한다고 생각한다.

 더 구체적인 이유가 궁금하다면 '심리 상담의 치명적 문제점을 파헤치다' 편을 참고하길 바란다.

 여하튼 그들(툭하면 사과성 발언을 남발하는 이들)이 타인들과의 관계에 있어 얻게 된 두려움은 그들의 행동에 제약을 걸고, 이는 하지 않아도 되는 행동이나 말을 하게끔 유도한다.

 '죄송합니다, 잘못했습니다, 내 탓입니다'

 다시 말해, 그릇된 두려움이 '미리 사과를 함으로서, 대인관계에서 발생할지 모르는 위협 요소를 줄이고자 하는 행동(=반복적 사과, 습관적 사과)' 으로 나타난다는 얘기다. 물론 두려움이 원인이 아니더라도

 ▶상대에게 깍듯한 예의를 갖추어야 할 경우 (웃어른/ 직장 상사/ 선배 등을 대하

는 경우)

▶상황이 악화되는 것을 방지하기 위해 (일부러) 먼저 사과를 하는 경우

▶단지 습관적인 행동일 경우

지나치게 사과를 하는 것처럼 보일 수 있으나 이는 어디까지나 그 롯된 두려움으로 시작된 경우가 아니기에 필자가 말하고자 하는 상황 과는 다르다.

그렇다면, 그들의 대인 관계적 두려움은 언제/어디서부터 시작된 것인가?

그것은 아무도 모른다. 아마 신(神)이 존재한다면 신만이 알고 있을 것이다. 왜? 특정 개인의 심리적 문제란, 여러 시기의 '문제 축적 과 정'을 거쳐 어느 순간 커져버린 것일 수도 있고 짧게는 수년 길게는 수 십 년 동안의 심리적 요소 · 사건 등등이 섞이고 뒤엉켜 축적된 결과물 일 수도 있으며 (드물지만) 뇌의 이상 현상으로 인해 뜻하지 않게 발현된 것일 수도 있기에 정확한 발생 시기를 콕 집어내는 것은 불가능에 가 깝기 때문이다.

단지 유추하거나 가늠할 뿐이다. 단, 현재의 상태를 면밀히 관찰, 유사 통계수치나 인간의 공통된 속성에 근거한 사실적 자료 등을 활용

하여 객관적인 판단은 할 수 있다. (현재 필자가 취하고 있는 방식처럼) 하지만 그 시작점을 명확히 집어내는 것은 인류가 무엇으로부터 시작되었는가를 찾는 것만큼 어려운 일이다. 따라서 그들의 행동을 개선코자 한다면 (혹은 본인의 그러한 습성을 개선하고자 한다면) 문제의 시작점을 찾는 것보다 기초적 멘탈리티(mentality)를 강화하여 '지금 느끼고 있는 그 두려움은 실제적 두려움이 아니다!' 라는 인식을 확실히 심어주는 것이 급선무이자 최선의 방법이다.

이에 대해서는 '두려움을 이기기 위한 유일한 방법은 바로 이 챕터' 를 참조하길 바란다.

지금까지 얼마나 달려왔느냐가 중요한 게 아니다.
앞으로 얼마큼 달려가야 할 것인가가 중요하다.

물론, 스스로가 개선하고자 하는 노력이 없다면 혹은 사는데 전혀 불편함이 없다면 굳이 개선하려 하지 않아도 괜찮다. 그러나 작은 불씨가 산간 초목을 모두 태워버릴 수 있듯이 방치된 문제는 눈덩이 불어나듯 점점 커져 삶의 행복을 야금야금 갉아먹을지 모른다.

본 내용이 '무작정 사과만 하는 사람들' 자신에게도 그들을 가족/친구/지인 등으로 두고 있는 이들에게도 유용한 정보가 되길 진심으로 바라는 바이다.

10

반드시 피해야 할 인간형에
대해 알아보자

필자는 | 사람의 '말'을 잘 믿지 않는다. 말에 따른 '행동'을 믿는다.

'그 (또는 그녀) 가 분명 ○○○○라고 이야기했었는데... 이제 와서 이렇게...'

많이 들어보았을 것이다. *혹은 살아가며 많이 듣게 될지 모른다.*
'신뢰'라는 단어에는 상대가 어떠한 상황이어도 (심지어 의심의 여지가 가득한 상황이어도) '믿는다.'는 의미가 담겨있다. 그런데 많은 이들은 이를 너무나 남용한다.

· ○○의 말을 들어보니 믿을만하군!

· ○○이가 이렇게 마음을 다해 이야기 하는데 어떻게 안 믿을 수 있
어?

말은 누구나 뱉기 쉽다. 경우에 따라서는 온갖 미사여구 + 완벽한
바디랭기지를 통해 거짓을 진실인 것처럼 뱉어내기도 한다.

그래서 사기꾼들의 기본 덕목(?)이 소위 '말발' 인지도 모르겠다.

그러나 말과 행동을 일치 시키기란 여간 힘든 일이 아니다. 경우에
따라선 말과 행동이 어긋나기도 하며 말만 내뱉고 행하지 않는 경우들
도 왕왕 생겨난다.

인간은 본디 자신이 갈망하는 것을 믿고 싶어 한다.

만약 누군가 '100만원을 투자하면 1000만원을 벌 수 있어요!' 라고
제안했다 하자. 10배의 수익이 난다니 마음이 요동친다. '알겠습니다!
투자 하겠습니다!' 라는 말과 함께 희망에 부풀어 오르는데. 이 경우를
보면 10배의 수익이 '갈망하는 부분' 에 해당하고 투자의 결정이 '믿고
싶어 하는 부분' 을 반영한다.

즉, 갈망하는 무엇인가를 채워줄 수 있는 누군가의 제안은 그렇지
않은 제안보다 더욱 쉽게 받아들이는 게 인간의 기본 심리라는 이야기
다. 손해가 극명히 보이지 않는 이상 손해에 대한 이성적 판단보다 일
확천금에 대한 감성적 판단 (=비이성 적 판단)이 앞서기 쉽다.

이는 많은 이들이 도박에 중독되거나, 도를 넘은 주식투자를 하는 행동에 대한 근본적인 이유다. 또한 사기에 속아 넘어가는 기본적 메커니즘이며 말과 행동이 다른 즉, 피해야 할 사람을 더 가까이 끌어들이게 실수를 범하게 되는 이유이기도 하다.

한 번 주위를 둘러보길 바란다. 말과 행동이 확연히 다른 사람 혹은 달콤한 '말' 만으로 당신의 마음을 들썩거리게 하는 사람이 없는지.

· 사랑한다는 '말' 뿐인 연인
· 술만 마시면 자신의 거창한 스토리를 늘어놓는 지인
· 계획만 늘어놓을 뿐 시작조차 하지 않는 동료
· ○○의 주식에 투자하면 떼돈을 벌 것이라 호언장담하는 주식 초짜 친구 등등.

물론 그들이 모두 허풍쟁이, 거짓말쟁이, 사기꾼 이라는 얘기는 아니다. 그리고 실제로 그들의 플랜(plan) 혹은 소망이 이루어질 수 도 있다. 매우 낮은 확률로 말이다.

필자는 말만 앞서는 허풍선이들의 심리나 그들이 그러한 행동을 하는 이유 따위를 분석하고 싶지 않다. 그들을 분석하는 시간조차 아까우니 말이다. 만일 당신의 인생에 그러한 이(들)가 나타난다면 그냥 피하라. 가까이하지 말고.

그들은 자신의 난파선에 당신을 태우고 싶어 한다. 물귀신 마냥.

그렇다면 그런 사람들을 어떻게 알아볼 수 있을까? 간단하다.

▶ 말에 따른 행동이 얼마나 즉각적으로 이루어지는지,
▶ 헛된 상상을 장황하게 늘어놓으며 마치 당장 그 일이 이루어질 것처럼 말하지는 않는지,
▶ 말의 화려함처럼 행동도 화려한지
▶ 약속한 바를 빠트리지 않고 얼마나 잘 이행하는지.

이 네 가지만 봐도 충분하다. 다시 한 번 말하지만 그들의 화려한 언변이 당신의 이성적 판단을 가로막지 못하도록 (=당신의 멘탈이 그의 언변에 무너지지 않도록) '말과 행동이 다른 사람' 이라 판단되는 순간 그 (혹은 그녀) 와의 관계는 즉각적으로 혹은 서서히 끊어야 한다.

그렇지 않을 경우 당신의 인생은 그와 함께 파멸의 길로 가게 될 것이다. 그래도 흔들린다면 혹! 한다면, 당신의 얇은 귀를 탓하지 말라. 당신의 연약한 멘탈을 탓하라. 꼭 명심하길 바란다.

RULE04

제 4 장

내면의 구석구석까지
완벽 정복하라

고민해결과 극복을 위한
완·벽 솔루션

지금 | 이 책을 읽고 있는 여러분은 적게는 몇 가지, 많게는 수십 수백 가지의 고민을 가지고 있을 것이라 생각한다. 결코 고민이 없는 상태는 아닐 것이다. 더군다나 시중에 널리고 널린 '고민 해결'에 관한 책(들)을 집필한 각 저자들조차 특정 고민에서 완벽히 해결된 상태일 수 없을 것이다. 절대로. *심지어 필자 역시 고민이라는 놈에서 완벽하게 해방된 적이 없다.*

이렇듯 고민이란 녀석은 없애려 해도 없어지지 않고 품으려 해도 영 껄끄러운 아이러니한 녀석이 아닐 수 없다.

결론부터 말하자면, 고민이라는 녀석은 완벽히 없어질 수 없다. 잠시나마 고민의 늪에서 빠져나올 수는 있지만 머지않아 다시 빠지는 것이 현실이다. 즉, 고민을 하지 않는다는 것은 해당 고민으로부터 잠시 빠져나온 것을 의미할 뿐 고민에서 완벽히 해방되는 것을 의미하지 않는다는 얘기다.

사실 어떤 면에 있어 고민이라는 녀석은 매우 소중한 존재일 수도 있다. 깊은 고찰이 없었다면 인류의 발전이란 없었을 테니까. 하지만 본 챕터에서 말하는 '고민'은 인류를 발전하게끔 해주는 '고찰'이 아니다. 쉽게 말해,

어떻게 해야 모두가 행복해질 수 있을까?

어떻게 해야 빈곤층의 확대를 막을 수 있을까?

어떻게 해야 자연을 훼손하지 않고 경제 발전을 이룩할 수 있을까

등등의 고민이 아니란 얘기다. 필자가 말하는 고민이란 지극히 개인적인 고민을 뜻한다.

나는 왜 항상 이럴까...

왜 내가 원하는 대로 인생이 흘러가지 않을까...

그(그녀)는 더 이상 나를 사랑하지 않는 걸까...? 등등.

물론 개인적 고민이 인류 발전에 지대한 공헌을 한 경우도 있다.

필자는 뜬구름 잡는 말로 마치 고민이 완벽히 해결될 것처럼 이야

기하고 싶지 않다. 결코 사라지지 않는 고민이란 녀석과 조화롭게 살아갈 수 있는 방법에 대해 이야기할 것이다.

특정 고민으로 힘들어하는 이들과 얘기를 나누어보면 (해당 고민에 있어) 자신이 할 수 있는 것이 별로 없다는 사실 때문에 힘들어하는 경우를 종종 보게 된다. 이는 '무력감' 이라는 단어로 표현될 수 있다.

취업 고민이에요.. : 취업을 하는데 있어 자신이 할 수 있는 일이 별로 없다는 사실에 따른 무력감

결혼이 고민이에요.. : 결혼에 있어 혹은 결혼 생활 유지에 있어 자신이 할 수 있는 일이 별로 없다는 사실에 따른 무력 감

대인관계가 문제에요.. : 대인관계에 있어 자신이 할 수 있는 일이 별로 없다는 사실에 따른 무력감

자 이렇게 생각해보자.

만일 해당 문제가 '완벽히 풀 수 있는 문제' 라면, 혹은 '이겨 낼 수 있다고 자부하는 일' 이라면 그것을 더 이상 고민이라 할 수 있겠는가?

('대인관계 적 고민'을 예로 든다면) 대인관계의 확실한 해법을 알고, 그에 따른 메커니즘을 분명히 알게 된다면 대인관계의 문제가 '고민'이 될 수 있겠느냐 말이다.

물론 앞서 말하였듯이, 고민이란 해결된다기 보다 '그 늪에서 빠져나온다.'는 의미로 해석해야 함이 맞다. 그러므로 대인관계의 확실한 메커니즘과 해법을 안다 해도 예상치 못한 상황으로 인해 다른 고민의 늪에 빠질 수 있다.

하지만 그 메커니즘과 해법을 알고 있는 사람은 오랫동안 늪에서 허우적대지 않을 것이다. 금세 늪에서 빠져나와 '고민'이란 녀석을 더 이상 풀리지 않는 미스터리로만 남겨두지 않을 것이란 얘기다. 자신이 얼마든지 다시 고민의 늪에 빠질 수 있다는 것을 인정하지만 금세 빠져나올 확실한 해법을 알고 있기에 그에게 고민이란 그리 큰 문제가 아니다. 따라서 그에겐 또 다른 고민에 빠지는 데에 따른 '두려움'이 많지 않다.

이에 반해 고민에 빠지는 것을 두려워하는 이들에게 고민이란 두 번 다시 마주하고 싶지 않은 '괴물'과 같다.

많은 이들이 고민의 늪에서 허우적거리며 깊이 빠져 들어가기만 할 때 그는 고민의 늪에서 빠져나오는 일을 자주 경험하여 값진 지혜를 터득해 나간다.

그에겐 고민의 늪에 빠지는 일이 새로운 경험이자 공부다.

이는 해법을 알고 있는 이들만이 가진 어마어마한 무기라 할 수 있다. 이것이 바로 고민을 자신에게 유익하도록 만드는 방법이며 필자가 존경하고 동경하는 역사적 위인들은 물론 현재 인생의 성공가도를 달리고 있는 대부분의 이들이 살아온 방식이기도 하다.

따라서 우리가 고민을 대해야 할 태도는

1. 고민에 빠지는 것을 인생의 한 부분이라 여기는 것.
2. 해당 고민이 큰 문제로 발전할 시 그에 따른 해법을 연구하여 바로 빠져나오는데 최선을 다할 것.
3. 고민에 빠지길 두려워하는 것 보다 '고민을 통해 내가 배워나가야 할 점이 무엇인가' 를 탐구하는 것.

이다. 계속 읽어나가자.

'위로'가 당신의 삶에 끼치는 해악

사람들은 │ 위로받기를 원한다. 가깝게는 부모와 친지/친구들로부터, 멀게는 신(神)으로부터 말이다. 위로란 무엇인가? 그 사전적 의미를 보자면,

위로(慰勞): 남의 괴로움이나 슬픔을 달래 주기 위해 따뜻한 말이나 행동을 베푸는 것.

이다. 즉, 위로란 괴로움이나 슬픔을 달래주기 위한 특정 행동양식을 말한다. 사전적 의미는 '상대에게 베푸는 것(=주는 것)'을 뜻하지만 대부분 '위로를 베푸는 것' 보다 '위로를 받는 것'에 더 익숙하지 않나 싶다.

인간은 행복을 추구하는 존재이다.

그래서 자신이 느끼는 고통(괴로움, 절망, 우울, 자괴감 등등)을 물리쳐야 할 적(敵)으로 간주, 그와 평생을 고군분투한다.

이는 대부분의 사람들이 긍정적 사고를 유지하고 행복한 감정을 가지기 위해 인생의 적지 않은 부분을 소비하는 큰 이유이기도 하다. 하지만 어디 모든 일이 자기 마음먹은 대로 흘러만 가던가? 발버둥 치면 칠수록 빠져드는 늪처럼 노력하면 할수록 멀게 만 느껴지는 게 행복이란 녀석이다. *누가 봐도 행복해 보이는 사람마저, 정작 자신은 행복하지 않다고 느끼는 경우가 부지기수이다.*

여러분은 이미, 무력감, 우울감, 자괴감 등등으로 인해 고통 받는 현대인들이 상상 이상으로 많다는 사실을 알고 있을 것이다.

이 중 대다수는 스스로 해당 문제를 해결할 수 없다고 느끼기에 타인의 도움을 받거나(심리상담/ 카운셀링/ 자기계발 서적 탐독 등등) 힐링이라 불리는 여러 가지 행동(명상, 요가, 힐링여행 등등)을 취하고 있으며 때론 어떠한 해결책도 강구하지 않은 채 '그러려니' 하며 온갖 스트레스와 동거 아닌 동거(?)를 시작하기도 한다.

필자는 개인적으로 현대 사회를 살아가는 대다수 특히 인생에 있어 매우 중요한 '청/장년의 시기'를 살아가는 많은 이들이 위와 같은 방식으로 삶을 대하고 있지 않을까 생각한다. 물론 그중 소수는 '나는 정말 행복합니다! 이 세상에서 제일 행복해요!' 라며 매일을 행복의 꽃밭에서 뒹굴고 있을 수 있겠지만 이는 어디까지나 극소수의 선택받은(?) 이들이다. 대부분은 자기 스스로를 '매우 행복한 사람' 이라고 생각하기보다 행복해지기 위해 노력하는 사람 혹은 아무 희망도 없는 사람이라고 생각하기 일쑤니까.

이처럼 진정 행복해지는 일 이란 그리 녹녹치만은 않은 것 같다. 그럼에도 인류는 탄생 이래 현재까지 줄곧 행복이란 녀석을 쟁취하기 위해 고군분투 해오고 있다. 마치 구름을 잡으려 하듯이.

'설상가상' 이라고나 할까?

이러한 행복 쟁취를 위한 인류의 노력은 예상치 못한 문제를 야기한다. 바로, 행복해지기 위한 여러 노력들이 정작 스스로를 더 괴롭게 혹은 더 불행하게 만드는 문제.

우리가 여러 사회적 활동(사회생활, 학업 등)을 하는 이유가 무엇인지 생각해보자. 그 어떠한 이유를 대더라도 '행복해지기 위해.' 라는 큰 카테고리를 벗어날 수 없을 것이다.

그런데, 행복해지기 위해 행하는 일들이 오히려 행복을 방해할 만큼 아니 행복에 도달하기 힘들 만큼의 큰 스트레스를 만들어내지 않던가? 학업의 스트레스, 직장생활의 고충, 과로한 업무에서 오는 정신/육체적 피로 등등 이루 말할 수 없다. 이야말로 배보다 배꼽이 더 커진 일이 아닐 수 없다. 행복해지기 위해 공부를 하고 돈을 버는 것인지 공부를 하거나 돈을 벌기 위해 행복해져야 하는 것인지 헷갈릴 정도로 주객이 전도가 되어있다. 그렇지 않은가?

결국 우리 모두는 행복해지기 위해 행하는 모든 일들이 스스로를 더욱 괴롭게 만들며, 행복한 삶을 산다는 명분아래 행하는 모든 일들이 행복의 발목을 잡는 아이러니한 현실 속에서 살고 있다.

미안하다. 수많은 자기 계발서가 말하는 것처럼 밝은 미래를 제시하지 않아서.

하지만 필자는 '밝은 미래를 꿈꾸는 것' 보다 '어두운 현실을 제대로 파악해 나가는 것' 이 이 암담한 시대를 살아가는 올바른 처세라 확신하기에 희망만을 불어넣는 무책임한 자기 처세는 이야기하지 않을 것이다.

또한, 기도만 하면 다 해결된다고 외치는 일부 종교인들처럼 한심한 발언을 일삼지 않을 것이고 방구석에 처박혀 주야장천 명상만을 하라고 하지도 않을 것이다.

이렇듯 행복해지기 위해 고군분투하며 그로 인한 수많은 괴로움을 감내해야 하는 '아이러니하고도 암담한 시대' 를 살고 있는 우리들이 바라는 것. 바로 '위로' 이다.

도입부에서 '위로'의 사전적 정의를 언급했는데 그것은 어디까지나 사전적 의미에 불과하다. 진정한 '위로'의 의미는 '타인들 역시 나만큼 힘드니까 그것을 위안 삼아 더욱더 희망을 잡으려 노력해보자!'이다. 즉, 자신의 힘들고 괴로운 마음을 타인들과의 비교를 통해 어떻게든 중화 시켜보려는 자기 위안 적 행위라는 얘기다.

'위로를 받는다.'는 측면을 생각해볼까? 만일 여러분이 중요한 시험에 낙방하여 심히 절망하고 있는 상태라 하자. 이때 누군가가, '괜찮아...누구나 한 번쯤은 어려운 시기를 겪기 마련이거든'이라며 어깨를 토닥여준다. 자, 이러한 타인의 행동은 어느 정도 마음을 달래준다. 이는 부정할 수 없는 사실이다. (단, 어느 정도라는 단어를 기억하길.) 하지만, 만일 그(타인)가 해당 시험에 수석으로 합격한 이라면 어떨까? 그의 말이 진정 위로가 될 수 있을까?

NO! 오히려 역효과만 발생시킬 것이다.

그가 수많은 낙방 끝에 어렵게 합격한 이라면 얘기가 달라지겠지만.

왜 그럴까? 이는 언급하였듯 '타인 역시 현재의 나만큼 힘들 것이다.'라는 사항이 전제되어있지 않기 때문이다. 즉, 나와 전혀 다른 입장을 가진 사람이 말하는 '달래줌'이기 때문. (아마 여러분은 그에게 화가 날지 모른다.)

이렇듯 위로란, 나와 같은 (적어도 비슷한) 입장인 타인에게서 느껴지는 공감대에서 탄생한다.

쉽게 말해 '나만 힘든 게 아니었어! 이렇게 다행일 수가!' 라는 식의 자기만족적 위안을 통해 마음의 안정을 취하는 것이 위로의 출발점이라는 뜻.

한번 생각해보자. 그렇다면, 나와 같은 입장인 그를 보며 마음이 안정되어야 하는 것이 타당한가? '그' 는 '그' 고 '나' 는 '나' 이다. 그가 나와 비슷한 상황에 처해있다 할지라도 내가 마음의 위안을 얻게 될 '합리적' 이유는 사실 그 어디에도 존재하지 않는다. 그럼에도, 자신과 비슷한 이를 보며 마음의 안정을 얻는다?

· 시험공부를 전혀 하지 않은 학생이 있다. '어쩌지, 벼락치기라도 할까?' 라고 생각하던 찰나. 한 친구가 '나도 시험공부를 전혀 하지 않았으니 그냥 놀자!' 고 부추긴다. 왠지 동료(?)가 생긴것 같아 힘이 솟는다. 하지만 결과는? 말하지 않아도 뻔하다.

· 모태솔로인 남성/여성 이 주변의 모태솔로 남성/여성들과 친분을 이어나가며 '나만 솔로가 아니었어! 봐! 이 사람들 역시 솔로니까!' 라며 애써 스스로를 토닥인다.

· 결혼 적령기가 훨씬 넘었음에도 자신과 비슷한 처지의 친구들을 보며 '휴~ 이 나이에 나만 결혼을 못한 게 아니었네~'라며 안도의 한 숨을 내쉰다.

위로가 주는 대표적인 폐해이다.

이를 위로가 아닌 자기 위안이라 생각하는 이들에게 묻겠다. '자기 위안'과 '위로'의 궁극적 차이점이 있다고 생각하는가? 결국 같은 맥락이다.

이와 같이 '위로'라는 가면을 쓴 '억지 위안'은 자기 발전이 아닌 자기 도태를 가져온다. 발전하고자 하는 뜨거운 열망에 찬물을 붓는다.

'나만 그런 게 아니야.. 휴~안심이다~'라는 식의 말을 입에 달고 다니는 이들에게 있어 '발전'이란 사치이다. '바보들만 있는 곳에서는 현자도 바보가 된다.'라는 말을 기억하길. 결국 위로란 순간적인 마음의 안정을 줄 수 있을지 몰라도 장기적인 발전 요소를 저해하는 위험성을 내포하고 있음을 꼭 기억하자.

그리고 또 다른 위로의 위험성. 바로! '위로의 중독'이다.

힘들 때마다 위로받길 원하거나 위로가 없다면 버틸 수 없는 나약한 마음의 소유자, 바로 '위로 중독자'이다.

조그마한 일에도 위로가 없으면 견디지 못하는 위로중독자에겐 스스로의 각성보다 타인의 위로가 더욱 시급하다. 마치 마약에 의존하는 중독자들처럼. 그야말로 타인의 위로가 없으면 한발자국도 내 딛을 수 없는 상태이다. 위로 받기를 반복하다보면 누구나 '위로 중독자'로 전락할 수 있다. 이 얼마나 위험한 일인가?

물론 매우 절망적인 상태라면 순간적인 위로가 시급히 필요할 수 있다. 예를 들어 '자살'을 결심하고 있거나 극단적 우울상태에 빠져있는 이 혹은 삶의 모든 것을 잃게 되어 일어설 힘조차 없는 이에게는 '위로'가 반드시 필요하다. 따뜻한 격려와 진심어린 한마디. 이야말로 '위로'의 참의미가 아닐 수 없겠다.

하지만 필자가 언급하는 '위로'란, 스스로 일어설 수 있는 능력이 있음에도 나약한 자기합리화(ex: 나만 그런 거 아닌데 뭘~/ 다른 사람들도 다 그렇잖아~)로 인해 발생되는 '자포자기적 행위'를 뜻한다.

깨달아야 한다. 스스로 누군가에게, 혹은 무엇인가로부터 '위로를 받고 싶다.'고 느끼게 되는 순간 바로 그 순간이, 위로를 받아야 할 때가 아닌 '자신의 단점을 어느 때보다 명확히 캐치하고 보완할 수 있는 방안을 강구해야 하는 최적의 순간'이라는 사실을.

왜? '위로를 받고 싶다~'라는 생각이 들 때야말로 힘든 마음이 표면으로 명확히 드러나는 순간이기 때문이다. 힘든 마음의 객관적 실체가 드러나는 타이밍이라는 얘기다. 이보다 더욱 명확히 자신의 단점을 잘 캐치할 수 있는 기회가 또 어디 있겠는가?

여러분 마음속 깊은 곳의 '진정한 자아'가 여러분을 향해 '너의 단점은 이거야. 이렇게 표면으로 드러나게(=잘 캐치할 수 있도록) 신호를 보낼 테니 얼른 고쳐!'라고 알려주는 것이 아니겠는가?

급박한 상황, 극단적인 상황이 아닌 대부분의 상황에선 여러분 스스로 문제점을 치유할 수 있다. *아쉬운 점은 다수의 심리/힐링 서적, 칼럼, 컨설팅, 강의 등등이 문제의 해결보다 위로를 중요시하는 경향이 크다는 데에 있다.*

기억하라 '해소'가 아닌 '해결'이 되어야 한다. 만일, 스스로 해결이 불가능하다 판단 될 경우 해당 전문가를 찾아가 그 문제에 대한 해결책을 모색하라. 여러분 스스로 해결할 수 있는 범위를 넘어서게 되었다면 반드시 전문가를 찾아 (위로가 아닌) 올바른 해결 방법을 찾아야 한다.

필자는 직업 상 심리적, 관계적 문제로 위로받길 간절히 희망하는 이들을 종종 접한다. 이해한다. 나 역시 그들과 비슷한 상황이었던 적이 있었기에. 하지만, 필자는 해결책을 제시하는 것을 업으로 삼고 있는 사람이다. 물론 어느 정도의 위로가 필요할 때는 (술 한 잔 기울이며) 토닥임이 필요한 경우도 있지만 이는 극히 제한적이어야 한다. '위로'가 발전에 있어 그리 큰 도움이 되지 못한다는 사실을 알고 있는데 어찌 위로만 할 수 있겠는가?

혹시 영화 '파이트 클럽(Fight Club/ 1999년)' 을 보았는가? 주인공은 정처 없이 치유모임들을 돌아다닌다. 단지 단기적 감정 치유, 힐링을 위해. 여러 모임들을 통해 위안을 찾은 것처럼 보이는 그때 영화는 그의 공허한 감정을 부각시켜 노력의 부질없음을 보여준다.

위로가 주는 '일시적 감정 해소' 의 단점이 매우 잘 묘사되었다.

위로가 불필요하다는 뜻은 결코 아니다. (언급하였다시피 간혹 정말 필요할 때가 있기에.) 그러나 위로를 받고 싶어 하는 그 마음이 자신의 진정한 발전을 저해하고 있지는 않은지 다시 한 번 생각해보길 바란다. 여러분은 원대한 발전 가능성을 가슴에 품고 보다 높은 곳을 향해 도약하고 있는 사람이다. 말도 안 되는 자기 위안 따위로 움츠려 있는 그런 사람이 아니란 말이다.

*사람들이 꿈을 이루지 못하는 한 가지 이유는
그들이 생각을 바꾸지 않으면서 결과를 바꾸고 싶어 하기 때문이다.*

-John Maxwell

불안 극복, 이젠 더 이상 문제도 아니다!

불안은 │ 어디에서부터 오는가?

　　과학적 입장에서 답하자면 '뇌의 어디로부터인가 온다.' 가 되겠고 심리학적 입장에서 답하자면 '당신의 마음 어딘가에서 온다' 가 되겠다. 뭐, 두 개가 그리 다른 말은 아니지만.

누구나 한 번쯤은 시작하지도 않은 일에 대한 불안 ' 혹은 ' 아직 펼쳐지지 않은 미래에 대해 불안을 느껴본 적이 있을 것이다.

· 취업을 앞둔 이들: 아직 시작하지 않은 직장생활에 대한 불안
· 결혼을 앞둔 이들: 아직 겪어보지 못한 결혼 생활에 대한 불안
· 연애를 앞둔 이들: 아직 당해보지 않은 이별에 대한 불안
· 창업을 앞둔 이들: 아직 겪어보지 못한 적자/폐업에 대한 불안

등등. 이루 말할 수 없이 많다.

도대체 왜 겪지도 않은 일을 걱정하는 것일까? 이에 관해선 심리학자/철학자/관련 학자들의 여러 견해가 존재한다. 필자는 이 중, 제일 현실적이며 신빙성 있다고 판단되는 '뇌'의 작용과 관련된 '불안'의 메커니즘에 대해 얘기하고자 한다.

우리의 '뇌'는 무언가를 시각화 하는데 매우 뛰어난 능력을 지니고 있다. 즉, 특정 기억 혹은 현상을 즉각적으로 이미지화(image化)하는 능력이 매우 뛰어나다.

지금 바로 테스트해보길 바란다. 어제 있었던 혹은 지난주에 있었던(혹은 1년 전 10년 전 등등) 특별한 일을 떠올려보라. 마치 영상처럼, 혹은 사진처럼 이미지화되어 떠올려 질 것이다.

그런데 여기에 작은(?) 문제가 있다. 우리의 뇌는 단지 과거의 기억만을 이미지화 하지 않는다는 사실. 뇌는 미래에 대한 상상, 공상, 망상까지도 이미지화 해버린다.

한번, 배트맨이 되어 배트카(Bat car)로 도심을 질주한다고 상상해보라. 어떤가? 과거의 기억을 떠올릴 때처럼 이미지화 되는 것을 알 수 있다. 그 어떠한 공상, 망상 역시 마찬가지이다.

이미지화되지 않는 상상이란 존재하지 않는다.

그렇다면 '뇌의 이미지화 능력'이 '불안'과 어떠한 관련이 있는 것일까?

우리의 뇌는 어떠한 현상(특히 상상, 공상, 망상)을 이미지화하면 그것을 현실로 인식한다.

어라? 그럼 헐크(hulk)가 되어 광활한 사막을 마구 뛰어다니는 모습을 상상해도 뇌는 그것을 현실로 받아들인다는 말인가? 결론부터 얘기하자면 '맞다'. 즉, 실제 그렇지 않다 하더라도 '뇌'라는 녀석은 그것(상상/공상/망상 등등)을 '현실'처럼 받아들인다.

단, 여기서 확실히 짚고 넘어가야 하는 것은 그 '현실'이 '실제'와는 다르다는 사실이다.

what? 이건 또 무슨 소리?

쉽게 설명하겠다. 지금 당신이 슈퍼맨이 되어 하늘을 날아다니는 상상을 하게 되면 뇌는 즉각적으로 그 상상을 이미지화하여 현실로 인식한다. 하지만 냉철한 '이성'은 그 현실이 실제가 아님을 인지하게 해준다. 뇌는 현실로 인식했지만 이성 (이성 또한 뇌의 다른 파트이기도 하다.)의 영역이 '그것은 실제가 아님!'이라 판단 내려준다는 것.

"뇌: 내가 슈퍼맨이 되었어!!"

"이성: 야, 너 지금 소파에 앉아있거든?"

"뇌: 아 그렇지!? 정신 차리자."

이 메커니즘을 이해했는가?

물론 다른 견해도 존재하지만 '뇌는 현실과 상상을 구분하지 못한다.' 는 점에 있어 현재 많은 학자들이 공통된 견해를 보이고 있으며 필자 또한 그들의 의견에 동의한다.

자, 그렇다면 이제 본격적으로 불안에 대해 알아보자. (언급하였듯이) 불안의 시작이 무엇이던가? 그렇다. 상상이다. 특히, 일어나지도 않은 일에 대한 상상. 내일에 대한 고민, 수년 후에 대한 걱정 등등. 모두 다 실제로 일어나지 않은 일이므로 상상에 불과하다.

그런데 필자가 뭐라고 했는가? 뇌는 상상을 이미지화하여 현실로 인식한다고 하지 않았는가. 불안한 상상(내일/일주일/1년 후/취업 후/창업 후/결혼 후 등등에 대한 상상)은 즉시 현실로 인식된다. 아직 일어나지도 않은, '앞으로의 불안/걱정' 이 이미지화되면서 뇌는 그것을 정말 일어날 수 있는 현실로 인식한다는 얘기다.

그럼 '그것은 현실이 아니야!' 라며 이성이 정확한 판단을 내려주지 않겠냐고? 애석하게도 그렇지 못하기에 아니 그리하기엔 너무나 어렵기에 불안은 점차 현실처럼 인식되고 현실과 상상의 경계는 모호해진다. 왜? 언급하였듯이 '슈퍼맨처럼 하늘을 나는 상상'을 하게 될 경우, 뇌는 그 상상을 현실로 받아들일지 몰라도 현재 소파에 앉아있다는 사실이 명백하기 때문에 이성은 해당 상황을 '실제'가 아니라고 정확히 판단한다. 그런데, 미래에 일어날지 모르는 일은 현재 소파에 앉아있다는 사실처럼 명명백백하지 않다.

따라서 이성은 '어라? 그 일이 일어날지 어떨지 좀처럼 확실히 판단을 못하겠는데?.'라며 '뇌'의 현실화 작업에 제동 걸기를 망설인다. 이에 제동이 걸리지 않은 뇌는 '현실화 작업'을 더욱 가속시켜 해당 불안(미래에 일어날지도 모르는 일)을 실제화 하는데 총력을 다 한다.

'내일 00부장님이 @#$@#%라며 잔소리를 하면 어떡하지??' 〈즉각 이미지화〉 ↓

그럼 0000라고 대답을 해야 하나 ㅁㅁ이라고 변명을 해야 하나? 〈이미지화 진행 중〉 ↓

'아....주변 동료들한테도 손가락질 받을텐데....ㅜㅜ' 〈이성의 제동이 걸리지 않은 상태이므로 이미지화 계속 진행〉

만일 이성이, '에이 그럴 리 없어!(=미래에 그런 일이 일어날 일이 없어!)'라며 확실한 제동을 걸 수만 있다면 불안은 시작되지 않는다. 결코.

*이에 능숙한 사람들은 '걱정 없이 사는 사람/ 자기 통제 능력이 강

한 사람/ 강한 멘탈의 소유자' 등등으로 불린다.*

하지만 대부분은 제동을 걸 수 있는 능력이 부족하다.

자, 그렇다면 답은 나와 있다. '아직 일어나지 않은 일에 대해 불안해하지 않는 방법은 무엇인가요?' 에 대한 답 말이다. 바로 '그러한 일이 일어나지 않을 것이다' 라는 '명백한 자기 확신' 을 가지는 것이다.

그럼에도 필자는 알고 있다. 자기 확신을 가지는 게 매우 어렵다는 사실을. 아마 자기 확신을 가지려 노력해도 다음의 상황처럼 되는 일이 많을 것이다.

'창업을 하게 되면 이런저런 일들이 많이 생길 텐데... 혹시나 잘못돼서 쫄딱 망하면 어쩌지?' 〈자기 확신〉↓

'아니야 그럴 리 없어. 난 반드시 성공할 수 있을 거야!' 〈자기 확신에 대한 의심〉↓

'아냐 그래도 혹시나 잘 안되면 어떡하지...ㅜㅜ'

자기 확신을 한다고는 했지만 올바른 자기 확신이 아니기에 뇌의 현실화 가속 현상을 막지 못하고 있다.

알다시피 수많은 이들은 미래에 대한 불안, 걱정, 고민 등으로 할 수 있는 일을 쉽게 포기하거나 역량의 10%도 이루어내지 못하는데 사실 이는 자기 확신의 부여만으로도 간단히 해결될 수 있는 문제이다.

다만 그것을 제대로 부여해줄 역량을 갖춘 인력이 부족하다는 게 큰 문제라 할 수 있다. 또한 문제를 해결할 수 있다고 자처하는 일부 '심리 상담을 한다는 사람들'이 해결에 치중하긴 커녕 허구한 날 과거의 원인, 트라우마 타령이나 하고 해결이라고 내놓는 게 '그럴 땐 휴식을 취하라/여행을 떠나라'라는 조언뿐이니... 물론 그러한 방법이 잠시 잠깐의 안정은 줄 수 있다.

하지만 말 그대로 '잠깐'이다. 손바닥으로 태양을 가리는 꼴이랄까? 그럼에도 사람들은 '그나마 잠깐이라도 그렇게 편해지는 게 어디야..'라며 애써 합리화 하곤 한다.

자 그럼 본격적으로, 스스로에게 확신을 부여하기 위한 방법을 알아보자. 이는 어디에서든 언제든 할 수 있는 매우 간단한 방법이니 자주 활용하기 바란다.

만약 여러분이 '프레젠테이션 발표에서 실수를 하면 어떡하지?'라며 불안의 시간을 보내고 있다 하자. 여러분이 해야 할 일은

첫 번째: 만족스러운 프레젠테이션 발표를 하고 매우 흡족해하는 자신을 상상하는 것.

[단! 여러 번이고 반복적으로 해야 한다. 뇌가 확실히 각인할 수 있도록. 인위적 이미지화 작업이다.]

두 번째: 흡족해 하는 자신을 계속 떠올리며 실제로 프레젠테이션을 연습하는 것.

[반드시 실제 청중이 있다는 생각 하에 해야 한다. 이는 흡족한 프레젠테이션이 무엇인지 체득화하는(몸이 알게 하도록 하는) 작업이다.]

세 번째: 부정적인 생각(ex: '~면 어떡하지')이 들 것 같다면 억지로 첫 번째와 두 번째 순서를 몇 번이고 반복하는 것.

[반복적 행동을 통해 부정적 감정이 들어올 수 있는 틈을 원천봉쇄하는 작업이다. 몇 십번이어도 좋다. 부정적 감정이 들어올 수 있는 틈새를 확실히 막아라.]

공식화 하면 이렇다.

1. 스스로가 원하는 상황, 얻고 싶은 감정 등을 떠올린다.
2. 해당 감정을 바탕으로 실제 '행동 연습'을 한다.
3. 부정적 상황이 이미지화 되지 않도록 (부정적 상황이 방해를 할 것 같을 때마다)
   1, 2를 반복한다.

이는 원하는 감정을 이입 후 체득화하는 연습을 반복함으로서 거짓 불안의 잠식을 막는 트레이닝이라 할 수 있다. 명심하라! 반복하여 행할수록 강한 자기 확신을 가지게 될 것이다.

누군가 이야기했다. 진리가 광장에서 소리치고 있지만 아무도 들으려 하지 않는다고. 모든 문제에는 반드시 합당한 해결 방법이 존재한다. 문제가 풀리지 않는 유일한 이유는 해결 방법을 보다 적극적으로 찾으려 하지 않기 때문이다. 이 사실을 꼭! 명심하길 바란다.

※ 중간에 책을 덮지 말고 계속 읽어나가라. 본 책은 각기 챕터가 분리되어있는 것처럼 보이지만 사실은 처음부터 끝까지 유기적인 연결 구조를 취하고 있다. 그러니 끝까지 읽어야 한다. ※

'보복 심리' ? 제대로 알아보자!

우리는 | '화해와 용서' 라는 윤리적 강령이 전 사회에 걸쳐있는 시대에 살고 있다. '눈에는 눈, 이에는 이' 라는 말은 이미 그 진의를 상실하였으며 대화와 타협을 통한 '화해와 용서' 는 도덕의 중심에 자리매김 된지 오래이다. 필자는 이러한 '평화적 시대' 를 두 팔 벌려 환영한다. 다만, 지나치게 화해와 용서를 강요하는 행태가 인간 본연의 속성을 부자연스럽게 만들지는 않을까 염려 될 뿐이다. '보복심리' 어찌 보면 인간의 본능적 요소 중 하나일 수 있다.

나에게 위해를 끼친 자가 그에 상응하는 벌을 받길 원하는 것,

나에게 손해를 끼친 자가 행복해지길 바라지 않는 것,

나를 떠난 그/그녀가 나만큼 불행해지기를 바라는 것 등등.

물론 누군가는 "나는 평화주의자입니다. 그러므로 원수를 사랑하고 모든 것을 용서해야 한다고 생각합니다."라 생각하고 실제 그리 실천하고 있을지 모르겠다. 박수쳐주고 싶다. 진심으로.

하지만 그렇다 해서 그에게 '보복 심리'라는 인간 본연의 속성이 없다고 할 수 있을까? 결코 아닐 것이다. 이성적 사고(혹은 도덕적 아젠다 및 종교적 도그마)를 통한 노력으로 억누르고 있을 뿐.

뭐 어찌되었든 많은 이들은 화해와 용서를 인간관계의 기본 덕목으로 뽑는다. 얼마나 이상적인 단어인가. 화해와 용서.

필자는 그동안 화해와 용서에 관련된 수많은 책들과 강의 등을 접해왔다. 그리고 해당 책을 집필하거나 강의를 진행하는 몇몇 이들과 친분을 유지해왔고 현재 역시 친분을 유지하고 있다. 만약 누군가 '그분들이 말하는 보복 심리를 한 문장으로 요약하면 무엇일까요?'라고 묻는다면 이렇게 요약할 듯싶다.

'누군가를 미워하는 마음, 보복하고 싶은 마음 등을 인내하는 과정 속에서 우리는 사랑을 발견할 수 있습니다.'

자, 필자는 이와 같은 주장을 펼치는 이들의 오랜 경험과 연구를 존중한다. 또한 그들의 이상적이고 아름다운 주장들이 실현될 수 만 있다면 우리가 사는 이곳이 바로 낙원으로 될 것이라 믿어 의심치 않는다. 그러나...그럼에도 불구하고... 그들에게 꼭 말해주고 싶은 말이 있다.

제발 '현실' 좀 직시하십시오!

그들의 주장은 다수에게 통용될 수 없는 이른바 비(非)본질적 주장이다. 지극히 학문적/종교적/철학적 이상을 탐구하는 이들이 아닌 '현실'을 살아가고 있는 대다수에겐 탁상공론과도 같은 '이론'일 뿐이란 얘기다. 그렇다고 그들을 비상식적이라 치부하지는 않는다.

다만 '현실'에서 이루어 질 수 없는 불가능에 가까운 얘기를 늘어놓으며 자신들이 주장이 절대 진리인 냥 떠들어대는 것이 답답할 따름이다. 물론 특정 종교적 신념을 가지고 '보다 더 나은 인간'이 되기 위한 수련을 하고 있다면 그들의 신념이 깊은 깨달음을 줄 수 있을 것이다. 그러나 그렇지 않은 대다수에게 있어 그들의 이상적 신념은 아무 의미 없는 휴지조각이나 다름없지 않을까?

누군가 여러분에게 '보복'의 감정을 '사랑'의 감정으로 둔갑(?)하게 끔 강요한다고 생각해보라.

'당신을 힘들게 한 그 사람을 사랑으로 감싸 안으며 용서하세요.'

'내가 먼저 용서하면 그들도 언젠가 그 마음을 알아줄 것입니다.'

쉽게 받아들일 수 있을 것 같은가?

특정 신념(ex: 종교적 신념, 인류애 적 신념 등)이 있지 않은 이상 거의 불가능에 가까울 것이다. 경우에 따라 굉장한 스트레스로 작용될 수 있고 말이다.

예를 들어보겠다.

시시때때로 위안부 문제의 책임을 회피하고 부인하는 나라가 있다. 어디인가? 그렇다. 바로 '일본'이다. 잊을만하면 터지는 일본 정부의 망언 및 그릇된 태도. 여러분의 기분은 어떠한가?

'그들을 사랑으로 용서해야지. 포용하고 화해하자^^' 라는 식의 생각이 들던가?

아마 아닐 것이다. 온갖 저주의 말들을 쏟아 내거나 심한 경우 지나가는 일본인만 봐도 미간을 찌푸릴지 모른다.

물론 대다수의 일본인들은 평화 주의적이라 생각한다. 다만 일부 몰지각한 일본 내 정치인들이 자국에 대한 인식을 좋지 않게 만들고 있다.

행여 '그들을 사랑으로 용서하고 화해하자' 라는 이상적 신념으로 자신을 가다듬는다 해도 마음 속 깊은 곳 에서 끓어오르는 분노의 소용돌이를 완벽히 잠재우기란 여간 힘든 일이 아닐 것이다. 오히려 '저 ××들한테는 언젠가 본때를 보여줘야 해!'라는 생각이 스멀스멀 피어오르지 않겠는가.

자, 그렇다면 한번 생각해보자. 그 분노 감정이 잘못되고 뒤틀린 기형적 감정인가? 잘못을 저지르고 뻔뻔히 행동하는 상대를 향한 손가락질이 정당하지 못한 것인가? 당한만큼 되갚아 주고 싶은 보복의 감정이 인간성이 덜 되었거나 비성숙한 이들만이 내뿜는 몰상식한 감정인가?

아니다. 인간의 자연스러운 감정 반응이다. 오히려 자연스러운 감정을 애써 아닌 척 외면하거나 비난하는 것이 비인간적이다.

'본능적'이란 표현은 '자연스러움'이란 표현으로 대체될 수 있다. '자연스러움'을 '비(非)자연스러움'으로 대체하려 한다면 누구나 불편해질 수밖에 없다.

그렇다 해서 오해는 하지 말기 바란다. 마치 짐승마냥 모든 본능적 요소를 드러내버리자는 식의 의미가 결코 아니다. 아무에게나 보복을 하고 분노를 표출하자는 얘기는 더더욱 아니다. 단지, 인간의 자연스러운 본능적 감정을 인위적이고 때론 종교적 신념으로 덮으면서까지 부정하려는 사람들에게 일침을 가하고 있을 뿐이니까. 그들의 가식에 반기를 드는 것뿐이니까.

'보복'이 가지는 표면적이고 부정적인 요소만을 들여다보지 말고 그 안에 내포된 '인간적' 요소를 보는 것이 맞지 않겠는가?

　보복뿐만이 아닌 모든 본능적 감정들 역시 같은 맥락으로 바라보자.

　우리는 신이 아니다, 때론 실수도 하고 화도 내는 인간이다. 지나치게 이상화된 사고를 자신에게 억지 끼워 맞추는 없어야 한다.

　당연하겠지만 불법적이거나 무차별적인 보복 혹은 나치즘/ 파시즘적 성격을 띤 보복, 테러와 같은 보복은 광기에 가깝다. 그러한 행위는 반드시 근절되어야 한다.

　무조건적인 화해/용서/사랑도 극단적이며 무차별적인 보복 역시 극단적이다.

　필자는 항상 생각한다. 인간관계의 본질을. 그리고 그에 입각한 인간관계 즉, 지극히 현실에 입각한 인간관계만이 우리가 바라던 이상적 인간관계를 창출할 수 있다고 믿어 의심치 않는다.

'의지하는 습관' 의 위험성을 말하다

인간은 │ 누구나 서로에게 기대려는 습성을 가지고 있다. 이는 사회성에 기반을 둔 인간의 본성이라 할 수 있다. 그러므로 '인간은 사회적 동물이다' 는 표현은 '인간은 서로 의지하는 존재다' 라고 해석될 수 있다.

혼자만의 힘으로 모든 일을 해낼 수 없는 인류는 타인의 도움, 인정 등을 갈구하고 충족 해 나가며 스스로를 '사회의 필요에 맞는 존재' 로 성장시킨다. 그런데 '지나치면 부족한 것만 못하다' 는 말처럼 상호 적정 수준의 의지는 인간관계에 있어 매우 긍정적 역할을 하는데 반해 '지나친 타인 의존적 행동' 은 '도태' 를 불러온다.

▶ 작은 걱정거리조차 혼자 해결하지 못한 채 친구 혹은 지인들에게 조

언, 위로를 받아야 직성이 풀리는 사람

▶ 스트레스가 쌓이면 항시 알코올에 의존하는 샐러리맨

▶ 아무런 행동도 하지 않은 채 오직 신(神)에게 기도만 하며 일이 해결
되길 바라는 신자. 등등.

여러분은 어떠한가? 이미 삶의 많은 부분에 있어 타인 혹은 무언가
에 의지하고 있는가? 자신을 위로해줄 누군가가 없으면 슬픔에 빠져
견딜 수 없거나 마음의 상처를 치유해줄 무엇인가 (혹은 누군가)가 없으
면 한없이 불안해지거나 술이 없으면 밀려오는 슬픔을 주체할 수 없는
상태인가?

적정 수준의 기댐, 의지함은 인간관계를 따듯하게 만들지만 도를
지나친 기댐, 의지함은 해당 개인을 나약하게 만든다. 스스로의 해결
능력을 무디게 만들고 자기의 확신을 망가뜨린다.

물론 이 책을 읽고 있는 여러분 모두가 위 상황처럼 극단적인 '타인
의존 상태'는 아닐 것이다. 하지만 곰곰이 생각해보자. 삶에 있어 지
나치게 의존적 성향을 보이는 부분이 있지는 않은지.

필자가 말하고 싶은 것은 그러한 부분들(지나치게 의존적인 성향을 보이는
부분들)을 간과하고 넘어가게 될 시의 위험성에 대해서다.

위험? 지나친 의존성은 반복의 과정을 거쳐 '습관화' 되어버리기에

필자는 이를 '**위험**' 이라 말한다.

누군가 매우 쓰라린 실연의 아픔을 겪었다고 하자. 주변 친구들의 위로
가 잇따른다. 슬픔은 나누면 반이 된다는 말처럼 한결 마음이 가벼워진
다. 하지만 (경험해본 이들은 알겠지만) 얼마 지나지 않아 다시금 밀려오는 슬픔의
쓰나미. 결국 친구들의 위로는 잠시 잠깐의 응급처치였음을 깨닫는다. 그
럼에도 너무나 아프다는 생각을 주체하지 못한 채 친구들에게 받았던 달
콤한(?) 위로를 떠올린다. 그리하여 또다시 친구들을 소집, 자신의 신세를
한탄한다.

다시 한 번 가벼워진 마음. 역시 친구들이 있기에 세상은 아름답다는
생각이 절로 든다.

그러나 얼마 지나지 않아 밀려오는 제2차 슬픔의 쓰나미. 또다시 친구
들에게 연락을 돌린다...

이 예시가 말하는 것은 무엇인가? 바로 '의존' 의 반복성 이다. 누군
가에게 혹은 무엇인가에 의존하는 습관을 창조(?)하기 시작하면 인식 체
계는 해당 행동을 '당연한 행동 패턴' 으로 인지한다. 그리고 반복한다.

* '실연→친구들에게 연락' 이라는 시스템이 자동으로 형성된다는
말이다. *

비단, 의존성뿐만이 아니다. 특정 행동을 통해 효과적인 교훈, 쾌락

등을 얻게 되면 그 외의 행동은 잘 하지 않으려는 게 인간의 습성이다. 하물며 해당 행동이 반복되게 될 시 어떻겠는가? 그렇다. 절대적인 행동체계 즉, 습관으로 굳어진다. 예시 속 실연의 주인공은 추후 비슷한 경험을 겪는다더라도 '친구들에게 의존하기' 이외의 방법을 찾지 못할 확률이 매우 높다. 왜?

1. 그에 따른 (단기적) 효과를 경험하였기 때문
2. 반복을 통하여 습관으로 만들었기 때문.

나는 매번 나쁜 남자/ 나쁜 여자만 만나요. 더 좋은 사람을 만나고 싶은데 자꾸 그들에게 끌려요.

→ 나쁜 남자/나쁜 여자를 만났을 때의 쾌감(?)이 반복을 불렀고 습관으로 굳혀진 상태이다.

안 좋은 일이 있으면 습관적으로 술을 찾게 돼요. 자제해보려고 하지만 그게 잘 안되네요.

→ 위 케이스와 마찬가지이다.

안타깝지만 이미 좋지 않은 행동이 습관으로 굳혀진 이상 그것을 고치기란 여간 힘든 일이 아니다. *도박이나 게임 중독의 메커니즘도 이와 비슷하다.*

따라서 타인 혹은 다른 무엇인가에 의존하는 행동이 반복되기 시작하면 의지하는 것 외에는 방법을 찾지 못하는 아니 찾으려 조차 하지 않는 습관이 형성된다. 즉, 자기 스스로 무엇인가(ex: 해결 방법)를 시도하기도 전에 자·동·적·으·로 누군가 혹은 무언가에 기댈 생각부터 떠올린다는 얘기다.

물론, 적절한 의존은 보다 따뜻한 인간관계를 유지하는데 필수적이다. 인간의 본능이기도 하고. 그러나 반복을 통해 습관으로 굳혀질 시 문제는 걷잡을 수 없이 커지게 된다는 점을 주목하라. 지나친 의존 성향은 자존감의 결여를 불러오며 크고 작은 심리문제를 야기함과 동시에 대인관계에도 부정적 영향을 끼친다.

그렇다면, 지나친 의존성이 습관으로 굳어지지 않도록 하기 위해 우리가 해야 할 일은 무엇일까? 그렇다. 같은 행동을 반복하지 않는 것이다. 너무나 마음이 아파 술을 마시며 잠시 잠깐이나마 안정을 얻었는가? 좋다. 단, 이후 비슷한 상황이 도래할 땐 다른 행동을 해야 한다.

> **ex**
>
> 실연 → 술 마시기 or 친구들에게 신세한탄
> 이후 또 다른 실연(혹은 같은 아픔의 쓰나미가 몰려올 때) → 술 마시기 또는 친구들에게 신세한탄이 아닌 다른 행동.

'슬픈 일이 있을 때 술만 한 게 없다는 생각에 자꾸 술 생각이 나요...'

'술만 한 게 없다'라는 생각은 결국 '술'이 주었던 단기적 쾌감일 뿐이다. 다른 행동을 하라.

'심리적으로 불안정해질 때마다 심리, 힐링 서적을 사곤 했어요..'

읽지도 않은 채 쌓여가는 심리, 힐링 서적들이 책꽂이의 대부분을 차지하게 될 것이다.

다른 행동을 하라.

이 외에도 여러분 스스로가 특정 문제에 봉착하였을 때 반복적으로 행하였던 나쁜 의존 습관들을 떠올려보길 바란다.

선천적으로 지나치게 의존적인 사람은 없다. 오직, 의존의 반복을 통해 습관으로 굳힌 사람들이 있을 뿐. 자, 그럼 다음 챕터를 통해 구체적인 방법을 알아보자.

06

의지하는 습관을 없애는 확실한 방법

지나친 | 의존성이 습관으로 굳혀지는 과정을 살펴보면 어쩔 수 없는 선택이 반복을 통해 습관으로 형성 되는 것을 알 수 있다. 여기서 말하는 '어쩔 수 없는 선택' 이란 다급한 나머지 '무의식 적으로 취한 선택' 을 의미한다.

만일 여러분이 태어나 처음 이별을 겪었다 하자. 청천벽력 같은 헤어짐 통보. 눈앞이 캄캄해지고 머리가 띵해진다. 혼란스러운 감정이 온몸을 휘감는다. 이성적 사고는 이미 안드로메다로 출장 중. 상대를 붙잡는 일 외엔 그 어떠한 생각도 들지 않는다.

'제발 헤어지지 말자/잘못했어./내가 미안해/앞으로 잘할게'

자기도 모르게 이와 같은 말을 내뱉는다. 바로 '무의식이 취한 선택'이다. (다급한 나머지) 이성적 판단이 불가한 상황에서 튀어나오는 본능적 언행. 오롯이 상대를 다시 붙잡아야겠다는 일념 하나에서 나온 본능적 행동(=무의식적 행동)이다.

만일 여러분이 이러한 행동으로 '좋은 결과'를 이뤄냈다면 (실제론 그리 좋은 결과가 있지 않겠지만) 여러분의 '뇌'는 하나의 패턴을 형성한다.

'헤어질 땐 이렇게 붙잡으면 되는구나!'

→ 애걸복걸하며 붙잡으면 해결된다는 패턴 형성

물론 효과적인 다른 방법을 알고 있다면 '어쩔 수 없는 선택'을 하지 않을 수 있다.

타인 혹은 무언가에 지나치게 의존하는 이들의 대부분은 과거의 경험을 통해 형성된 패턴에 의지하는 경향이 있다.

힘든 일이 있었는데 술을 한잔하니 좀 나아졌어.

→ 힘들 때면 술을 찾는 패턴 형성

마음이 불안했는데 힐링 서적을 읽으니 좀 괜찮아진 것 같아.

→ 마음이 불안하면 서점으로 달려가는 패턴 형성

스트레스가 한가득 쌓였었는데 친구들과 수다를 떠니 한결 나아졌어.

→ 스트레스가 쌓일 때마다 친구들과 수다를 떠는 패턴 형성

언급 하였다시피 위와 같은 패턴이 반복이 될 경우 해당 패턴은 습관으로 굳혀진다. 그리고 이는 지나친 '의존 습관'을 만들어낸다. 따라서 타인 혹은 무엇인가에게 의지하는 행동이 습관으로 굳혀지지 않기 위해선 반드시 패턴의 변화가 필요하다.

패턴 변화의 예

힘든 일이 있었는데 술을 한잔하니 좀 나아졌어.

▶ 힘든 일이 있었는데 볼링을 한 게임하니 좀 나아졌어. [술→볼링]

마음이 불안했는데 힐링 서적을 읽으니 좀 괜찮아진 것 같아.

▶ 마음이 불안했는데 조깅을 하니 좀 괜찮아진 것 같아. [힐링 서적 → 조깅]

스트레스가 한가득 쌓였었는데 친구들과 수다를 떠니 한결 나아졌어~

▶ 스트레스가 한가득 쌓였었는데 등산을 하니 한결 나아졌어~ [친구들과의 수다 → 등산]

이렇듯 특정 패턴이 반복을 통해 습관으로 굳혀지지 않게끔 행동의

변화는 의도적 & 주기적으로 행해져야 한다.

주의해야 할 점 1

패턴의 변화를 줄 때, 즉 기존의 행동이 아닌 새로운 행동을 할 때
는 여러분을 긍정적으로 이끌 수 있는 행동을 택해야 한다. 힘든 일이
있을 때마다 술을 마시는 패턴에 변화를 주기 위해 택한 새로운 행동
이 '담배를 피우는 것' 따위가 되어서는 안된다는 얘기다.

주의해야 할 점 2

기존의 패턴에 변화를 준 새로운 행동이더라도 지나치게 반복이 되
면 새로운 문제로 대두될 수 있으므로 새로운 행동은 3회 이상 반복되
지 않게 주의를 기울이기 바란다.

'스트레스를 받을 때마다 친구들과 수다를 떠는 패턴'에서 '등산을 하는 패
턴'으로 변화를 주었다 하더라도 '등산'을 하는 것이 3회 이상 반복된다면
스트레스를 받을 때마다 등산에 의지 하는 사람이 될 수 있다는 말이다.

주의해야 할 점 3

새로운 행동은 기존의 행동보다 더 큰 쾌감을 줄 수 있는 행동일수
록 좋다. 하지만 그렇지 않더라도 기존의 행동과는 확실히 차별화된

행동을 하길 권한다. 스트레스를 받을 때마다 소주를 두 병씩 들이켰다면 소주를 한 병으로 줄이는 새로운(?) 행동을 한다 해서 크게 바뀌는 일은 없을 것이다. 기존과 확실히 차별화된 행동을 하라.

주의해야 할 점 4

'마음의 준비가 되면 행동해야지!' 라며 핑계대지 말라. 변화를 위한 행동은 완벽한 마음의 준비를 필요로 하지 않는다. 아직 변화를 위한 준비를 하지 않은 것 같아 불안한가? 걱정 말길.

새로운 행동이 해결해 줄 것이다. '완벽한 마음의 준비' 는 불안감을 가중함과 동시에 행동을 미루게 만드는 요인으로 작용할 뿐이다. 오직 행동 후 자신의 감정 변화를 관찰하기 바란다. 그리고 '의지하지 말아야지! 의존성을 떨쳐내야지!' 라며 백번 천 번 자기암시를 준다 해도 행동하지 않으면 결코 변하지 않을 것이다. *이미 '자기암시' 의 허상에 대해 이야기 하지 않았던가?* 오히려 찌질한 생각이 머릿속을 지배하고 있다 해도 (억지로) 한 번이나마 효율적인 행동을 하는 것이 훨씬 더 효과적이다.

이는 행동이 감정을 지배한다는 과학적 근거에 기인한다. '행동 변화 심리학' 관련 서적을 참고하면 보다 더 자세한 정보를 얻을 수 있다.

또한 '생각만 해도 이루어진다.'는 식의 주장에 휘둘리지 말기 바란다. 이는 행동하길 두려워하는 이들이 만들어낸 근거 없는 소리에 불과하다는 게 필자의 확고한 생각이다.

행동하지 않고 변화되는 것은 그 어떤 것도 없다. '생각만 해도 변화된다.'는 식의 수많은 유혹들이 여러분을 향해 손짓해도 결코 넘어가지 마라. 물론, 긍정적인 생각은 긍정적인 행동을 유도한다. 하지만 긍정적인 행동이 긍정적 생각을 유도하는 효과에 비하면 매우 미비한 수준에 불과하다.

지나친 의존성, 새로운 행동을 통해 벗어날 수 있다. 부디, 필자의 조언을 통해 '기존의 의지하는 습관'에서 벗어날 수 있는 획기적인 계기를 마련해보길 바라는 바이다.

07

고통을 극복하기 위해 알아야 할
단 한 가지 솔루션!

타인(들)과 │ 마주하는 삶은 행복, 즐거움, 사랑의 감정을 수반
함과 동시에 불행, 시련, 고통의 감정 역시 수반한
다. '행복과 고통이 뒤섞인 인생' = '삶' 이라는 공식이 성립할 정도로
우리네 삶은 즐거움과 괴로움이 뒤섞여있다.

하지만 고통을 피하고 행복을 추구하는 인간 본연의 습성으로 인해
삶의 추구 방식은 고통을 외면하는 쪽으로 흘러가기 마련이고 해결되
지 않은 채 방치된 고통의 덩어리들은 스트레스, (정신적)상처, (정신적)장
애 등등의 이름으로 하나둘씩 쌓여만 간다.

신기하면서도 가슴 아픈 사실은 즐거움의 지속 기간보다 고통의 지
속 기간이 훨씬 길다는 것.이는 즐거웠던 기억을 떠올리는 것보다 아
프고 괴로웠던 기억을 떠올리는 것이 훨씬 더 쉬운 이유이기도 하다.

학계에서는, 고통의 기억이 오래가는 이유에 대해 '생명 보존을 위한 본능적 방어'라 보고 있다. 즉, 추후 해당 고통을 반복하지 않음으로써 생명에 위해가 되는 행동을 방지하기 위한 일종의 방어 본능이라 생각하면 된다.

따라서 고통스러운 경험/ 마음의 상처 등을 마음속에 담아둔 채 방치한다면 '고통의 시간'을 계속 연장시키는 것과 마찬가지라 할 수 있다. 그래서일까? 수많은 이들은 자신이 겪은 과거의 고통/ 마음의 상처로 인해 가슴 아파한다. 이해한다. 필자 역시 고통에서 완벽히 해방되었다고 할 수 없으니.

일단 고통이라는 놈에 대해 탐구하기 전, 모든 정신적 고통의 뿌리라 할 수 있는 '생각'이라는 녀석의 성질에 대해 알아볼 필요가 있다. '생각'이란 녀석은 하면 할수록 깊어지고 꼬리에 꼬리를 물며 확장되어 나가는 습성을 가지고 있다. 특히나 고통스러운 생각일수록 그 기운을 더한다. 예시처럼 말이다.

그/그녀가 날 별로 안 좋아하면 어떡하지?
→ 그렇다면 정말 마음이 아플 텐데. → 차라리 그/그녀를 몰랐다면 이렇게 마음 고생할 일은 없지 않았을까? → 아냐, 그/그녀도 날 좋아할지 몰

라. → 그냥 고백을 할까? → 그랬다가 차이기라도 하면 더 마음이 아플 거야.→ 어떡해야 하나...그냥 이대로 지내는 게 나을까?
→나중에 그/그녀가 나 말고 다른 사람과 사랑하는 모습을 보게 된다면 가슴이 찢어질 듯 아플지도 모르는데?

누구나 쉽게 공감할 수 있도록 짝사랑하는 이의 감정을 예로 들었다.

이렇듯 생각이란 그 연속성과 확장성으로 인해 고통을 가중시키는 데 매우 중대한 역할을 한다. 그렇다면 생각을 하지 않는 게 고통을 멈출 수 있는 하나의 방법이 될 수 있을까?

NO! '생각을 하지 않는다는 것'은 불가능한 일이므로 결코 해결책이 될 수 없다. 신선(神仙)에 가까운 득도(得道)를 한다면 모를까...

그럼 마음속에서 고통을 깨끗이 지울 수 있는 방법을 찾아보면 어떨까? NO! 현재까지의 의학과 과학 기술은 물론 각종 심리적 치유방법을 총 동원한다해도 과거 고통의 감정, 마음의 상처를 마치 '전혀 없었던 일'처럼 지우는 일은 불가능 할 것이다. '기억 상실증' 혹은 알츠하이머' 진단을 받지 않는 이상 말이다.

단, 오랜 시간이 지남에 따라 잠시 잊혀 질 수는 있다. 그러나 무의식은 항시 저장한다. '마음 속 하드디스크'

결국 고통이란 평생 우리와 함께하는 친구와 같다. 태어날 때부터 죽을 때까지 평생을 함께하는 친구. 그러므로 삶 속 고통의 문제에 있어 '완전한 해방'이란 있을 수 없다. 그런데 현실은 어떠한가? 고통/걱정/불안 등을 소멸시키려 별의별 노력을 다 하지 않던가?

온갖 힐링은 말할 것도 없거니와 각종 심리 요법에 명상 또는 오컬트 적 접근 까지……

심리 혹은 철학 관련 전문가라면 이미 알고 있을 것이다. 인간으로부터 고통을 분리 할 수 없다는 사실을. 따라서 우리의 선택지는, 고통과 함께 '잘 살아가는 방법'을 강구하는 것 외에는 있을 수 없다.

자, 그렇다면 한번 '사고(思考)의 패러다임'을 전환해보자. 고통을 삶의 동반자로 인식, 활용하는 방향으로 말이다.

피할 수 없으면 즐기거나 최대한 유리하게 활용해야 하지 않겠는가?

인간의 인지체계는 대상을 어떻게 정의하느냐에 따라 명암(明暗)을 달리한다. 컵에 물이 반이나 있네? 와 컵에 물이 반 밖에 없네? 처럼.

다시 말해 우리가 '고통'이라는 놈을 어떻게 바라보고 어떠한 방식으로 인지하느냐에 따라 생생한 아픔이 될 수도, 생생한 행복이 될 수도 있다는 얘기다. 만일 스스로가 특정 문제를 '고통'이라 정의(=확신) 내렸다면 뇌는 이를 '피해야 할 것'으로 받아들이고 '행복'이라 정의 내렸다면 즐겨야 할 것이라고 받아들일 것이다.

실제 상황에서의 '고통을 다루는 방법'을 예시를 통해 설명해보겠다.

▶ 실연의 고통으로 너무나 마음이 아파요.

＊이번 '실연'을 통해 배우게 된 점은 무엇인가?

＊앞으로 이와 같은 형식의 '실연'을 당하지 않기 위해 개선해야 할 문제점은 무엇인가?

▶ 직장 내 왕따를 당하는 것 같아 너무 힘들어요.

＊이 상황으로 인해 직장 내의 나의 위치/대인 관계/처세 문제 등에 대해 알게 되었다.

＊더 이상 이러한 일을 당하지 않기 위해 나 스스로 고쳐나가야 할 부분은 무엇인가?

이 방법은 그간 '고통'이라 인식하였던 모든 것들을 '발전하는 삶을 위한 디딤돌', '인생의 진리를 배울 수 있는 기회'로 전환시키는 작업이다. 고통으로 인한 부정적 감정과 그로 인해 발생한 어마어마한 스트레스에 피폭 되는 것이 아닌 고통을 통해 앞으로 더 나아갈 수 있는 자신의 '성장(자기 발전) 스위치'를 발견해내는 것.

이는, 모든 현상을 무조건 긍정적으로만 바라보는 '무한 긍정 사고' 와는 확연히 다르다. 무턱대고 '잘 될 거야!' '난 할 수 있어!' 라고 외치는 방식은 아무런 대안 없는 비현실적 자기암시에 불과하다는 사실을 명심하라.

마치, 고장 난 차의 보닛을 열고 몇 시간 동안 '난 고칠 수 있어! 고칠 수 있어!' 라고 외치기만 하는 것 과 다를 바 없는 행동이다.

사고의 전환(=고통을 '발전의 원동력'으로 전환하는 작업)은 매우 힘들다. 더군다나 고통의 감정에 빠지는 일이 이미 습관처럼 굳어진 이들에겐 더더욱. 하지만 연습의 반복을 통해 충분히 변화될 수 있다. 그 누구라도 말이다. 꼭 기억하길 바란다. 현재의 상황을 통해 배우게 된 점 + 앞으로 개선해야 될 점이 무엇인지에 대한 고찰.

본 책이 여러분의 삶의 질을 높이는데 단 1%라도 기여하길 진심으로 바라는 바이다. 그럼 이제, 두려움을 이기기 위한 방법을 알아보자.

두려움을 이기는 유일한 방법은 바로 이것

왠지| '두려움'이라 하면 공포, 절망, 상처 등 매우 부정적인 단어들이 생각나기 마련이다. 그래서인지 수많은 사람들은 두려움을 떨쳐내고 없애기 위해 갖은 노력을 한다.

종교에 의지하거나, 명상, 요가, 오컬트 등을 탐닉하거나, 심리/힐링 서적을 탐독하거나, 심리 상담을 받거나. 그러나 두려움은 결코 사라지지 않는다. 평생을 발버둥 치며 싸워도 절대 없어지지 않는다. 왜일까? 두려움이란 인간 생존의 필수 요소이기 때문이다.

만약 인간이 높은 곳을 두려워하지 않는다면 매일같이 들려오는 세계 곳곳의 추락사 소식은 일상이 될 것이며 뜨거운 것을 두려워하지 않는다면 지구촌은 화재로 몸살을 앓을 것이고 사나운 짐승을 두려워하지 않는다면 호랑이나 곰, 사자 같은 동물들은 매일 잔치를 벌일지 모른다. 이렇듯 두려움은 인간을 보다 안전하게 해주는 일종의 생명 보호 장치와 같다.

그런데, 현대인들은 위와 같은 기본적 두려움을 넘어 고차원화(化)된 두려움에 몸서리를 친다.

'대인관계에서 발생하는 두려움'
'집단으로부터의 소외에 따른 두려움'
'타인의 평가에 대한 두려움'
'사회적 낙오에 대한 두려움' 등등.

문명과 과학이 발전하고 산업화라는 이름의 거인이 전 세계를 집어삼키기 시작한 때부터 이와 같은 두려움(들)은 급성장하였다. 아니, 진화되었다고 보는 것이 타당하리라 생각된다. 이전과는 비교가 안 될 정도로 말이다.

산업 사회는 '성공을 쟁취하는 이들'과 손을 잡고 나아가는 길을 택하였다. 시대는 어떻게든 소외당하지 않기 위해 발버둥 치는 사회로 변모되어갔다. 이는 전 인류로 하여금 '산업화 사회가 요구하는 자질을 가지고 있는 사람'이 되어야만 한다는 강박관념을 가지도록 하였으며 모든 시스템(정치/교육/경제 등등)은 산업화 사회에 최적화된 일꾼을 만들어내는데 초점을 맞추기 시작했다. 따라서 산업화 사회의 요구에 부합되지 않는 이들은 이른바 '소외받는 자들' 로 전락되는 일이 벌어졌다.

'남들과의 경쟁에서 이겨야 해!'
'언제나 남들보다 한발 앞서가야 해!'
'남들보다 더 나은 방법으로 생각해야 해!'

이 구호들 어디서 많이 들어보지 않았는가? 그렇다. 산업화 · 정보화 사회의 일원들이 부르짖는 모토다. 각각의 구호마다 '남들보다' 라는 말이 포함되어있는데 여기엔 '남들에게 뒤쳐지면 결코 안 된다' 는 강한 강박적 요소가 숨어있다.

자연스레 '경쟁에서 이겨야 한다!' '행여 이기지 못하더라도 소외는 되지 말자!' 는 '세뇌에 가까운 강박관념' 을 형성하게끔 한다. 사회로부터의 소외/낙오/단절을 절대적 공포 그 자체로 받아들이도록 한다는 말이다. 두려움의 최종 진화이자 21세기 식 두려움의 탄생이다. 참으로 어둡고 참담한 현실처럼 들리는가? 아니다. 바로 우리가 마주하고 있는, 평생을 마주해야 할 현실 그 자체다.

결국 우리는 이 시대를 살아가고 있는 이상 마주하는 두려움(관계에 대한 두려움, 타인의 평가에 대한 두려움, 사회적 낙오에 대한 두려움 등)을 일종의 자연스러운 감정으로 받아들일 수밖에 없게 되었다.

그런데 문제는 수많은 사람들이 '힐링'이라는 명목 아래 이와 같은 두려움을 없애려 시도하는 데에 있다.

행여 그러한 시도로 인해 두려움이 줄어들었다고 하자. 그럼에도 불구하고 우리는 두려움을 자연스레 주입시키는 (=원치 않아도 어쩔 수 없이 받아들여야만 하는) 사회 속으로 다시금 들어가야 한다. 그렇지 않은가? 명상과 힐링, 심리 상담을 통한 치유 등등으로 '두려움의 기세'를 잠시 눌렀다 하더라도 결국에는 두려움이 사회 유지의 원동력이 되어버린 현실 속으로 들어가야 한다는 얘기다. 아니면 예시처럼 평생을 반복할 것인가?

---

ex

두려움 엄습 → 명상/ 힐링/ 심리 치유 →사회로 복귀 → 다시 두려움 엄습 → 다시 명상/ 힐링/ 심리 치유 →또다시 사회로 복귀→또다시 명상/ 힐링/ 심리 치유 ....

이것이 바로 명상이나 힐링, 심리적 치유가 잠시 잠깐의 안정은 줄 수 있을지 몰라도 궁극적인 해결책을 줄 수 없는 결정적 이유다.

여기서 잠깐!

속세에서 나와 세상의 모든 굴레를 벗어던진 삶을 살아가는 이들도 존재한다. 또한 역사적으로 위대한 인물 중에 실제 그러한 삶을 살아온 이들도

결국 두려움을 없애기 위해 취하는 여러 행동은 순간의 안정 / 평안을 위한 일시적 방법이 될 수밖에 없음을 알아야 한다. 그래서 필자는 이렇게 말한다. '두려움은 없애는 것이 아니라 받아들이고 마주하는 것'이라고.

앞서 언급한 이들(힐링/명상을 통해 두려움을 없애고자 노력하는 이들)은 어찌 보면 '두려움'을 '피해야 할 공포'로 생각하고 있는 것이나 마찬가지 이다. 따라서 그들에게 두려움은 '피해야만 할 대상'이며 그들의 노력 은 '두려움을 피하기 위한 애처로운 몸부림'과 다를 바 없다.

우리는 두려움에 정면으로 맞서야 한다. 피해야 할 '공포의 대상' 으로 인식하는 것이 아닌 도전의식을 불러일으키고 삶의 동기를 부여 하는 동반자로 받아들여야 한다.

두려움을 인생의 장애물로 여기는 것이 아닌 더 나은 삶을 위한 도 구로 생각하는 것이 두려움을 활용하는 현명한 방법 이라는 말이다.

ex

이렇게 살다가 결혼이나 제대로 할 수 있으려나? 평생 홀로 남게 될 까 두렵다... ↓
· 불안한 마음에 안정을 줄 수 있는 무엇인가가 필요해...(x)

· 이 불안감, 무엇인가가 잘못되었다는 강력한 신호야.

현재 나의 상황을 극복하기 위해 무엇이 필요할까? 구체적인 계획을 짜야겠어!

좋은 이성을 만나기 위해 무엇부터 해야 할까? (O)

계속되는 취업 실패..이젠 면접을 보러가는 것조차 힘들어. ↓

· **일단 마음을 비운 후 상쾌한 기분으로 다시 시작하자. 잠시 여행을 떠나 볼까? (x)**

· 계속된 취업의 실패가 '취업에 실패할 수밖에 없는 나의 문제점'들을 알게 해줬어.

그럼 이제 그동안의 방식과는 다른 방법으로 도전해볼까? (O)

언제 잘릴지 모르는 이 기분. 퇴직금으로 사업이라도 시작해야 할까?

그러기 위해선 목돈이 필요한데 모아놓은 돈도 별로 없고... 정말 막막하다... 앞으로 어떻게 살아야 할지 도무지 모르겠어. ↓

· **점(占)집에 가서 부적이라도 한 장 써달라고 해야겠다. 혹시 알아? 운이 따르게 될지. (x)**

· 내가 회사에서 최선을 다 할 수 있는 일들을 검토해보자. 일단 어떻게 해야 회사가 진정 필요로 하는 사람이 되는지 면밀히 알아보는 것부터 시작해야겠군! 그리고 혹시 모를 퇴직에 대비해서 이제부터라도 각종 공부를 시작해야지. (O)

이런 식으로 말이다.

이는 바로 전 챕터의 고통을 극복하기 위한 솔루션과 일치한다.

만약 이러한 사고가 습관이 된다면 공포로 다가왔던 '두려움'이라는 녀석의 역할은 바뀌게 된다. 삶의 훌륭한 멘토로.

물론 습관화가 되기까지 여러 번의 연습과 피드백이 있어야 한다. 단 한 번의 시도로 완성하려 하지마라.

안다 알아. 필자가 이렇게 입에 침이 마르도록 얘기해도 여타 심리, 힐링 서적들은 꾸준히 팔릴 것이고 '그래도 마음의 평화와 안정을 얻는 게 중요해.' 라는 핑계 아래 두려움을 피해가는 이들 역시 계속 생겨날 것이란 사실을.

그럼에도 필자는 계속 외칠 것이다. 두려움에 맞서야 한다고.

단언컨대, 여러분이 존경하는 위인들은 물론 현시대의 성공한 인물들, 심지어 동서고금의 역사를 통틀어 '위대한 정신적 스승' 이라 불렸던 이들 모두는 결코 피하는 삶을 살지 않았다. 그들은 두려움을 삶의 장애물이라고 인식하지 않았다. 그들에게 두려움은 스스로를 다독이는 채찍이자 '스승' 이었다.

09

열등감 or 비교의식으로 힘든 당신을 위해
'열등 콤플렉스 극복하기'

흔히들 ｜ '내가 선택한 삶이 옳은가?' 라는 고민에 빠질 경우 자신
과 비슷한 삶을 살아가고 있는 것처럼 보이는 이들과의
비교를 통해 선택의 타당성을 판단하곤 한다.

이때 비교 대상으로 선택되는 타인들의 대부분은 자신과 비슷한
연령대 이거나 비슷한 경제력 ,성장 배경 등을 지닌 이들이다.

'내 중학교 동창, 고등학교 동창, 대학교 동기들은 이렇게 잘 나가는
데... 난 이게 뭐야?'

'누구누구는 내 나이에 벌써 부장 자리에 앉아있는데 난 왜 아직
도...?'

'내 친구는 연봉이 벌써 이만큼인데 난 왜 이거밖에 안 되는 걸까..?'

누군가는 이러한 비교를 통해 자신의 위치, 상황에 대한 안심하고 만족 할 것이며 누군가는 (예시처럼) 한탄 할 것이다. 비슷한 상대와 비교하며 '자기 위치'를 확인한다? 한번 곰곰이 생각해보라. 왜 그래야 하는가.

▼비슷한 나이인 그가 나보다 돈을 잘 버는 것이, 내가 그보다 못난 이유일까?

▼연봉이 비슷한 그/그녀가 멋진 아내/남편을 얻게 된 것이 내가 그보다 못난 이유일까?

▼나보다 하위권 성적이었던 녀석이 한 회사의 CEO가 된 것이 내가 그보다 못난 이유일까?

생각해보라. 상대의 '잘 나감'과 자신의 '못 나감' 사이에는 그 어떤 연결고리도 존재하지 않는다. 단 0.1% 조차의 연관성도 없다. 이에 대한 전문적인 분석을 살펴보자.

열등 콤플렉스 (Inferiority Complex)
이 콤플렉스를 가지고 있는 이들은 타인(들)과의 비교를 통해 자아를 찾는 경향이 있다.
'거울 속에 비친 자기(Looking-Glass Self)'라고도 불린다.

많은 사람들은 타인들과의 비교를 통해 자신의 모습을 찾는 경향이 있다. 그렇다. 문제는 여기서 출발한다.

문제점 1.

자신이 극복해야 할 진짜 문제는 제쳐두고 타인과의 비교를 통한 발견에만 초점을 맞춘다.

문제점 2.

자신이 보고 싶은 부분만을 '비교 판단' 의 근거로 삼는다.

예를 들어 보자.

현재 본인의 경제 사정이 궁핍한 상황이라면 경제적인 문제가 없어 보이는 동년배의 '성공한 사업가' 친구가 비교 대상이 될 수 있겠다. 그(성공한 사업가 친구)가 현재 심각한 가정의 불화를 겪고 있다 한들 크게 신경 쓰지 않으며, 성공하기 까지 겪었을 수많은 인고의 과정은 깡그리 무시한 채 이룩한 결과만을 바라본다. 실제로 그가 매우 불행한 삶을 살고 있을지 누가 알겠는가? 그러나 본인의 눈엔 그의 '경제적 풍요함' 외의 다른 사항은 결코 눈에 들어오지 않는다.

필자는 간혹 수강생들로부터 다음과 같은 질문을 받을 때가 있다.

'연애의 연 자도 몰랐던 주변 친구들이 하나둘씩 연애를 시작하고 있는데 나는 이게 뭔가요...'

이 역시 마찬가지이다. 그들은 그들이고 본인은 본인이다. 그들과 자신 사이에 그 어떠한 연결고리도 존재하지 않는다. 그럼에도 많은 이들은 '타인과의 비교를 통해' 자신의 처지를 한탄한다.

결론부터 말하겠다. 이는 자신의 생각보다 주변인들의 생각을 중시하는 '타인 지향성' 때문에 벌어지는 현상이다. 다시 말해, 내면의 외침보다 주위사람들의 수군거림에 더욱 민감한 이들이 자주 겪는 대표적 현상이라는 얘기다.

앞에서도 자주 언급하였듯 인간은 타인과의 협력을 통해 살아간다. 그러나 본인이 스스로 판단하고, 이겨내야 할 문제까지 타인들과의 협력(?)을 통해 결정하는 지경에 이르면 해당 인생은 바람에 흔들리는 갈대마냥 (타인들의 기준에 따라) 이리 휩쓸리고 저리 휩쓸리다 끝날 것이다.

필자가 그 누구보다 불쌍하다고 여기는 사람의 인생과정이 있다. 어릴 적부터 남들이 다 한다는 사교육에 치이고, 대학 입시에 치이고, 스펙 쌓기에 치이는 인생. 자신이 원하고 바라던 인생은 이미 저 멀리 떠나있다. 이보다 더 불쌍한 인생이 어디 있는가?

혹시 여러분은 황혼기의 노인들이 자주 내뱉는 한탄을 들어본 적이
있는가?

'아이고, 젊었을 때 이것저것 해보며 살아야 했는데, 이젠 나이가 드니
그러고 싶어도 할 수가 없네...대체 뭘 하며 살아 온 거야 나란 놈은...'

아마 여러분 중에는 '그런 게 바로 인생 아니겠어요? 대충 남들 사
는 만큼 사는 거죠 뭐...' 라는 식의 합리화로 스스로를 다독이는 이들
이 있을지 모르겠다. 그러나 다독이는 것도 잠시, 이내 찾아오는 씁쓸
함에 가슴이 턱 막힐 것만 같은 기분은 어찌할 도리가 없을 것이다.

주변이들 및 타이들의 생각, 판단, 고정관념에 이리 휩쓸리고 저리
휩쓸리지 말고 내면의 소리에 귀를 기울이자. 스스로에게 물어보라.
자신이 진정 원하는 게 무엇인지.

*노파심에 한마디: 전문적인 문제점 해결을 요할 때는 해당분야의
'전문가' 에게 적극적으로 도움을 받아야 한다. 반드시 도움이 필요할
때는 타인의 도움을 얻는 것이 당연하다. 본 챕터는 '의지하는 습관의
위험성을 말하다' 챕터와 함께 보면 더욱 도움이 될 것이다.*

⑩

현실 감각을 잃어버린 당신에게 한마디

굳이 │ 정의 내리자면 필자는 실용 주의자 또는 현실주의자에 가깝다. 필자는 살아오며 수많은 감성주의자들을 접하여왔다.

여기서 말하는 감성주의자란, 현실적인 감각보다 비현실적인 감각을 더 중요시하거나 옹호/ 숭배하는 이들을 뜻한다.

그들은 미스터리 같은 무언가의 매력에 심취하여 자신만의 세계를 창조한다. 기(氣), 아우라(Aura)의 중요성을 옹호하거나 명상 및 특정 종교적 행위 등을 삶의 일부 혹은 전부라 생각한 나머지 현실적이고 이성적인 감각은 애써 외면한 채 내면의 불완전한 느낌을 신뢰한다.

필자는 그들이 무조건 잘못되었다고는 생각하지 않는다. 적절한 감성적 충전은 삶에 있어 좋은 윤활유와 같기 때문이다. 문제는 윤활유가 넘쳐날 때이다. 기름(현실 감각)으로 가득 차야 할 자동차에 윤활유(감성)가 넘쳐나는 것과 같다고 할까?

옛날 어느 한 티브이 프로그램에서 자신의 딸이 매우 아픈 상태임에도 신(神)이 고쳐줄 것이라 믿은 나머지 병원 진료를 거부한 어떤 부모에 대해 방영된 적이 있다.

많은 이들이 그랬듯 필자 역시 분노를 금치 못하였다. 비현실적 대처의 비극을 보여준 대표적인 경우가 아닐까 한다. 그런데 (이처럼 극단적은 아니지만) 많은 이들이 비슷한 실수를 저지른다는 사실을 알고 있는가? 현실적인 감각보다 비현실적인 감각(여기서 부터 이를 감성이라고 칭하겠다.)을 중요히 여겨 발생하는 실수 말이다.

예술을 즐기고 각종 문화적 가치를 향유하여 감성을 충만토록 하는 행위는 꼭 필요한 삶의 요소라고 생각한다. 그러나 우리가 살고 있는 이 세상은 꿈도 유토피아도 아닌 현실 그 자체다. 언제나 감성의 바다에서 허우적거릴 수만은 없지 않겠는가. 따라서 냉철한 눈으로 상황을 파악하고 어려움을 헤쳐 나갈 수 있는 현실 감각은 우리가 반드시 지녀야 할 필수 요소임이 분명하다.

그렇다면, 삶에 있어 감성이 차지하는 비율이 높아진다면 어떠한 일이 발생할까?

필자의 주위에는, 결혼 적령기가 훌쩍 지났음에도 좋은 남편감이 생기길 바라며 기도만 하는 이들이 몇몇 있다. '더 적극적으로 소개도 받고 모임 같은 곳에도 나가보지 그래요?' 라는 물음에

그녀들은 언제나 '그분이 주실 거예요^^' 라는 대답으로 일관한다.

이해는 한다. 그 간절한 믿음을. 그런데 말이다, '아이가 아픈데 병원에 데려갈 생각은 하지 않고 기도만 하는 부모'와 '신(神)이 좋은 남편감을 주실 것이라 굳게 믿고 기도만 하는 이들'이 과연 무엇이 다를까?

아마 종교를 가지고 있는 이들은 다음과 같이 반문 할지 모르겠다.

'제 주위에 정말 그렇게 해서 좋은 남편감(혹은 신붓감)을 떡~하니 만난 경우가 있는데요?'

'신앙은 언제나 현실적으로만 바라볼 수 없는 문제입니다.'

'신(神)의 큰 섭리를 이해하려는 것은 마치 개미가 사람을 이해하려 드는 것과 같죠'

'00집회에서 하나님이 각종 치유의 은사를 펼치는 것을 못 보셔서 이해 못하시나 본데...'

안다. 필자 역시 나름 뚜렷한 종교관을 가지고 있기에 아주 잘 안다. 그럼에도 긴 말 필요 없이,

'감성'을 '현실'보다 지나치게 중시하는 이들을 향해 이렇게 외칠

것이다.

　너무나도 동떨어진 현실감각으로 인해(= 지나친 감성 의존으로 인해)
　당신이 마주하고 있는 현실은 점점 무너져가고 있습니다.
　그리고 당신은 현재 '감성'을 신뢰한다기보다
　현실과 마주하길 두려워하여 감성이라는 도피처를 택한 것 뿐 이지
요. 라고.

　이상적인 인간은 위엄과 품위를 잃지 않고 삶의 불행을 견뎌내어 긍정
적인 태도로 그 상황을 최대한 이용한다. −아리스토텔레스

11

분노 감정, '화' 다스리기 및 해결 방법

인간의 │ 중요한 감정 중 하나인 '분노' 과연 어떻게 바라보아야
　　　　│ 할 것인가?

흔히들 '분노' 와 '화' 를 애써 구분하려 하는데 미세한 차이는 있지만 '분노 한다' 와 '화를 낸다' 는 거의 같은 의미라고 봐도 무방하다.

이 책에서는 '분노' 와 '화' 를 동일한 의미로 간주하여 사용하였다.

사람에 따라 '화를 잘 내는 사람', '화를 덜 내는 사람' 이 있다. 화를 잘 내는 사람이라 하면 보통, 사소한 일에도 욱하는 일이 많거나 화를 낼 때 매우 큰 액션(?)을 취하는 일이 많은 이를 칭한다. *때로는 짜증이나 신경질적 반응이 잦은 이들을 일컫기도 한다.*

화를 덜 내는 사람은 이와 꼭 반대라고 생각하면 쉽다. 매사에 감

정적으로 대응하는 일이 적고 화를 내더라도 작은 액션을 취하는 경우가 많은 사람.

일반적으로 화를 잘 내면 좋지 못한 인격을 가진 사람이며, 화를 덜내면 인자한 인격을 가진 사람이라는 인식이 팽배해 있는데 이는 잘못된 생각이다.

왜? '화' 와 '인격' 은 아무런 연관이 없기 때문. 화는 인간이 가지고 있는 기본적 감정이다. 인격의 좋고 나쁨을 떠나 누구나 가지고 있는 감정이라는 얘기다. 올바르게 표출을 하느냐 그렇지 않으냐에 따라 화를 잘 내는 사람/화를 잘 내지 않는 사람으로 나뉘는 것 뿐 이다.

이렇게 생각하면 이해가 쉬울 것이다.

화를 잘 내는 사람 → '화' 를 올바르게 사용하는 방법을 잘 모르는 사람.

웬만해서 화를 잘 내지 않는 사람 → 분노를 삭이는데 익숙한 사람.
(마냥 좋은 것만은 아니다.)

투수는 볼을 컨트롤 할 줄 알아야 한다. 빠르게만 던진다 해서 유능한 투수라 할 수 없다. 자신의 모든 감각을 콘트롤하여 볼의 구질을 결정하는 투수가 유능한 투수이다. 마찬가지이다. '화' 또한 효과적으로 컨트롤 하여 사용할 줄 아는 사람이 유능한 대인 관계 능력과 사회생활 능력을 가진 사람이다.

그렇다면 '화를 잘 참는 사람' 은 '화를 잘 콘트롤 할 줄 아는 사람' 인가? 이는 두 가지의 경우로 볼 수 있다. 전략적 의도(=화를 올바르게 컨트롤 할 수 있는 능력)에 따라 화를 참는 것인지 무작정 화를 참기만 하는 것인지.

전자의 경우, '화' 를 잘 컨트롤 하는 사람이라 할 수 있으며 그의 대인관계 및 사회생활은 그렇지 못한 이들보다 훨씬 더 수월할 것이다. 그러나 후자의 경우, 무작정 참는데 따른 스트레스가 마음을 더욱 괴롭게 만들 것이며 참는 상황이 반복될수록 마음은 피폐해져 갈 것이다.

갖가지 심리적 불안/장애가 유발 될 수 있다.

그럼 어떻게 해야 '화' 를 올바르게 컨트롤 할 수 있을까?

화가 나는 경우를 생각해보자. 마음속 깊은 곳에서 부터 짜증과 분노의 물결이 서서히 요동치지 않던가? 예를 들어 '*너는 하라는 공부는 안 하고* (=하라는 취업은 안 하고) *왜 맨날 놀고 만 있는 거야!?*' 라는 말을 듣게 될 경우, 즉각 동반되는 짜증과 함께

'*내가 뭘! #ㄲ#@#@%@@%^%&%*%&#$#@#*' 이라는 자동반사적 (?) 반응이 나올 수 있다. *혹은 부글부글 끓는 감정을 참기만 하거나.*

누구나 한 번쯤은 겪어봤을 상황이다. 어떠하던가? 시원하던가? 절대 그렇지 않았을 것이다. 오히려 요동치는 감정의 물결이 거대한 쓰나미가 되어 마음속 곳곳을 휩쓸고 다녔을 것이다. 상대의 감정을 더욱 상하게 만드는 것은 보너스. 상황이 종료 되었음에도 상한 감정의 쓰나미는 좀처럼 멈출 생각을 하지 않는다. 더불어 잠잠하던 다른 감정들마저 하나 둘 눈을 뜨기 시작해 스스로에게 분노 종합선물세트를 선물한다.

인간의 뇌는, 여러 가지의 생각을 동시에 하지 못하도록 되어있다. 하나의 생각이 다음 생각으로 이어지고 또 그 다음 생각으로 이어지는 시스템을 갖추고 있다. 분노의 감정(=화)도 마찬가지이다. 해당 사건에 초집중 상태가 되어 다른 생각을 하지 못하게 되며 시간이 지날수록 다른 감정으로 전이된다. 예시의 경우를 보자.

'너는 하라는 공부(또는 취업)는 안 하고 왜 맨날 놀고 만 있는 거야!' 라는 말을 듣고 난 후의 감정 변화.

열심히 하려고 하는데 왜 자꾸 잔소리야!! [분노] (이동) ↓

맨날 열심히 하다가 오늘만 잠깐 쉬려고 한 건데 왜 하필 오늘..!![원망] (이동) ↓

아 짜증나! 내가 이런 소리까지 들으면서 공부를 해야 해? [비판] (이동) ↓

갑자기 다 때려치우고 싶어진다...[포기/후회]

이렇듯 분노의 감정이란 점차 확장되어 전이되는 경향이 있다.

다른 감정들 역시 마찬가지이지만 '분노'의 감정은 유독 더 빨리 확장된다.

자, 그렇다면 확장되어 전이되는 그 감정, 한번 콘트롤 해보자. 연결되는 감정의 '순서 조작'을 통해 말이다. 예시를 보면 분노의 감정이 원망으로 이동하는 것을 알 수 있는데, 만약 분노의 감정 다음의 순서를 다른 감정으로 대체하면 어떨까?

열심히 하려고 하는데 왜 자꾸 잔소리야?! [분노] (이동) ↓

어제 나온 신작 DVD 영화가 있는데 한번 볼까? 완전 재미있다던데..! [기대]

이런 식으로 말이다.

아마 여러분은 '뭐야 이게?' 라고 생각할지 모르겠다. *갑자기 생뚱맞게 신작 DVD 라니??*

이해한다. 나도 그랬으니까. 그런데 이 방법, 정말 효과 있다. 그것도 매우 큰 효과가 있다. 이 방법은 분노의 감정이 다른 쪽으로 전이되는 것을 막아줌과 동시에 스스로를 부정적 생각의 늪에서 건지는 효과를 가지고 있으며, 자신의 감정을 컨트롤하는 능력까지 배양해준다.

즉, 자신의 감정이 더 부정적인 방향으로 이동하기 전에 다른 감정 (긍정적 감정)으로 이동을 시키는 것인데 이는 필자가 서두에서 언급한 '사람의 뇌는 한 번에 여러 생각을 할 수 없으며 점차적으로 생각을 이동시킨다.'는 사실과 일치한다.

독자들 중 다수는 '너무나 생뚱맞은 방법'이라는 생각에 시도조차 안 할지 모르겠다. 하지만, 그럼에도 불구하고 시도해보길 진심으로 권하는 바이다. 물론, 강한 분노의 감정이 다른 감정으로의 이동을 방해할 수 있다. 또한, 긍정적 감정으로 이동이 되었음에도 이전의 분노 감정이 식지 않을 수도 있다. 그럼에도 몇 번이고 시도해보길 바란다. 분노의 감정이 점차 식는 것은 물론, 습관화 될수록 '화'를 다스릴 줄 아는 능력을 갖추게 되는 자신에게 놀랄 것이니 말이다.

필자는 예시에서 '어제 나온 신작 DVD를 볼까?'라는 생각을 통해 기대의 감정을 인위적으로 추가했는데

▶ '오랜만에 한강에서 조깅을 해볼까?'
▶ '종이접기를 해볼까?'
▶ '자전거를 타고 신나는 음악을 들으며 동네 한 바퀴나 돌아야지!'

등 '자신만의 색깔'이 묻어난 생각을 통해 원하는 감정을 넣을 수 있다.

생각1 생각2 생각3

분노의 감정 → (원하는 감정1) → (원하는 감정2) → (원하는 감정3)

조깅을 해볼까? 음악을 들으며 뛰면 더 좋겠지? 내친김에 자전거도 타야지!
(흥분, 기대)   (즐거움, 기대)   (설레임, 기대)

주의: 중간에 부정적 생각(ex: 짜증, 비난 등등)을 넣게 되면 효과는 사라진다. 반드시 긍정적 생각으로만 이동시키길 바란다.

이는 글로 설명하는 것보다 여러분이 직접 해보는 것이 훨씬 효과적이기에 더 이상의 설명은 하지 않겠다. 기회가 될 때 반드시 사용해보길 바란다. 변화와 발전을 도모하는 사람은 '시도하고 도전하는 사람'이란 말을 기억하며 말이다.

12

상처받지 않는 꿀팁 3가지

여러분은 │ 혹시, 가족·친구·지인이 던진 한마디에 상처를
받아본 적이 있는가?

상대의 짧은 혹은 가벼운 한마디 때문에 말다툼을 벌인 적이 있는가?

선배·상사의 생각 없는 말 때문에 분노 해 본 적이 있는가?

아마 한번쯤은 있지 않을까 싶다.

어느 누군가에겐 꿈이 되고 희망이 되는 '말' 이 있는 반면 어느 누
군가에겐 상처가 되고 흉터가 되는 '말' 이 있다. '말' 이란 이렇듯 양날
의 검과도 같다. 그럼 상처가 되고 흉터가 되는 '말' 에 대해 알아보자.

어느 평범한 하루. A는 여느 날과 다름없이 회사에 도착한다. 우연

히 정문에서 마주친 B. 환하게 웃으며 인사를 나눈 둘은 오늘의 날씨, 주식 동향 등을 이야기하며 엘레베이터를 기다린다. 그러다 문득 B가 한마디 건넨다.

'아이고~술 좀 작작 먹어요~ 배가 정말 올챙이네 올챙이야~^^^'

이에 어쭙잖은 미소를 보이며 머리를 긁적이는 A. 그런데 기분이 썩 좋지는 않다.

'내 배가 올챙이든 개구리든 자기가 무슨 상관이란 말인가?'
'사람들도 여럿 있는데... 일부러 골탕 먹이려 그런 말을 꺼낸 걸까?'
'나한테 무슨 감정이 있나?'

여러 생각이 A의 머릿속을 맴돈다.

'에잇! 그냥 지나가는 말이겠지 뭐..' 라며 스스로를 안심시키려 해도 자꾸만 머릿속을 맴돈다. 심지어 그런 일에 신경을 쓰는 자신의 소심함이 원망스럽기까지 하다. 여러분은 아마 이렇게 생각할지 모른다.

'뭐 그런 걸 가지고.'

하지만 당사자(A)에게 있어 이는 결코 작은 문제가 아니다. 종일 신경 쓰이는 여간 귀찮은 문제가 아닐 수 없다. 그렇다면 이 문제의 책임은 A의 기분을 고려하지 않고 막말(?)을 던진 B에게 있을까 아니면 소심한(?)A에게 있을까?

사실 이는 어느 누구의 잘잘못을 따질 수 없는 문제이다. 관점에 따라 B의 잘못으로 보일 수 있기는 하나 B가 '악의(惡意)'를 가지고 그와 같은 말을 한 것이 아닌 이상 B의 잘못이라고 단정 짓기는 힘들다.

눈치 없는 B의 잘못이 아니냐!' 라고 반문할 수도 있겠지만 눈치 없는 행동은 잘못되었다기 보다 센스 없다에 가깝다.

그럼 A의 입장에서 상황을 풀어가도록 해보자. 자, 먼저 이렇게 생각해봐야 한다.

1) 상대가 한 말이 평소 본인의 생각과 일치하는가?
2) 상대의 말이 논리적 · 객관적 · 합리적인 팩트(fact)에 입각한 말인가?
3) 상대의 말이 그를 제외한 다수를 대표하는 말인가?

만약 이 세 사항에 정확히 일치 된다면 상대의 말을 곧이곧대로 믿어도 좋다. 그러나 불행(?)하게도 이에 완벽히 일치하는 '상처가 되는 말' 이란 거의 존재하지 않는다. 대다수의 '상처가 되는 말' 은 오히려 이와 정반대인 경우가 대부분이기 때문이다. 즉,

1) 평소 자신의 생각과 일치하지 않으며

2) 논리적 · 객관적 · 합리적이지도 않음은 물론이고

3) 단지 상대의 견해일 뿐이다.

그렇다면 왜 많은 사람들은 그런 의미 없는 말에 상처를 받는 것일까? 바로, 상대의 말을 해석하는 '번역 능력' 때문이다. 상대의 말을 '상처 주는 말'로 번역하기에 상처 받는다는 얘기다.

즉, 상대의 말에 지나치게 의미를 부여한 나머지 잘못 해석한다는 것인데 필자는 이를 '과도한 의미부여'라고 부른다. 그런데 정말 끔찍한 사실은 예시 속 A와 같은 사고방식을 지닌 사람들의 대부분은 과도한 의미부여를 '팩트'로 받아들이는 데에 있다.

실제로 우리주변에는 A와 같은 사람들이 매우 많다.

만일 상황 상황마다 이러한 일이 반복된다면 당사자의 일상은 스트레스 그 자체가 될 것이고 인간관계 역시 매우 협소해질 가능성이 농후하며 자신이 속한 사회로부터 점차 고립되어갈 것이다. 어찌 보면 그냥 넘어갈 문제가 아닐 수 있다. 조그마한 금이 댐을 붕괴시킬 수 있듯이 대안 없는 방치는 당사자의 삶을 조금 조금씩 피폐하게 만들 것이기 때문이다.

'분노 감정, 화 다스리기 및 해결방법' 편에서도 언급하였듯이 해당 상황을 방치하게 될 시 뭐라고? 올챙이배?! 기분 나빠.. → 저 사람은 나한테 왜 그런 말을 하는 거지? → 내가 뭐 잘못한 게 있나? → 아마 다들 그렇게 생각하는 건데 저 사람이 대신 말한 건지 몰라...→ 어쩐지 요즘 다들 나한테 대하는 행동에 예전 같지 않던 데..→ 난 왜 이런 거지.. 왜 이거밖에 안되는 거야......ㅜㅜ 라는 식으로 발전 할 수도 있다.

그럼 이에 따른 해결책이 될 수 있는 '기본적인 마음가짐 세 가지'에 대해 알아보자.

마음가짐 첫 번째

'상대가 던진 말은 단지 그의 생각일 뿐이다' 라는 생각을 항상 가슴에 품어라. 앞서 언급하였듯 상처를 주는 말의 대부분은 진실이 아니며 논리적/객관적이지도 않은 개인의 견해일 뿐이다.

혹은 여러분과의 친해지고 싶어 하는 상대의 가벼운 장난일 수도 있다.

깊게 생각할 가치가 없는 말이니 지나가는 바람처럼 생각하라.

마음가짐 두 번째

상대는 자신이 무슨 말을 하고 있는지도 모른다. 다시 말해, 자신이 떠들어대는 말이 타인에게 상처가 되는지 어떤지 전혀 모르는 상태에서 입을 나불대고 있다는 얘기다. 그러한 '나불거림'에 신경을 쓸 필요가 있을까. 옷깃에 앉았다 날아가는 파리를 죽자 사자 쫓아가 잡을 것인가? 꼭 같다. 대수롭지 않게 생각해도 괜찮다.

마음가짐 세 번째

만일 여러분이 상대에게 '반박'을 한다면 그는 반박하는 모습에 흥미를 느낄지 모른다. (놀림과 비아냥은 별 것 아닌 일에서 시작된다.) 따라서 반박으로 대응할 생각을 하지 말고 첫 번째, 두 번째 마음가짐처럼 자연스레 넘기길 바란다.

그럼 행여 발생할지 모르는 '혹시 모를' 상황에 대해서도 한번 짚고 넘어가보자.

상대가,

▶ 일부러 '상처 되는 말'을 하는 것이 확실하다면?

▶ 모멸감을 느낄 수 있을 만큼의 '상처 되는 말'을 한다면?

▶ (무반응으로 일관함에도 불구) 지속적으로 상처가 되는 말을 남발 한다면?

이러한 상황은 본 챕터에서 언급한 상황과는 매우 다른 상황이므로 결코 방치하여서는 안 된다.

반드시 이에 상응하거나 그 이상의 대처를 해야만 한다.

이는 '나를 언짢게 하는 사람에겐 이렇게'와 '반격의 기술이 궁금한 당신을 위해' 챕터에 자세히 설명되어 있으니 참조하길 바란다.

RULE05

제 5 장

대인관계의 본질을 뼈 속 깊이 깨우쳐라

타인의 시선이 두려운 이유(or 민감한 이유)는 무엇일까?

얼마 전 │ 필자는 한 지인의 고민을 듣게 되었다.

'나는 사람들이 나를 싫어하지 않았으면 좋겠어요. 그래서 매사에 항상 조심스럽게 행동하죠.'

그는 항시 몸가짐을 바르게 한다. 긍정적인 자세와 말투로 주위 사람들에게 호감을 사는 소위 '호감형'이다. 그런 그가 '사람들이 자신을 싫어하지 않았으면 좋겠다.'고 하니 왠지 그의 행동거지 하나하나가 타인들을 의식한 '가식적' 행동이 아닌가하는 생각이 들기도 하였는데...

이렇듯, 우리 주위에는 타인들의 시선에 매우 민감한 사람(들)이 존재한다.

왜 타인의 시선에 민감한 것일까?

'인간은 사회적 동물이다' 는 말은 아마 귀에 못이 박히게 들어왔을 것이다.

이미 '의지하는 습관' 의 위험성을 말하다 편에서 언급하기도 했다.

이는 쉽게 말해 '타인들과의 교류 없이 홀로 살아가는 것은 불가능하다' 는 의미이기도 하다.

실제로, 한 인간이 타인의 그 어떠한 도움 없이 살아남기란 실로 불가능에 가깝다.

물론 그러한 삶을 살아온 사람 혹은 현재 그러한 삶을 살아가고 있는 사람이 존재하긴 한다. 극소수이긴 하지만.

A 라는 사람이 있다.

그가 살고 있는 주변 100km 이내에는 단 한 명의 사람도 살고 있지 않다. 그야말로 허허벌판이다. 그는 주거할 장소를 마련하기 위해 주변 나무와 돌들을 이용하여 집을 지었다.

식량을 얻기 위해 들판을 뛰어다니며 사냥을 하였고 추위에 떨지 않기 위해 두꺼운 옷을 만들어 입었다. 기본적인 의식주는 해결되었으므로 그럭저럭 살아가고는 있다. 하지만 문제가 있다.

바로 그 생활이 얼마나 지속될 수 있느냐이다. 나이가 들어 체력이 약해지고 병이 들거나 쇠약해지면 그의 의식주 생활은 이전만큼 원활해지지 않을 것이 분명하기 때문. 즉, 그의 생존은 절대적으로 그의 '정상적 체력'이 유지되는 기간에 비례할 수밖에 없다. 그가 사냥 중 다치기라도 한다면 혹은 병에 걸려 앓아 눕기라도 한다면 그의 생존확률은 나락으로 떨어지게 된다.

B 라는 사람이 있다.

그는 C, D, E, F, G라는 사람과 함께 살아가고 있다. B와 C는 사냥을 담당하고 D와 E는 주거공간의 관리, 개선, 확장 등을 담당하며 F는 요리 및 의복 생산/수선을 담당한다. G는 구성원들의 건강을 담당하는 '주치의'다. 또한 구성원들은 각기 남녀로 구성되어 있고, 현재 E와 F는 임신 중이다.

행여 B의 체력이 고갈되어 맡은바 소임을 다하지 못하더라도 그를 대체할 수 있는 다른 이가 존재하며 병이 들어도 치료해줄 사람이 존재한다. 당연 B의 생존확률은 A의 경우보다 훨씬 높다.

또한 이 집단에서 누군가 사망하더라도 타인들 혹은 그 2세들이 바통을 이어받을 수 있기에 최소한 멸족은 방지할 수 있다.

자, 이것이 바로 인간이 홀로 살아가기 힘든 '실제적 측면'에 있어서의 예시다.

우리는 '본능적'으로 이러한 사실을 알고 있다. 혼자가 아닌 여러 명이 힘을 합칠 때, 생존율이 더 높아진다는 사실을 '본능적'으로 인지하고 있다는 얘기다. 마치 언어를 자동으로 습득하는 것처럼 누군가 가르쳐주지 않아도 본능적으로 안다. 따라서 집단에서의 분리 됨, 동떨어짐은 생존 신호등에 빨간불이 켜지게 만든다. 하지만 현대 사회는 원시시대와 달리 한 개인이 특정 집단에서 분리되더라도 생존 적 문제가 생기지는 않는다. 그럼에도 불구하고 신기한 사실은 집단에서 일탈 (=분리) 되었다는 박탈감이 '생존 신호등'에 빨간불을 켜게 만든다는 것.

실제 '생존'과는 관계가 없다 하더라도 분리됨/홀로 남음 등이 자동적으로 생존 신호등에 빨간불을 켜게 만듦으로써 당사자를 매우 불안하게 만든다는 얘기다.

이에 더욱 관심 있는 이들은 '진화 심리학' 관련 서적들을 접해보길 바란다.

자, 그럼 초반에 등장했던 필자의 지인의 이야기로 돌아가 보자.

그는 이렇게 이야기하였다.

'나는 사람들이 나를 싫어하지 않았으면 좋겠어요. 그래서 항상 매사에 조심하죠.'

지금까지 언급한 사항들로 보았을 때 그는 타인들로부터 혹은 특정 집단으로부터(=주변 지인들로부터)의 분리가 자신을 불안하게 만든다는 사실을 인지하고 있으므로 애초에 그러한 일이 발생하지 않도록 매사에 조심을 하고 있다 봐도 무방하다. 자동적으로 그는 '타인들의 시선에 민감할 수밖에 없는 상황'에 직면한다.

이는 본능적인 감지이다. 사회적 분리 두려움에 대한 본능적 감지.

자, 여기까지는 인간이라면 대부분이 가지는 감정이다. 하지만 문제는 이 다음에 있다.

바로 지나친 민감함.

'속해있는 집단으로부터 분리되어 홀로 남게 되면 어쩌지?'라는 식의 생각이 도를 넘어 당사자를 지나치게 불안하게 만들 수 있다. 그러한 불안감은 매사에 민감한 '예민함'으로 이어지며 당사자는, 분리되지 않기 위해 타인들이 원하는 행동을 하고 분리되지 않기 위해 타인들의 원하는 식의 사고를 한다. 분리되지 않기 위해 자신의 생각보다 타인들의 생각을 중요시 여기며 분리되지 않기 위해 남들이 가는 길을 가는 것이 편하다고 여긴다.

쉽게 말해 '남들이 원하는 자신'에 더 관심이 쏠리게 된다. 그리고 자신의 생각이 남들과 다를 경우 그것을 감추기에 바쁘며 자신의 행동이 남들과 다를 경우 그 행동을 자제하기에 급급하다. 자신이 주장하고자 하는 바가 남들과 다를 경우 애써 주장을 굽힌다. 자신의 입지와 자존감은 서서히 사라지고 묻어가는 인생의 서막이 열리게 된다……

본 내용을 통해 '왜 타인의 시선에 민감할까?' 혹은 '왜 타인의 시선이 두려울까?'에 대한 궁금증이 어느 정도 해소되었길 바라는 바이다.

심리적 문제 혹은 행동에는 반드시 그에 따른 원인이 존재한다. 따라서 '문제에 따른 해결'이란 해당 원인을 면밀히 분석하여 그에 따른 해법을 찾음으로서 이루어진다는 사실을 명심하길 바란다.

다시 한 번 말하지만 본 책은 처음부터 끝까지 탐독을 해야 하는 구조로 이루어져있기에 본 파트는 물론 각기 해당파트의 해결열쇠를 찾느라 급급해하지 말기 바란다. 일단 계속 읽어나가는 것이 중요하다. 그럼, 이제 대인관계에 대해 보다 더 면밀히 알아가 보자.

대인관계 문제를 소홀히 하는
이들에게 한마디

많은 사람들은 신체의 아픔에는 민감하지만 관계의 아픔에는 둔한 면이 있다. 몸이 아프거나, 속이 좋지 않으면 병원을 찾아가는데 반해 관계로 인해 발생한 각종 고민, 걱정, 상처들은 당최 해결할 생각을 잘 하지 않는다.

그렇다면 '관계' 때문에 발생한 상처와 아픔은 어떻게 치유해야 할까?

아마 대부분은 '그냥 참고 사는 쪽'을 선택하지 않나 싶다. '그까짓 거 시간이 지나면 괜찮아지겠지.'라는 생각에 말이다.

'관계적 문제'는 해결하지 않은 채 방치하면 종잡을 수 없이 커지게 되는 '암(cancer)'과 같다.

A라는 사람이 있다. 그는 3년 차 회사원으로 성실한 태도로 근무에

임하고 있다. 하지만 매우 내성적인 성격 탓인지 평소 선/후배 및 동료들과의 관계가 수월하지 못하다.

얼마 전 그는 자신을 나무라는 동료 B에게 단 한마디 대꾸조차 못한 일이 있었다. 자신의 잘못이 아니었음에도 불구하고 너무나 완강한 동료의 태도에 고개를 숙이고 말았는데...

'아니 A 씨, 한글 몰라요 한글? 내가 검수하지 않았으면 그냥 넘어갈 뻔했잖아요? 그럼 나 또 부장님한테 한소리 들었겠지.. 아주 그냥 엿 먹이려고 작정한 거죠?'

'아... 그건... 제가 타이핑한 게 아니긴 한데...'

'또 변명! 변명! 됐고요, 앞으로 같은 동료들을 힘들게 하지 말아줬으면 좋겠네요.'

'네... 조심할게요... 그런데.. B 씨.. 굳이 그렇게까지 말을...'

'뭐라고요?'

'아... 아니에요... 앞으로 조심하도록 하죠..'

자신의 잘못이 아님에도 A는 '그냥 넘어가는 게 상책'이라는 생각에 고개를 숙이고 말았다.

예시를 본 여러분은 '뭐 직장 생활을 하다 보면 그럴 수도 있지 / 꼭 저런 인간들이 있다니까… 어떡해, 잘 풀어나가야지 뭐'라며 쉽게 생각할지 모른다. 틀린 말은 아니다. 하지만 상황을 방치하게 될 시 A의 회사생활은 더욱더 힘들어 질 것이다. B와의 관계는 추후 주종의 관계로 전락할 수 도 있으며 더욱 큰 문젯거리들이 A씨를 기다리게 될지 모른다.

왜일까? 간단하다. A가 아무런 조치를 취하지 않았기 때문이다. 관계란, 상호 간 이해의 테두리 안에서 형성된다. 이는 서로의 '이해'가 성립되어야 '관계'가 만들어진다는 뜻이다. 그런데 A는 어떠하였는가? 일방적인 상대의 말을 '이해'하는 것 보다 '방치'하는 쪽을 택하였다. 오직 듣기만 했을 뿐 자신이 취해야 할 행동을 하지 않았다.

※여기서 말하는 '이해'는 '이해하다(understand)'가 아닌 상대의 '액션'을 분석하고 그에 따른 조치를 취하는(=반응하는) '리액션(reaction)'을 의미한다. ※

여러분이 누군가와 관계를 맺기 위해선 어떻게 해야겠는가? 대화를 '주고', '받아야' 할 것이다. 다시 말해 액션과 리액션이 있어야만 한다. 그렇지 않고서는 '관계'란 형성이 되지 않을 것이다.

이는 부모 혹은 상사의 고압적이고 일방적인 훈계 등이 부모자식 간의 관계 또는 상사와 부하직원간의 원활한 소통 관계를 가로막는다는 사실만을 놓고 보아도 쉽게 알 수 있다.

이렇듯 관계란, 상대와 나의 '주고받음(action/ reaction)'을 기반으로 성립이 된다. 그런데 A는 어떻게 하였는가? B와의 '주고받음'을 피함으로서 소통을 원천봉쇄하였다. 주고받을 수 있는 기회를 스스로 포기했다. 변명을 하건 확실한 자기주장을 하건 B와의 주고받음이 있어야 했건만 A는 그것을 포기하였단 말이다. 그것도 자신의 주장을 확고히 펼치지 않으면 상대로부터 무시를 당할지도 모르는 '관계 설정'의 중요한 시점에 있어서.

이로 인해 B는 A를 '실수나 하고 핑계나 대는 무능한 사람'이라고 판단 할지 모르며 그의 판단은 추후에도 계속 이어질 수 있다.

필자가 본 챕터에서 말하고자 하는 바는 상대를 이기기 위한 방법, 말싸움을 잘하는 방법 등에 관해서가 아니다. 어떠한 짧은 순간이던 양자(兩者)사이의 관계가 맺어지는 때(특히 예시처럼 격정적인 순간)를 놓치게 되면 결국 상호 관계를 발전/개선할 수 있는 계기를 잃어버릴 수 있다는 사실 그리고 상대의 일방적인 태도에 끌려 다닐 수 있다는 사실에 대해서다.

상대와의 관계로 인해 상처를 받지 않기 위해서는, 대인관계가 두려워 걱정이 생길 것 같은 때에는 상황을 피하는 것만이 능사가 아니다.

'시간이 지나면 괜찮아지겠지. 참는 게 이기는 거야.'
'어휴, 똥이 무서워서 피하냐 더러워서 피하지.'

등의 이유로 피할 궁리만 하게 된다면 관계의 문제는 눈덩이처럼 불어난다. 상처를 받고 난 후 치료하는데 급급해할 것인가 아니면 처음부터 상처가 생기지 않도록 할 것인가?

관계의 주도권을 잡든, 좋은 관계를 유지하든, 지지 않는 관계를 원하든 관계로 인해 문제가 생길 여지가 있는 상황은 무·조·건 마주해야 한다. 그것이 올바른 관계를 시작하는 방법이니까. *A처럼 피하지 말라는 얘기다!*

대부분의 관계적 문제는 상황을 마주하지 않고 방치하는데서 발생한다. 방치하고 피하는 것은 문제를 더욱 크게 만드는 지름길이다. 그렇다면 어떠한 방식으로 상대와 마주해야 할 것인가?

어떻게 하면 상대의 일방적이고 강압적인 태도에 굴하지 않고 맞설 수 있을 것인가? 걱정하지 말고 계속 읽어나가라. 솔루션은 반드시 있다.

03

대인관계 문제는 바로 이것 때문에 시작된다!

대인 | 관계를 힘들어하는 사람들의 이야기를 들어보면 공통적으로 나타나는 요소가 있다.

바로 '두려움'이다.

'나를 이상하게 생각하면 어떡하지?'
'행여 말실수라도 하면 어떡하지?'
'앞에선 웃지만 뒤에서 내 욕을 하면 어쩌지?' 등등의 두려움.

이는 본 책에서 언급하는 '두려움, 불안극복'에 관련된 내용과도 연관이 깊으나 이번 챕터에서 만큼은 조금 다른 방향으로 이야기하고자 한다.

우리는 각기 '레이더(radar)'를 가지고 있다. 상대의 기쁨 · 행복 · 안도 · 불안 · 걱정 · 화남 등등을 감지하는 레이더. 이 레이더는 상대가 짓는 표정, 말투, 행동을 통해 상대의 현(現)감정을 캐치하곤 하는데 개인에 따라 능력 차이가 나타난다.

상대의 표정만 봐도 쉽게 기분 상태를 읽어낼 수 있다고 주장하는 사람이 있는 반면 상대가 직접적으로 의사 표시를 해야만 알 수 있다고 주장하는 사람이 있다. 그런데 정말 신기한 사실은 대인관계에 따른 걱정, 고민을 가지고 있는 대다수가 전자의 경우에 해당 한다는 것.

왜 그럴까?

필자는 이를 '레이더의 쓸데없는 간섭'이라 말한다. 감지할 수 있는 범위를 넘어 상상이 가미된 해석을 내린다는 뜻이다. 단지 감에 의존한 판단, 즉 '정확한 판단'이 아님에도 불구하고 말이다.

예시를 보자.

오늘 저 친구의 표정이 안 좋아 보이네? 기분 안 좋은 일이 있나?

일단 말이라도 걸어보자.

↓

어라?? 대하는 태도가 이전과 다른데...?

역시 내가 생각한 게 맞는가 보군.

↓

혹시 나한테 기분이 나쁜 건가?

↓

만일 그렇다면... 내가 뭘 잘못한 걸까?

↓

혹시 이유 없이 나를 싫어하는 건 아닐까...?

자, 예시 속 인물의 사고 패턴을 보라. 상대의 기분을 파악하려는 배려(?)를 한 것 까지는 좋았지만 이후 (도를 넘어) 상상의 나래를 펼치고 있다. 한번 잘 생각해보길 바란다. 여러분도 이처럼 행동한 적은 없었는지 말이다.

정확하지도 않은 판단(표정·말투·행동만을 보고 내린 판단)에서 탄생한 쓸데없는 상상이 타인(들)에게 다가가는 것을 어렵게 만드는 문제. 결국, 스스로 타인(들)에 대한 장벽을 쌓고 있는 것이나 다름없다. 그럼에도 이와 같은 생각을 가진 이들과 대화를 해보면 그들은 나름 큰 확신을 가지고 있다. 자신의 판단이 틀림없다는 확신. 상대는 자신이 판단한 바로 그 기분일 것이라는 확신.

과연 그럴까? 상대도 그렇게 생각하고 있을까?

필자는 걱정에 따른 상상이 실제와 맞아떨어질 확률이 5% 미만이라 말한다. 아니 단언한다. 다시 말해 나머지 95%는 '헛된 공상' 이라는 얘기다.

이는 필자의 개인적 연구는 물론 관련 학자들 역시 크게 동의하는 부분이기도 하다.

자, 이렇게 생각해보자. 오늘 일기예보에서 비가 올 확률이 5%라고 한다면 여러분은 우산을 가지고 나갈 것인가? 아마 가지고 나가지 않을 것이다. 5%는 그 정도밖에 안 되는 확률이다.

그럼에도 불구하고 그 5%에 큰 확신을 건다면 정말 바보 같은 짓이 아닐 수 없다. 그러나! 아직도! 지금 이 순간에도! 많은 이들은 그 5%의 확률 때문에 걱정하고 불안해하며 대인관계의 장벽을 높게 더 높게 쌓아가고 있다.

'혹시라도 내가 생각한 게 맞으면 어떡해요!'

지진이 일어날 확률, 전쟁이 일어날 확률, 희귀 질병에 걸릴 확률 등등을 따져보라. 5%보단 높은 경우가 허다하다. 그럼에도 잘 살아가고 있지 않은가?

'몇 번이고 내 생각이 맞아떨어졌던 경우가 많았단 말이에요!!'

이렇게 주장하는 이들의 대부분은 맞아떨어지지 않은 1000여 가지

케이스는 모조리 잊어버린 채 맞아떨어진 몇 가지의 케이스만으로 확신을 얻는 경우가 허다하다.

다시 한 번 말한다. 5%다 5%!!!!!! (우천 확률 5%, 주가 상승 확률 5%로 생각하길.) 대인관계의 스킬이고 뭐고 일단은 다 내려놓고 헛된 망상에 기대지 않는 것부터 시작하자. (처음엔 힘들겠지만) 막상 장벽을 허물고 타인들에게 다가가면 그 걱정은 아무 것도 아니었다는 사실을 바로 체감할 테니까. '막상 대화를 나누어 보니 내가 생각했던 건 기우에 불과했네?' 라면서 말이다.

자, 그럼 이제 대인관계의 트라우마에 대해 알아볼까?

04

대인관계 트라우마,
그 원인을 확실히 분석하고 알아보자

누누이 말했다시피 인간은 홀로 살아갈 수 없는 존재이다. 거미줄처럼 얽인 관계 네트워크 속에서 살아가는 우리는 매일같이 타인들을 마주한다.

최첨단 정보화 시대가 도래함으로 우리가 접하는 '인간관계망(인간관계 네트워크)'은 이전과 비교 할 수 없을 정도로 확장되었고 소통의 횟수 역시 과거에 비해 수백 수천 배는 더 많아졌다. 이로 인한 관계의 문제들 또한 속속들이 수면 위로 드러나 수많은 부정적 상황을 야기하였으며 수많은 대인관계의 트라우마 까지 탄생시켰다.

본 챕터에서는 대인관계 문제로 큰 상처를 받아 아파하는 이들과 아픔에서 벗어나지 못한 나머지 대인관계 공포증, 즉 대인관계 트라우마를 지니게 된 이들을 위해 '대인관계 트라우마' 해결을 위해 반드시 알아야 할 사항에 대해 알아보려 한다.

대인관계 트라우마의 해법은 없는 것일까?

있다. 하지만 스스로의 의지가 없다면 결코 해결될 수 없다. 흔히 이러한 문제는 심리상담 등을 통해 '내면적'으로 접근하는 것이 옳다고들 생각한다. 그래서 자신의 내면적 문제와 대면하여 대인관계 형성을 방해를 하고 있는 것이 무엇인지 과거 잠재된 무언가가 자신을 가로막고 있는 것인지 등에 따른 원인 찾기에 전전하곤 한다, 한번 생각해보자. 이것이 과연 올바른 해결 방법일까?

현재 많은 사람들은 심리상담, 관련 상담 등등을 통해 자신이 직면한 '대인 관계' 문제를 해결하고자 한다. 이를 통해 실질적 문제의 해결을 이룩(?)한 이들도 있겠지만 적어도 필자가 만난 대다수의 사람들은 그렇지 못하였다. 상처를 회복하는 데 '내면적 치유'가 큰 도움이 되었을지는 몰라도 대부분의 '실질적인 대인관계'는 제자리걸음이었다.

왜 그럴까? 예를 들어, 평소 타율이 좋은 야구선수가 어느 날부터 좋지 않은 성적을 내기 시작했다 하자. 그에겐 내면적 치유가 필요할지 모른다. 심리적 문제가 좋지 않은 컨디션을 이끌었을 수 있기 때문. 그러나 평소 타율이 좋지 못한 선수가 더 좋지 않은 성적을 내기 시작한다면 어떨까? 그에게 '내면적 치유'가 우선되어야 할까? 아니다. 개선된 타구법의 연습이 우선되어야 한다. 상식적으로 생각해보길 바란다. 물론 심리적 안정감을 찾아야 할 필요성이 있을 수 있다. 하지만 그것보다 더 급한 것은 '타구법 개선'이다.

마찬가지이다. '대인관계 트라우마'를 가지고 있는 이들 역시 자신의 실질적 문제 개선에 더욱 초점을 두어야 한다. '내면적 치유'는 그 후의 문제이거나 선택이다. 필자가 '힐링으로 스트레스, 걱정, 고민이 해결될까?' 챕터에서 언급하였듯이 만일 '실질적 개선 방법'이 필요한 사람이 '내면적 치유'에만 몰두할 경우 치료 → 문제 발생 → 다시 치료 → 다시 문제 발생 → 또다시 치료 → 또다시 문제 발생 식의 악순환이 되풀이될 가능성이 매우 높아진다.

이렇게 생각하면 간단하다. 대인 관계에 큰 문제가 없던 이에게 (어느 날부터) 문제가 발생하기 시작한다면 심리적 원인 때문일 가능성이 높다. 하지만 평소 대인관계 문제로 고통스러운 나날을 보내고 있는 이라면 (대인관계 트라우마를 안고 있는 이라면) '방법적'인 부분의 부재가 고통의 원인일 가능성이 매우 높다. 그래서 필자는 여러분에게 물어보고 싶다. 여러분의 '대인관계 문제'는 어느 쪽에 속하는가? '심리적 문제'인가 '방법적 문제'인가?

일반적으로 후자인 경우가 대부분이다.

물론 평소의 대인관계가 원만하다고 해서 방법적인 부분이 필요 없다는 건 아니다. 경우에 따라 '더 나은 대인관계 해법'이 문제를 해결하는 경우도 있으니. 자 그럼, 다음 챕터를 통해 대인관계의 질을 높일 수 있는 방법에 대해 알아보자.

대인관계가 어려운 당신을 위해

흔히들 │ 타인에게 먼저 다가가는 것에 적극적인 사람을 대인관계가 좋은 사람 또는 대인관계가 원만한 사람이라고 여기는 경향이 있다.

여러분은 혹시 '나는 상대에게 먼저 다가가는 게 너무 힘들기만 해..'라는 생각에 누군가 먼저 다가와 주기를 기다리고 있지는 않은가? 필자는 여러 상담을 통해 '대인관계에 문제가 있는 이들'의 대부분이 '먼저 다가가기'를 두려워한다는 사실을 알 수 있었다.

※여기서 말하는 '먼저 다가가기'란, 상대(들)와의 친분을 쌓기 위해, 먼저 적극적으로 행동하는 것을 의미한다. ※

아무도 저를 좋아하지 않아요...

사람들이 나를 싫어하는 눈치에요...

다들 재미있게 지내는데 나만 분위기에 섞이지 못하는 것 같아요..

이와 같은 생각을 가지고 있는 이들은 하나같이 대인관계에 있어 을(乙)의 입장을 자처하는 경우가 대부분이다. 스스로 나서 친분을 쌓기보단 상대가 먼저 다가와 친분을 쌓아주길 바라는 '을'의 입장 .

'○○씨, 오늘 술 한잔하러 갑시다!' 라고 말을 꺼내기 보단 누군가 자신에게 'ㅁㅁ씨 오늘 같이 한잔하실래요?' 라고 말 해주길 바란다.

그들은 왜 항상 '을'의 입장을 고수할까? 일단 다음 6가지 항목을 살펴보자.

1. '나댄다' 고 비난을 받을까 두려워서.
2. 자신의 '내향적' 인 성격 때문에.
3. 먼저 나서는 방법을 몰라서.
4. 먼저 나서는 행동을 해 본 적이 거의 없어서.
5. 먼저 나서는 행동을 하였다가 후회하였던 과거의 경험 때문에.
6. 나서는 것보다 누군가를 따르는 게 더 편해서 (=자신의 성격/성향에 더 맞다

   고 생각해서)

기타 이유: 귀찮아서, 되도록 혼자 있는 게 좋아서, 사람들과 친해지기 싫어서 등

그들은 위 몇 개의 이유들로 인해 친분을 쌓고 다지는 일은 물론 대인관계의 폭을 넓히는 일 등을 두려워하고 누군가 먼저 손 내밀어 주기만을 한없이 기다린다.

혹은 '어휴, 내가 무슨 원만한 대인관계야 그냥 하는 일이나 열심히 하고 살자'라는 푸념 아래, 애써 마음을 달래주는(?) 힐링 서적을 읽으며 위안을 얻거나 영화나 드라마, 만화를 보며 현실도피를 꿈꾸고 대리만족을 얻기도 한다.

뭐, 그렇다 해서 우리 모두에게 '원활한 대인관계'를 해야만 하는 의무가 있는 것은 아니다. 원활한 대인관계를 하지 않는다 해서 행복한 삶을 누릴 수 없는 것은 아니니까. 하지만 과연, '대인 관계 없이 행복한 삶을 누릴 수 있는 사람'이 몇이나 될 것 같은가?

현실을 직시하자.

여러분 또한 원만하고 활발한 인간관계를 맺고 싶은 마음을 억누르며 이 6가지 사항들(혹은 그중 몇 개)을 핑계 삼아 애써 자기합리화를 하고 있지 않은지 생각해보길 바란다.

혹시 '혼자만의 시간을 가지는 게 더 좋아요.'라고 생각하는가? 설사 그렇다 하더라도 무인도의 표류자처럼 평생 홀로 살아갈 순 없다. 사회성은 인간의 본능이다. 식욕, 수면욕과 같은 본능이란 얘기다. 가끔은 음식을 먹고 싶지 않을 때가 있는 것처럼 며칠 동안 불면증에 시달릴 때가 있는 것처럼 잠시 대인관계를 회피하고 싶을 때가 있을 수 있다. 하지만, 평생 음식을 먹지 않고 살아갈 수 없듯이 영원히 잠을 자지 않을 수 없듯이 언제까지나 대인관계를 회피할 수만은 없다. 인간인 이상.

'무슨 소리입니까? 난 사람들과 어울리는 것보다, 혼자 있는 게 더 좋은데?'

두 눈을 지그시 감고 스스로에게 물어보길 바란다. 정말 그러한지. 여러 가지 환경적 영향 및 습관으로 인해 의식적으로(=표면적으로) 그리 느껴지는 것처럼 생각될지 몰라도 본능과 맞닿아 있는 '무의식'의 열망은 결코 대인관계의 끈을 놓고 싶어 하지 않는다.

기회가 된다면 히키코모리(引籠り/ 방구석형 인간: 외출을 삼가고 혼자만의 생활을 즐기는 사람을 일컫는 말)의 생활패턴을 유심히 살펴보길 바란다. 그들은 '나는 혼자가 좋아요! 그래서 수년째 히키코모리로 살아가고 있죠.' 라고 말한다. 하지만 그들은 결코 혼자만의 생활을 즐기지 않는다.

그들의 대부분은 인터넷을 통해 타인들과 소통을 한다. 사람(들)과 직접 만나는 일이 없을 뿐이지 타인들과의 커넥션(connection)을 이어가고 있다는 얘기다.

*심지어는 혼자 있기를 즐겨 하는 사람조차 특정 방향을 통해 어떻게든 타인과 소통하려 한다.

ex: 온라인 커뮤니티 활동, 멀티 게임 등등 [혹은 타인들의 소통을 어깨너머로 즐겨듣거나 보기도 한다.]*

진정한 '혼자 있음'을 실현하기 위해선 오프라인은 물론 온라인에서 역시 그 어느 누구와의 소통도 없어야 하며 마치 영화 '캐스트 어웨이(Cast away)'의 주인공처럼 생활해야 하지 않을까?

캐스트 어웨이의 주인공조차 배구공과 친구가 되어 이야기를 나눈다.

결국 인간은, 대인관계를 형성하지 않고선 살아갈 수 없는 존재이다.

'그럼 어떡해요! 먼저 다가가지를 못하겠는데.'

일단은 '능수능란한 대인관계 처세술'보다 '다가가기 위한 첫걸음'에 초점을 맞춘 현실적 방법을 배우는 것이 먼저이다. 무엇이든 첫 발걸음을 떼지 않고 시작할 수 없는 법이다.

천 리 길도 한 걸음부터 아니던가? 원활한 대인관계의 첫걸음을 내딛기 위한 여정을 떠나보자.

1.당신이 가지고 있는 '다가가기 두려움'은 환상에 불과하다

여기에 나오는 '당신' 혹은 '여러분'은 대인관계에 있어, 특히 다가가기에 있어 어려움을 겪고 있는 이들을 지칭한다.

만약 여러분이 먼저 나서서 관계를 오픈(open)하려 해도 앞서 언급하였던 6가지 이유 중 하나가 행동을 가로막을 것이다. 그중 제일 많이 언급되는 우려는 '먼저 나서 관계를 오픈하려다 잘 안되면 어쩌나'라는 식의 우려인데....

관계를 오픈하다 = 먼저 나서 친분을 쌓기 위한 노력을 하다

이와 같은 우려가 만들어내는 상상 속 시추에이션은 다음과 같지 않을까 싶다.

'이야~오늘 날씨가 좋죠?^^'

'(싸늘한 눈초리로) 네.. 그렇네요. -_-'

'오늘 업무 끝나고 요 앞에서 시원한 맥주 한 잔 콜?^^'

'글쎄요. 오늘은 그러고 싶지 않군요.' OR '선약이 있어서.'

'네...ㅠㅠ'

'우리 오늘 점심은 다 같이 중국집에서 시켜 먹는 건 어떨까요?'

'.............. (무반응)' / '별로인데요' / '글쎄요.. 다른 음식이 좋을 것 같은데'

실제로, 이와 같은 상황은 얼마든지 벌어질 수 있다. 그러나 문제는 '다가가기에 어려움을 느끼는 이들'의 대부분이 행동을 하기도 전에 부정적 결과를 예상한다는데 있다.

'먼저 나섰다가 싫다고 하면 어떡하지..? 에잇!! 차라리 말을 꺼내지 말자'

시도조차 하지 않고 결과를 예측하여 단정 지어버리는 습관. 다가가기 힘들어하는 이들이 공통적으로 가지고 있는 습관 중 하나이다. 한번 곰곰이 생각해보라. 여러분은 상대의 반응을 완벽히 예측 할 수 있는가? '밥 먹으러 가죠!' 라는 여러분의 제안에 '싫어요.' 혹은 '선약이 있네요.' 라며 대답 할지 미리 알고 있느냐 이 말이다.

만약 여러분의 예측이 언제나 맞아떨어진다면 돗자리 깔기를 권유해본다.

'지금까지 항상 좋지 않은 결과만 있었으니, 앞으로도 그럴 거예요.'

과연 그럴까? 미안하지만 그건 아무도 모른다.

오히려 상대는 여러분이 더욱 적극적으로 나서주길 기다리고 있을지 모른다. 시도조차 하지 않고 결과를 (상상하여) 예측하는 것은 뇌로 하여금 '두려움'을 가동하게 만든다. 그리고 상상과 현실을 잘 구분하지 못하는 '뇌'라는 녀석은 그것(=두려움)을 실제로 인식하여 행동하지 않도록 명령한다. *이 부분은 [불안 극복 이젠 더 이상 문제가 아니다] 챕터에 자세히 언급되어 있다.*

따라서 좋지 않은 상황에 대한 결과 예측 없이 '일단 한번 나서보기'를 권하는 바이다. 그 어떠한 예측 없이 그냥 행동부터 해 보라는 얘기다. 매우 쉽고 간단한 인사/안부 한마디 정도는 하기 쉽지 않겠는가?

옆자리 동료에게: '오늘 날씨 정말 좋네요. 이런 날은 야구장에 가야하는데~ 그렇죠^^?'

자주 가는 커피숍의 직원에게: '오랫동안 서서 일하시니 힘드시겠어요.'

매일 마주치는 경비원에게: '오늘도 수고 하십니다.^^'

점심시간에: '오늘, 요 앞에 있는 해장국집 다들 어떠세요?'

또한, 그들이 이에 어떠한 반응을 보여도 개의치 말기 바란다.
상대의 반응에 대한 걱정은 여러분의 환상이 빚어낸 부산물이다.

정말 중요한 것은! '그들이 어떠한 반응을 보였는가?' 가 아닌 여러분이 다가가기의 스타트 라인(start line)을 끊었다는 사실 그 자체에 있다.

여러분은 놀랄 것이다. 예측할 수 없었던 의외의 반응에.

점차 (며칠 또는 몇 주에 걸쳐) 여러분이 할 수 있는 다가가기의 영역을 확장시켜 나아가길 바란다. 인사/안부 → 가벼운 일상 공유 → 시사/경제/연예/문화/스포츠 관련 대화

※ 말을 잘하고 못하고는 한참 나중의 문제이다.※

2. 상대 역시 여러분이 다가와 주길 기대하고 있다.

'먼저 다가가기' 를 힘들어하는 이들의 대다수는 '먼저 다가가는 것보다 상대가 다가와 주길 기대하고 있다' 고 하였다. 단언컨대, 100명 중 97~8명은 자신이 먼저 다가가기보단 남이 먼저 다가와 주길 기다리고 있을 것이다. 다만, 다가가길 힘들어하는 여러분의 눈에만 그렇게 보이지 않을 뿐. *그들 역시 그렇게 보이지 않기 위해 노력하고 있다.*

먼저 다가가보면 알 수 있을 것이다. 여러분이 예측한 싸늘한 반응이 아닌 전혀 예측하지 못한 (긍정적) 반응이 나온다는 사실을 말이다.

먼저 다가가라. 가벼운 인사, 짧은 잡담, 짧은 개그, 날씨 관련 무엇이든 좋다. 주변인들에게 미운 털이 박히지 않은 이상 거의 모두는 여

러분의 다가옴을 내심 기다리고 있다. *그들도 사람이다.*

3. 능숙하게 보이려고 애쓰지 마라. 실수해도 좋다.

여러분은 이제 막 '다가가기 첫걸음'을 시작했다. 유창한 화술로 상대와 대화에 임하려는 게 아니다. 처음부터 능수능란한 대화에 임하려 한다는 건 걸음마를 배운 아이가 100미터 달리기를 하려는 것과 다를 바 없지 않겠는가. 다음의 순서로 생각하면 이해가 쉬울 것이다.

대인관계 개선의 STEP 1: 다가가기 연습

대인관계 개선의 STEP 2: 화술 + 경청 연습

대인관계 개선의 STEP 3: 공감을 통해 친밀감을 쌓는 연습

첫술에 배부를 수 없으니 STEP1을 온전히 마무리한다는 다짐아래 '다가가기'에만 충실히 임할 것을 권한다. 어쩌면 여러분이 예측한 '좋지 않은' 결과가 나올 수도 있다.

물론 그럴 확률은 매우 매우 매우 매우 희박하지만..

하지만 결과는 결코 중요한 것이 아니다. 첫 발걸음을 내딛었다는 사실 그 자체가 중요하다.

또한, 상대가 그리 탐탁지 않은 반응을 보여도 크게 신경 쓰지 말기 바란다. 그의 마음속엔, 여러분을 향한 마음의 문이 서서히 열리기 시

작할 테니.

반응에 신경 쓰지 말고 '대인관계 실력 향상을 위해 연습 중이다'
는 점에만 초점을 맞추길.

*절대 결과를 미리 예상하지 말고 다가가라. 부정적 결과의 예상은
아무짝에도 쓸모가 없다.*

처음은 어색할 수 있다. 서툴고 어눌할 수 있다. 하지만 반복하면
반복할수록 점점 익숙해져가는 자신은 물론 커져가는 자신감에 놀랄
것이다. 그러니, 처음부터 능숙하게 보이려, 실수하지 않으려 애쓰지
마라.

행여나 주변인들로부터 '이 사람(여러분)이 왜 평소에 안 하던 행동을
하나?'라는 식의 얘기를 들을까 걱정 되는가? 걱정하지 마라. 그들은
곧 여러분의 행동에 익숙해질 것이다. 며칠 동안은 낯설지만 곧 익숙
해지는 '새로 이사 온 집'처럼 그들이 느끼는 '낯설음' 역시 빠른 시일
내에 익숙함으로 바뀔 것이다. 대신, 여러분의 변화된 행동은 지속적
이어야 한다. 반드시.

'지속적인 반복은 습관을 만들고 습관은 사람을 만든다'는 사실을
상기하며 꾸준히 반복하길 바라는 바이다.

대인관계가 어렵기만 한 '초보자'들을 위한 다가가기. 보았다시피

그리 어렵지만은 않다. 이 3가지 방법으로 '능숙한 대인관계 능력'을 함양하기 위한 기초 체력을 길러 보다 나은 삶을 만들어 나가보자. 여러분은 할 수 있다. 단순히 You Can Do it! 이라며 외치는 게 아니다. 정말 할 수 있기에 할 수 있다고 말하는 것이다.

그럼 이제, 대인 관계의 확장과 훈련에 더할 나위 없이 좋은 '모임 참여'에 대해 알아보도록 하겠다.

06

모임, 이것만 알면 어렵지 않다.

인터넷의 │ 발달로 이전보다 훨씬 다양해진 모임문화. 모임을 통해 같은 취미, 특기, 성향, 종교 등등을 가진 이들이 삼삼오오 모여 친목을 다지는 일이 비일비재해졌다. 필자는 이러한 모임들이 활성화된 이유가 다음과 같다고 생각한다.

1. 일, 학업에 치여 사는 젊은이들에게 쉼터와 같은 역할을 하기 때문
2. 인맥 네트워크 확장에 매우 유리하기 때문
3. 남녀 간 자연스러운 만남의 장이 될 수 있기 때문
4. 자신의 실제 아이덴티티를 감출 수 있기 때문
5. 원할 때(=내키지 않을 때) 얼마든지 모임 참여를 중지할 수 있기 때문
6. 자신과 같은 가치관(또는 취미,특기)을 공유하고 있는 이들을 보다

많이 만날 수 있기 때문

　이러한 이유들로 인해 대인관계를 어려워하는 이들조차 용기를 내어 모임에 참여하곤 한다. 하지만 아무리 부담 없는 모임이라 한들 처음 보는 이들과의 관계를 맺기란 여간 힘든 일이 아닐 수 없다.

　같은 취미, 가치관 등을 공유하고 있는 이들과의 대화는 좀 더 수월할 줄 알았건만 막상 그렇지 않은 현실에 무릎을 꿇고 만다. 결국 문제는 외부에 있는 게 아니라 자기 자신에게 있다는 사실을 깨닫는다. 어떠한 사람들을 만나느냐가 중요한 게 아니라 어떠한 마음가짐으로 사람들을 만나느냐가 중요하다는 사실을 절실히 깨닫게 된다.

　남 얘기 같은가? 아니다. 대인관계를 어려워하는 수많은 이들의 이야기이자 그렇지 않은 이들 역시 얼마든지 경험할 수 있는 이야기다. 그럼 본격적으로, 모임에서 원만한 인간관계를 맺을 수 있는 방법을 알아보자.

　1. 분위기에 압도당하지 마라.

　모임에 처음 참여하게 되면 모임의 분위기 즉, '텃새'를 눈치 챌 수 있을 것이다. 각 모임 특유의 분위기 말이다. 이러한 분위기는 대인관계를 어려워하는 이들에게 중압감처럼 느껴질 수 있는데, 절대 그러한 분위기에 억눌려서는 안된다. 중압감에 못 이겨 꿀 먹은 벙어리마냥 아무 말도 하지 않는다면 '(분위기를 흐리는) 모임의 불청객'이 되어버릴 수 있기 때문이다.?

그들(모임의 구성원들)의 모임 목적은 신입의 수를 늘려 더욱더 큰 친목을 향해 가는데 있다. 신입의 참여는 그들로서도 매우 환영이다. 그러므로 여러분이 느낀 '분위기에 따른 중압감'이란 그들이 애초부터 형성한 분위기에 놀란 것 그 이상 그 이하도 아니다. 결국 중압감은 '혼자만의 착각'이라는 얘기. 그들은 결코 여러분을 테스트하거나 모임에서 떼어놓기 위한 텃새를 부리지 않는다. (단체로 미치지 않고서야 그럴 일 없으니 걱정 말길.)

주의: 직장/학교 등에서는 모임과 달리 텃새를 부리는 일이 많을 수 있다.

혼자만의 착각에서 벗어나 분위기에 섞이길 바란다. 지인들과 자연스레 대화하듯 말이다.

물론 처음엔 힘들 수 있다. 하지만, 여러분의 말에 적극 호응해주는 그들을 보며 용기를 얻게 될 것이다.

2. 넘지 말아야 할 선이 있다.

대화에 적극 참여하다 보면 어느새 그들과 동화되어가는 자신을 발견할 수 있을 것이다. '같은 목적을 가진 사람들끼리의 모임이 이렇게 재미있구나!'라며 꿔다 놓은 보릿자루처럼 앉아만 있던 자신은 새까

맣게 잊은 채 그들과 하나가 되어간다.

자, 이쯤에서 꼭 명심해야 할 사실이 있다. 그들이 아무리 신입을 환영한다 하더라도 대화에 동화되어 하나가 된 느낌을 받았다 하더라도 아직 여러분을 신뢰하는 상태까지는 아니라는 것.

생각해보라. 그들은 여러분을 처음 만났다. 아무리 신입을 환영하는 분위기지만 처음 보는 사람을 무작정 신뢰하기란 힘들다. 만일 그들과 처음 만난 자리에서 '10년 지기 친구' 처럼 마음을 오픈한다면, 선을 넘은 것이다. 그들은 여러분을 부담스러워할 것이다.

입장 바꿔 생각해보길.

ex〉매우 사적인 이야기/자신의 가치관 어필/종교관 주장/쓸데없는 논쟁/비밀 이야기 공개/타인 험담 등등

따라서 아무리 '동질감' 을 느꼈다 하더라도 분위기에만 젖어들기 바란다. 모임의 참여 횟수가 늘어나면 늘어날수록 마음을 오픈해도 괜찮은 타이밍은 오기 마련이다. 반드시.

3. 첫 이미지 관리에 신경 써라.

그들은 이전부터 여러분을 보아온 사람들이 아니다. 따라서 여러분의 말과 행동은 곧 첫인상으로 이어진다. *첫인상은 매우 오래 지속된다.*

여러분의 말 한 마디 한 마디 행동 하나 하나가 모임의 구성원들로

하여금 여러분을 '○○한 사람, □□한 사람'으로 인식하게끔 하는데 매우 결정적인 역할을 할 것이다. 추후 모임에 참여하지 않을 생각이라면 상관없겠다만, 그렇지 않은 이상 '이미지 관리'는 필수다.

이미지 관리 TIP

· 말을 하는 것도 중요하지만 경청이 더 중요하다.

· 다른 이의 말을 가로채거나 끊는 식의 행동은 금물

· 전체의 의견에 반대되는 주장을 하는 것보다 전체의 의견에 따라가는 것이 유리하다.

  말하지 않았는가. 일단은 분위기에 젖어드는 것이 중요하다.

· 상대가 허락하지 않는 이상 말을 놓는 것은 지양하는 게 좋다.

· 같은 취미(레저, 운동, 악기 연주 등등)의 모임에선 자신의 실력을 지나치게 뽐내지 않는 것이 좋다.

· 지나친 작업은 금물! [모임의 목적이 이성 교제가 아닌 이상! 첫 모임에서부터 연락처 묻기/데이트 신청은 삼가라.]

4. 대화 상대는 폭넓게.

간혹 모임에 참여하면 오직 자신의 주변에 있는 사람과 이야기를 나누는 신입들을 볼 수 있다. 이해는 한다. 아무래도 저 멀리 앉아있는 누군가와 대화를 나누는 것보다 나으니까. 그러나 모임이 끝날 때까지 그러한 자세를 고수하는 것은 매우 좋지 않은 행동이다. 왜?

첫째: 주위의 사람이 떠난다면(or 자리를 옮긴다면) 매우 **뻘쯤해질** 가능성이 높기에

둘째: 모임에 참여한 많은 사람들에게 '분위기에 적응하지 못하는 사람'으로 낙인찍힐 수 있기에

주변의 사람들과 대화를 나누는 것을 시작으로 그 옆의 그 옆 옆의 사람과도 짧게나마 대화를 나누는 편이 좋다. 모임에 참여하는 목적 중 하나는 '인맥 네트워크'의 형성이다. 먼저 인사하고 대화를 시작하라. 반갑게 환영해 줄 것이다.

5. 지나친 과음은 삼가라.

친목모임의 경우 대부분이 술자리를 가진다. 이는 모임의 분위기를 한 층 더 고조시키고자 하는데 그 목적이 있다. 그런데 개중에는 과음을 하여 분위기를 망치는 이들이 있다. 더군다나 과음한 나머지 (마음에 드는 혹은 본능적으로) 이성에게 과도한 작업을 거는 이들도 종종 눈에 띈다. 명심하라. 평소 주량의 1/5~1/3 정도만 마시길. 과음은 이성(理性)의 끈을 놓게 만들고 지금껏 이야기한 주의사항들을 모두 무용지물로 만든다.

6. '모임장' 과의 친밀함이 중요하다.

모임을 주최하는 이(=모임 장)와의 친목은 추후 모임 참여를 더 수월하게 할 수 있다. 그/그녀(모임장)가 어떤 직업을 가졌건 어떠한 성향을 가졌건 상관없이 해당 모임을 이끌고 있다는 점을 미루어볼 때 모임 안에서 그의 힘은 막강하다. 따라서 그/그녀와의 친밀함 유지는 여러분이 해당 모임을 지속적으로 참여하는데 많은 도움이 될 것이다.

되도록이면 (다른 누구보다) 모임장과의 대화에 많은 시간을 투자하길. 그렇다고 다른 이들과의 대화는 뒷전으로 한 채 오직 모임장과 대화를 나누라는 것은 아니다. 되도록 모임장과의 대화 비율을 높이라는 얘기.

모임장과의 대화가 힘들다면 운영진, 혹은 해당 모임에서 다른 이들과 많은 친목을 다져놓은 이들과의 대화에 시간을 할애하길 바란다.

이상 6가지의 사항들을 잘 지킬 수 있다면 모임 참여가 더 이상 어렵지만은 않을 것이다.

장담컨대, 탁월한 대인관계 기술을 장착하고 태어나는 사람은 세상 그 어디에도 없다. 여러분이 우러러보는 (주변의) 대인 관계술의 대가들 역시 작은 노력에서부터 시작하였다는 사실을 명심하라.

07

대화에 담긴 '진짜 속뜻' 은 무엇일까?

필자는 │ 직업상 수많은 사람들과 대화를 나눈다. 그들은 자신의 생각, 입장을 대화를 통해 전달한다. 어떤 이들은 진의 (眞意)를 숨긴 채 대화에 임하기도 하고 어떤 이들은 단 하나의 티끌 없이 마음속 모든 진실을 말하려 한다.

그런데 그들 모두에겐 공통점이 하나 있다. '자신을 존중해주길 바라는 마음' 을 가지고 대화에 임한다는 것. 즉, 어떠한 종류의 대화이던 (말다툼이 아닌 이상) 대화에 임하고 있는 자신을 존중해달라는 생각이 그 바탕을 이루고 있다는 얘기다.

이는 우리가 접하는 대다수의 사람들이 가지고 있는 생각이기도 하다.

누군가 필자에게 '자신이 굳게 믿고 있는 신념(종교적 / 정치적 신념 등등)'을 전한다고 하자.

그는 (당연하겠지만) 자신이 말하고 있는 신념을 필자가 이해해주길 바란다. 그런데, 필자가 그의 생각/신념을 이해해준다 하더라도! 그를 존중해주지 않으면 신기한 일이 발생 한다.

예를 들어 보겠다.

상대: '나의 종교적 신념은 __ 합니다. __한 마음으로 신께서 인간에게
　　　주신 사명을 다하는 것이 목표죠.'

필자: '그렇군요.. 당신의 그 종교적 신념 충분히 존중합니다. 그런데
　　　그 신념을 당신 같은 사람이 전한다는 게 웃기네요.'

이러한 대화는 필시 상대의 기분을 상하게 할 것이다. 왜? 상대를 존중하지 않았기 때문. 상대가 주야장천 외쳐대는 신념은 존중해줬어도 막상 그 자신을 존중해주지 않았다는 이유만으로 그는 화를 낸다.

자, 잘 들여다보자. 상대는 자신의 생각/신념에 대해 어필하였다. 그가 원한 것은 자신의 생각/신념에 대한 이해였다. 그리고 필자는 그가 바라는 바를 충족 시켜줬다. 그런데, 그럼에도 불구하고 그는 화를 낸다. 왜? 자신을 존중해주지 않았다는 단 하나의 이유 때문에.

그럼 반대로 생각해볼까?

상대: '나의 종교적 신념은 _합니다. _한 마음으로 신께서 인간에게
주신 사명을 다하는 것이 목표죠'

필자: '그렇군요.. 그래도 저는 그 신념을 이해할 수 없네요.. 그 신념...
너무나 이기적이지 않나요?
하지만 신념을 따르는 당신의 그 모습이 정말 대단하다고 생각합
니다. 요즘 같은 세상에 다들 말만 떠들어대지 자신의 생각을 행
동으로 옮기고 더 나아가 삶에서 실천하려는 사람은 잘 없거든요.'

자, 상대는 (비교적) 기분이 상하지 않을 심산이 크다. 그가 전하고자
하는 신념이 필자로부터 반박을 당했음에도 불구하고 말이다. 왜? 그
는 존중받았기 때문이다.
쉬운 이해를 위해 다소 극단적인 예시를 들었다.

이제 이해가 되는가? 대화란 결국 이런 것이다. 아무리 사실이 어쩌
고 신념이 어쩌고 떠들어대도 결국 그 깊은 기저에는 '자신에 대한 존
중'을 바라는 마음이 깔려있다는 것. 그런데 간혹 이러한 '자기존중
법칙'을 벗어나는 사람들이 있다. 다시 말해, 자신이 전하고자하는 생

각/신념을 그 무엇보다 소중히 여기는 사람들이 있다는 얘기다. 개인적으로 필자는 그러한 사람들과 나누는 대화를 정말 좋아한다. 또한 그들이 보다 많이 사회에 진출하여 현실을 바꾸는데 기여해야 한다고 생각한다.

예전, 자신의 정치적 신념을 주야장천 외쳐대던 누군가와 대화를 나눈 적이 있다. 운이 없게도 그의 정치적 입장은 필자의 입장과 정 반대에 서 있었다. 필자는 나름대로의 입장을 표명하였고 (당연하겠지만) 그는 침이 튀도록 열변을 토하였다.

열변이 계속될수록 그의 말투는 거칠어져갔다. 감정의 변화 역시 감지되었다. 그의 열변이 끝난 후, 필자는 이렇게 말을 이어갔다.

'비록 저와는 입장이 다르지만 이렇게 깊은 학식과 견해를 가졌다는 사실 자체만으로도 존경스럽습니다. 제가 정말 많이 배워야 할 듯싶어요. 감동받았습니다!'

이후 어떻게 되었을 것 같은가? 성난 '사자' 가 순한 '양' 이 되었다. 더불어 필자에 대한 칭찬은 덤. 결국 그는, 자신이 주야장천 외쳐대던 '신념' 보다 '그 신념을 전하고 있는 자신' 을 인정해주길 바란 것이다.

뭐, 그렇다고 그가 이상하다는 얘기는 아니다. '자기 존중' 의 요구는 '타인으로부터 인정받고자 하는 인간의 본능'에 기인하므로 결코 잘못되었다고 할 수 없으니까. 대부분의 사람들은 '자기 존중'에 대한 욕구는 철저히 숨긴 채 오롯이 자신이 전하고자 하는 생각을 위해 모든 것을 바치고 있는 것처럼 외쳐댄다. 온갖 논리로, 온갖 예의로 포장한 채.

어떻게 보면 '이렇게라도 소리치는 나를 좀 존중해주시면 안 될까요?'라는 식의 불쌍한 외침이지 않은가? 한편으로 매우 안타깝다. 어린아이의 투정과 무엇이 다른지. 그래서인지 시중에 나와 있는 수많은 대화법 관련 서적들은 주로 '상대를 잘 달래는 법'에 관해 이야기한다.
상대를 어르고 달래는 '편법'은 진정한 대화법이라 할 수 없다.
대화의 잔기술을 알기 전에 인간 심리에 깔린 깊은 의미를 파악하는 것이 우선이다. '대화의 기술'이란 타인을 꿰뚫어볼 수 있는 통찰력에서 시작하기 때문이다.
사실 확고한 통찰력을 가지고 있다면, 대화의 기술은 더 이상 필요치 않을 수 있다.
이에 있어 본 저서가 여러분의 통찰력을 한층 더 업그레이드 시켜줄 수 있는 소중한 계기가 되었으면 하는 바람이다.

RULE06

제 6 장

실전 인생
스킬을 획득하라

01

고수가 말하는 '신뢰의 기술'

'**네가** | 어떻게 이럴 수가...'

'당신만은 그러지 않을 거라고 생각했는데....'

'그동안 얼마나 잘 해줬는데 이런 식으로 나올 수 있어?!'

'이렇게 배신을 하다니!!'

막장드라마에서나 자주 등장할법한 멘트. 믿음을 잃게 될 때의 감정이 고스란히 담겨있다.

상대로부터 신뢰를 잃게 될 시 느껴지는 악(惡)감정은 상대를 신뢰했던 양에 비례한다.

평소 상대를 매우 신뢰했다면 그 신뢰가 무너질 때 느끼는 악감정 역시 매우 크다는 얘기다.

이는 모르는 사람에게 사기를 당하는 것보다 친한 누군가에게 사기를 당하는 게 더 아픈 이유이기도 하다.

한 때 사랑했던 연인이 헤어지며 원수가 되거나 친했던 두 친구가 적이 되는 것, 신뢰했던 동업자가 비열한 경쟁자로 변하게 되는 것처럼.

우리 주위엔 지나치게 '사람을 잘 믿는이'가 있다. 어떤 면에선 그 '아이 같은 순수성(?)'에 감탄할 때도 있지만 훗날 그가 어느 누군가로부터 받게 될 '상처'를 생각하면 안타깝기만 하다.

지나치게 사람을 믿지 않는 이는 어떠할까? 타인들을 바라보는 그의 부정적, 염세적, 비관적 시선은 그를 사회 속에서 점점 고립시킬 것이다. 아무도 믿지 못한 채, 마주하는 모두를 의심의 눈초리로 바라보는 그의 인생은 너무나도 외롭고 초라하지 않을까?

물론 지나치게 사람을 잘 믿는다고 해서 혹은 지나치게 사람을 믿지 않는다고 해서 그들에게 항상 좋지 않은 결과만 있는 것은 아니다. 하지만, 현실적으로 볼 때 아무래도 그들이 맞이할 결과는 그리 좋지 않은 쪽으로 흘러갈 것이다.

잘못된 빚 보증으로 전 재산을 순식간에 잃거나, 계주의 도망으로 극심한 경제적 손해를 입거나, 유산상속문제로 형제/남매/자매간 칼부림을 하는 등 믿었던 이들의 배신으로 인한 '현실적 문제가' 얼마나 많던가? 또한 믿을 수 있는 친구하나 없는 이의 고독함, 가족조차 신뢰하지 못해 외면당한 나머지 외롭고 쓸쓸히 생을 마감하는 이의 비참함 등 아무도 믿지 못해 생겨나는 참담한 현실적 상황 또한 무시할 수 없지 않은가?

결국 누군가를 너무 믿어도 문제, 너무 믿지 않아도 문제라는 얘기인데, 이러지도 저러지도 못하는 난감한 상황이 아닐 수 없다. 그렇다고 적당히 믿자니 그 기준조차 애매모호하다.

현재 알고 지내는 사람들, 앞으로 알고 지낼 수많은 사람들... 도대체 얼마큼 믿어야 하고 얼마큼 믿지 말아야 할까?

너무 걱정하지 말기 바란다. 이와 같은 딜레마를 해결하기 위한 현실적 제안을 하고자 하니까. 그것은 바로, 상대를 신뢰할 수 있는가 없는가를 객관적으로 판단할 수 있는 구체적인 '신뢰 척도 리스트'를 만드는 것.

필자는 수십 개의 '신뢰 척도 리스트'를 보유하고 있으며 언제 어디서든 매우 유용히 활용하고 있다. 그중 사용자 개인의 성격/ 성향에 관계없이 활용할 수 있는 3개의 지침을 소개하고자 한다.

첫 번째, 상대의 '언행일치' 정도를 관찰하라.

이는 어찌 보면 지극히 당연한 말이다. 말과 행동이 다른 이를 신뢰하지 못하는 것은 인간의 본성에 가까우니 말이다. 그러나 의외로 많은 사람들이 언행이 일치되지 않는 '언행 불일치자(者)'의 '달콤한 속삭임'에 넘어가고 더 나아가 그들을 '신뢰'하기까지 한다. 왜? 그들의 달콤한 말 때문이다. 사람에겐 본디 '믿고 싶어 하는 것만 보고 듣고 싶어 하는 것만 듣는 습성'이 있다. 마음속 어딘가에 있는 '왠지 믿고 싶다.'는 열망이 움직인다면 실현 가능성이 없는 말에도 (현실의 커튼을 닫고) '망상'을 향해 달려가곤 한다. 다음의 예시처럼 말이다.

도박: 왠지 조금만 더 돈을 걸면 딸 수 있을 것 같아!

주식: 이 주식, 왠지 오를 것 같은 느낌이야! 일단 리스크 생각은 접어두고 투자해보자!

연애: 남들이 다 뜯어말리지만, 심지어 나조차도 친구가 이런 남자/ 여자와 만났다면 말렸겠지만... 그래도 한번 믿어보고 싶어..왠지 끌려...

이성적으로(=현실적으로, 객관적으로) 옳지 않다고 판단하였음에도 흔들리는 이와 같은 현상.

인간의 '본능적 욕구'와 '감성의 영역'은 긴밀한 상호 공조체제를 유지한다. 쉽게 말해, 본능적 욕구(이하 욕망)는 이성보단 감성과 친하다는 의미. 따라서 누군가의 달콤한 말이 여러분의 욕망을 터치하였고 여러분이 그에 흔들렸다면 수면 아래 숨어있던 감성의 영역은 전속력으로 이성의 방해를 차단 → 욕망과 손을 잡고 비이성적 행동을 유도하게 된다.

그러므로 '언행 불일치자'의 달콤한 말에 흔들리지 않기 위해선 감성이 욕망과 손을 잡는 일을 막아야 한다. 반드시. 그렇다면 우리는 어떻게 행동해야 할까?

만일 상대가 화려한 언변으로 '자신이 돈을 갚지 않은 이유'에 대해 늘어놓는다고 하자. 화려한 미사여구와 다양한 감수성으로 포장된 상대의 '말'에 초점을 맞추는 순간 이성적 판단은 감성의 방해를 받게 되고 욕망과 손을 잡을 수 있다. 자신도 모르게 '돈을 갚지 않으려 수작을 부리는 상대'를 이해하게 되어 자칫 신뢰하게 될지 모른다는 얘기다.

이때 여러분이 생각해야 할 것은 오직 '결과'다. 절대 그의 화려한 언변에 초점을 두지 말아야 한다. *그의 말과 행동이 다르다는 것을 여실히 보여주는 '결과' 말이다.*

그가 제날짜에 돈을 갚지 않았다는 팩트만 생각함이 마땅하다.

▶ 거창하고 획기적인 사업 계획만 늘어놓고 실행은 미비한 동업자

▶ 온갖 미사여구와 아름다운 표현으로 사랑한다. / 좋아한다는 말만 늘어놓고 실제론 다르게 행동하는 애인

▶ 말로만 진심 어린 우정을 운운하고 실제 어려운 일이 닥치면 나 몰라라 하는 친구

▶ 화려하고 감동적인 설교 내용과는 거리가 먼 행동을 일삼는 성직자

다시 한 번 말하겠다. 무슨 일이 있어도 상대의 달콤한 말의 내용에 초점을 맞추지 말고 오직 결과에만 초점을 맞출 것! 그(들)의 달콤한 언변이 행동이나 말에 따른 결과와 일치하지 않는다면 그들의 이름이 여러분의 신뢰 리스트에 오르는 일은 없어야 한다.

※ 반대로 말과 행동이 언제나 일치하는 사람은 신뢰 리스트에 꼭 기재하길 바란다. ※

두 번째, 상대가 자신이 맡은 바 책임을 다 하고 있는 사람인지. 아닌지 판단하라.

우리는 종종 '자신의 위치'와 걸맞지 않게 행동하는 사람들(=자신이 맡은 바 책임을 다 하지 않는 사람들)을 목격한다.

· 부하직원들에겐 산더미 같은 업무를 지시하고 자신은 온라인 게임이나 하고 있는 상사

· 기념일을 무심하게 넘어가거나 데이트를 귀찮아하는 애인

· 주어진 업무는 뒤로한 채 농땡이 피울 궁리만 하는 동료 직원

자신에게 주어진 책무를 중시하지 않는 사람이 타인과의 책무(약속)를 중히 여길 수 있을까? 결코 그렇지 않다.

수신제가치국평천하(修身齊家治國平天下)라는 유명한 말이 있다. 자신의 인격과 몸, 집안을 다스리고 나라를 다스려야 한다는 말인데 이는 자신의 인격과 몸, 집안도 다스리지 못하는 이가 어찌 나라를 다스릴 수 있겠는가?로 해석될 수 있다.

마찬가지이다. 자신에게 주어진 책무조차 다스리지 못하는 사람이 '타인과의 신뢰를 형성하는 일'을 해내기란 불가능에 가깝다. 그런데 말이다, 간혹 '저 사람은 자기 일에는 소홀히 할지 몰라도 남의 일엔 발 벗고 앞장서는 사람이야!'라고 생각되는 사람이 있다.

혹 하지 말기 바란다. 자신이 맡은 책무보다 남의 일을 더 중시 여기는 사람은 뭔가 감춰둔 꿍꿍이가 있는 사람이니까.

자신을 돌보지 못하는 사람(=자기에게 주어진 책무를 다하지 못하는 사람)과 신뢰를 형성하는 것은 스스로 헤어 나올 수 없는 '늪'을 향해 걸어가는 것과 같다. 결코 그들이 여러분의 신뢰 리스트에 있어서는 안 된다. *자신의 작은 책무라도 열심을 다하는 사람은 '신뢰 척도 리스트'에 기재하길 바란다.*

세 번째, 상대의 '우유부단한 정도'를 파악하라.

우유부단한 사람이란 '결단력, 순간 상황 결정력이 매우 떨어지는 사람'을 가리키는 말이다. 중요한 상황 혹은 매사에 무엇을 어떻게 할지 몰라 우왕좌왕하는 사람.

결단력이 부족한 '우유부단한 사람'들은 일반적으로 자신의 결정보다 타인의 결정을 더 중시하는 경향이 있다. 타인의 영향력이 자신의 의사결정 과정에 매우 크게 작용한다는 얘기다. 이는 자신에게는 물론 그와 접촉하는 모든 이들에게 부정적 영향을 끼친다. 그로 인해 시급히 결정되어야 할 문제가 지체될 수 있으며 상황은 더욱 악화된다. 만일 여러분이 그에게 무엇인가를 믿고 맡긴다면(돈·계약·업무처리 등등) 그의 우유부단함은 여러분의 이익을 갈아먹을 것이다.

EX〉 우유부단한 영화 캐스팅 관계자의 예시:

이번 작품의 주인공을 A로 해야 하나 B로 해야 하나... A가 다음 작품에 꼭 출연시켜달라고 신신당부를 했지만..왠지 이번 작품과는 거리가 있는 것 같단 말이야.... B는 이번 작품에 너무 어울리긴 한데 개런티가 너무 세고... 주변 사람들한테 물어보면서 며칠 좀 생각해봐야겠다..

↓

며칠이 지난 후

어쩌지 아직도 갈등이 되네....주변 사람들 생각도 다 제각각이니 이거

원…. 일단 둘에게 모두 연락을 할까..? 그러다 둘 다 하겠다고 하면…..?? 그럼… C한테 연락을 해볼까..?.. 아님 D한테.. E한테…? 어쩌지…

↓

결국 지체된 시간으로 인해 A와 B 모두 캐스팅 무산

여러분이 예시 속 A라고 해보자. 후에 이 사실을 알게 된다면 기분이 어떻겠는가? 더 이상 그 캐스팅 관계자를 신뢰할 수 있겠는가? 이렇듯 우유부단함은 우유부단한 자신은 물론 타인에게도 피해를 입히기 십상이다.

단, 우유부단한 이들은 '악의적 의도'가 없는 경우가 일반적이기에 이익에 관계된 경우에 국한하여 신뢰하지 않는 편이 좋다고 말하고 싶다.

그렇다면 상대의 우유부단함을 어떻게 알 수 있을까? 매우 간단하다. 평소 상대의 행동을 유심히 관찰하고 그가 중요한 순간 혹은 결정적 순간에 내리는 판단의 속도를 확인해보면 된다. 물론 번개처럼 판단을 내리지 않는다 해서 '우유부단하다'라고 볼 수는 없다. 다만 그의 '판단 시간 지체' 횟수가 짜증을 유발할 만큼 많다면 그는 '우유부단한 사람'이며 (이익적인 부분에 있어) 그를 전폭적으로 신뢰하는 일은 없어야 할 것이다.

우리 모두의 삶에 있어 없어서는 안 될 믿음 '신뢰'. 본 내용을 통해 그동안 '신뢰'에 대해 느껴졌던 '막연함'이 '확연함'으로 바뀌게 되는 계기를 맞이하기 바란다. 좋다, 계속 읽어나가자.

02

나를 언짢게 하는 사람에겐 이렇게!!

아마 │ 여러분 주변에는 적어도 1명 이상, 하찮은 말이나 행동으로 기분을 성가시게 하는 사람이 있을 것이다. (그는 가족의 일원일 수도, 직장 동료일 수도, 친구 일수 도 있다.)

'매일 그렇게 굼벵이처럼 게으르게 행동하니 성적이 요 모양 요 꼴이지!'

'이번 달 매출이 이게 뭐야? 이래가지고 어디 밥 벌어먹고 살겠어?'

'허구한 날 싸돌아다니지 말고 하루 정도는 집에 좀 처박혀있어!'

'네가 하는 일이 원래 그렇지 뭐..'

'주변에 친구들이라도 있냐?'

그들은 이처럼 별 시답지 않은 말로 우리의 심기를 건드리는데 이에 '욱!' 하며 격분을 하는 이도, 하루 종일 마음에 담아 두고 분을 삭이지 못하는 이도, 대수롭지 않게 생각하여 넘기는 이도 있을 것이다. 여러분은 어느 쪽인가?

자, 여러분이 어느 쪽이든 매우 도움이 되는 기술을 소개하고자 한다. 바로 '참고 넘기는 기술이다. 이 기술은 여러분에게 '극한의 모멸감' 을 선사하는 이들을 위한 기술이 아니다. '기분의 언짢음' 을 선사하는 이들로부터 우리의 마음을 지키기 위한 기술이다.

극한의 모멸감을 선사하는 이들에게 대응하는 방법은 다음 챕터에서 소개되니, 계속 읽어나가길 바란다.

먼저 '모멸감' 과 '기분의 언짢음' 의 차이를 알아보자.

이는 매우 간단히 구분할 수 있다. 만일, 상대의 언행으로 인해 여러분의 기분이 '비논리적' 으로 향하려 한다면 모멸감 감지 스위치가 켜졌다고 생각하면 된다. 즉, 상대에게 논리적으로 반박하고 따지려는 마음보다 욕설을 할 것 같은 기분이 먼저 든다면 이는 상대가 여러분에게 모멸감을 주었다는 증거이다. *앞뒤 따지지 않고 주먹이 나갈 것만 같은 상황도 마찬가지이다.*

반대로 '기분의 언짢음' 은 상대의 언행에 '논리적/이성적' 대처가 가능한 상황이라 생각하면 된다. 즉, 모멸감과 달리 상대의 언행에 논리적으로 대응을 할 수 있을 만큼 크게 기분이 나쁘지 않은 상태를 말한다. *이 기준법을 꼭 기억하여 일상생활에 잘 접목시키길 바라는 바이다.*

이 둘은 '반응의 강도' 및 '상처의 깊이' 가 매우 다르다. 신체적 상해와 비교한다면

모멸감: 전치 __주의 상처
기분의 언짢음: 소독약으로 해결 가능한 상처 라 할 수 있다.

그렇다면 우리는 '기분의 언짢음' 에 어떻게 대처해야 하는가?

앞서 언급하였듯 이때의 효과적인 대처가 바로 '참고 넘기는 기술' 이다.
참고 넘기는 기술: 간단하다. 언어적/신체적으로 아무런 대처를 하지 않는 것을 의미한다.

상대가 여러분에게 기분의 언짢음을 선사했다면 (=상대의 말로 인해 기분의 언짢음이 느껴졌다면) 상대의 행동은 의도적이 아닐 확률이 높다. 대체적으로 이러한 경우의 상대의 심리 혹은 신체적 상태는 다음과 같다.

▶ 정신적/신체적 컨디션이 비교적 좋지 않은 상태

▶ 여러분에게 약간의 섭섭한 감정이 있는 상태

▶ (여러분과 무관한) 특정한 사안으로 인해 기분이 나쁜 상태

▶ 아무런 감정 기복이 없는 상태 [이는 상대의 본래 말투에 기인한다.]

만일 이때 '모멸감을 받은 경우' 처럼 지나친 감정적 대응을 한다면 심할 경우 불필요한 싸움으로 이어질 수 있다. 이러한 경우야말로 참고 넘기는 기술이 필요한 때가 아니겠는가.

상대의 (의도치 않은) 기분 언짢음 선사는 인간관계의 수많은 공격들 중 매우 레벨이 낮은 형태의 공격이다. 굳이 공격이라 할 것도 없는 '일상생활에서 빈번히 일어나는 행태 중 하나' 란 얘기다. 신경을 곤두세우고 일일이 반응한다면 이 외의 수많은 대인 관계적 상황에서도 극도로 예민해지게 될 것이며 이러한 예민함은 여러분을 주변 사람들로부터 철저히 떨어뜨려놓을 수 있다.

주위에 있는 극도로 예민한 사람들을 떠올려보길. 아무도 그와 친해지려 하지 않지 않는가?

참고 넘기는 기술의 이점:

1. '참고 넘김' 은 상대를 무안하거나 미안하게 만든다.

상대: 밥 먹을 때 쩝쩝 소리 좀 내지 마라 좀! 더럽게 시리, 짜증나게..

여러분: .... (무반응)

얼마 후 상대는 '아까 내가 너무 짜증을 냈나? 미안하네... 어떡하지..' 라고 생각할 심산이 크다. 물론 상대에게 적극적으로 반박하거나 대응한다면 상대는 미안함을 느끼지 않을 것이다.

단지 참고 넘겼을 뿐인데 상대에게 미안한 '감정적 부담'을 떠안기고 그에 따른 사과까지 받을 수 있다.

2. 주변에 타인들이 있는 경우의 '참고 넘김'은 타인들로 하여금 여러분의 기분을 언짢게 만든 상대를 '가해자'로 인식하게 한다. *이로 인해 여러분은 타인들로부터 '동정의 힘'을 얻을 수 있다.*

A: 칠칠맞게 그런 거 하나 못 해서 어디 가서 대접이라도 받겠냐?

여러분: .... (무반응)

B, C, D, E(주변 인물들): (저렇게까지 말할 필요는 없지 않나? A라는 사람 참 얄궂네..)

주변인들로부터 얻게 된 동정심은 추후 여러분이 상대에게 반격을 가하게 될 시 정당성을 제공해준다. 추후 상대에게 반격을 가할 상황

이 생길 시 타인들은 여러분의 반격에 긍정적인 응원을 해 줄 가능성
이 크다는 얘기다. 왜? 그들은 이미 상대를 '가해자' 로 인식하고 있기
때문이다.

이처럼 상대의 언짢은 행동을 '참고 넘기는 기술' 은 여러모로 이득
을 준다. 그런데, 이를 행함에 있어 다음과 같은 의문이 생길 수 있다.

1. 상대의 언짢은 행동이 반복되면 어떻게 해야 하는가?
2. 참고 넘김이 '상대가 나를 무시하는 계기' 로 발전하면 어떡하나?
3. 겉으로는 참고 넘겼으나 좋지 않은 마음(=언짢은 기분)이 계속 남아있으
   면 어떻게 하나?

자, 그럼 하나하나씩 짚고 넘어가 보기로 하자.

1. 상대의 언짢은 행동이 계속 반복되면 어떻게 해야 하는가?
여러분은 모멸감과 기분의 언짢음을 구분하는 방법을 알고 있다.
다시 짚어보자면

상대의 말에 당장이라도 주먹이 올라올 것 같은 기분 → 모멸감
상대의 말에 기분이 상하더라도 논리적/이성적인 대처가 가능할 것
같다면 → 기분의 언짢음 이다.

그러나 상대의 언짢은 행동이 반복되는 상황은 조금 다르게 생각해야 한다. 이는 상대가 모멸감을 한 번에 선사(?)하는 것이 아니라 조금 조금씩 나누어 선사하는 것이나 마찬가지이기 때문이다. 즉, 상대의 철저한 의도 아래 이루어진다고 볼 수 있다. 따라서 이 상황은 '참고 넘김'과는 결코 어울리지 않는다.

'참고 넘김'이란 어디까지나 상대의 '비(非)의도적인' 행동을 기반으로 하고 있다. 하지만, 상대의 의도적이고 계획적인 공격을 참고 넘기는 것은 상대에게 '모욕을 감수하는 모습'을 보이게 함으로써 여러분의 가치를 떨어뜨리게 만든다.

상대: 세상 좋아졌어~ 너처럼 일하고도 월급을 꼬박꼬박 타가다니.

여러분: ....

↓

상대: 나도 이제 너처럼 설렁설렁 일해야겠다, 이거 원 열심히 해도 월급은 똑같이 받으니 억울해서 살겠나~

여러분:......

↓

상대: 가만히 있는 거 보니 양심에는 찔리나 보네? 그렇지~ 인간이라면 양심의 가책을 받아야지 여러분:.....

↓

상대: [주변인들에게] 여러분 일 너무 열심히 하지 맙시다~ 설렁설렁 일해도 우리랑 똑같이 월급 타가는 사람이 있는데 뭣하러 열심히 해요~놀면서 쉬엄 쉬엄하죠~

자, 의도적인 '언짢음'의 반복에 아무런 대처를 하지 않게 된다면 예시와 같은 상황을 맞이할 수 있다. 이는 비아냥대는 상대는 물론이거니와 그 상황을 목격하고 있는 주변인들에게도 '네, 맞습니다. 나는 그런 사람입니다.'고 대답하는 것이나 마찬가지이다. 따라서 상대의 의도적인 공격에는 즉각적인 대응이 반드시 필요하다. 이에 따른 확실한 대응 방법은 다음 챕터에서 보다 자세히 언급할 것이다.

2. 참고 넘김이 상대가 나를 무시하는 계기로 발전하면 어떡하나?

상대에게 '무시'를 당하게 되는 계기는 상대의 의도적인 공격에 아무런 대응을 하지 않았을 때 부터 시작된다. 알다시피 1의 경우가 아닌 이상 상대의 비의도적인 공격은 결코 '무시'로 이어지지 않는다. 오히려 '미안함'으로 이어진다.

3. 겉으로는 참고 넘겼으나 좋지 않은 마음(=언짢은 기분)이 계속 남아 있으면 어떻게 하나?

여러분이 제일 걱정하는 사항이 아닐까 싶다. 참고 넘겼지만 마음

한편에선 상대가 남발했던 언짢은 말(들)이 계속 떠오르고 집에서 이불 킥이라도 할 것 같은 기분.

많은 자기 계발서의 저자들은 이러한 경우 '상대의 말을 인정하지 않으면 된다.'고 주장한다. 이를 간단히 설명하자면 '상대의 언짢은 말에 화가 난다면 상대의 말을 인정하는 격이므로 상대의 말을 인정하지 않으면 된다.'이다. 어떤 관점에서 보면 매우 타당한 주장일 수 있으며 필자 역시 상당 부분 동의한다. 그러나 이는 자존감이 높고 자아가 튼튼한 사람에게만 해당되는 말이다.

* '명상을 하면 마음의 평안을 얻을 수 있다'가 어느 정도 맞는 말이지만 명상을 접하지 못한 이들에겐 매우 어렵게 느껴지는 것과 같은 이치다.*

만일 이 책을 읽는 이들 모두가 아니 모든 사람이 높은 자존감과 굳건한 자아를 가지고 있다면 필자 역시 그리 이야기했을지 모른다. 하지만 많은 이들이 낮은 자존감과 흔들리는 자아 때문에 매일같이 고군분투하고 있다는 사실을 아는 이상 그리 무책임하게 이야기 할 수 없다.

따라서 필자는 주장한다. 여러분에게 언짢은 말을 아무렇지도 않게 툭툭 던지는 이들이 생겨나지 않도록 '평소의 처신에 주의하고 처세적 입장을 강화하라'라고.

생각해보라. 평소 조심스러운 (혹은 존경하는) 누군가에게 기분 혹은 컨디션이 좋지 않다고 해서 막말을 할 수 있을까? 결코 그럴 수 없을 것이다.

충동적으로는 가능할 수 있다. 하지만 후에 어마어마한 후회를 할 것이다.

오히려 '만만하다고 생각되는 상대'에게 그 화살을 날릴 것이다. 따라서 타인들로 하여금 '만만해 보인다.' '뭐든 받아주는 사람이다.'라는 인식이 생기지 않도록 스스로의 처세 적 입장을 강화하는 것이 '언짢은 기분' 자체가 생기지 않게 하는 매우 좋은 방법이라 할 수 있다.

처세 적 능력이 강화되면 강화될수록 언짢은 마음의 잔류시간은 점점 짧아지게 될 것이며 이로 인해 멘탈이 강화될 시 '상대의 부정적인 말을 인정하지 않는 경지'에 오를 수 있으니 (예시 참조) 장기적인 안목으로 상황을 바라보자.

▶ 멘탈이 강화된 상태 (자존감 & 자아가 매우 튼튼한 상태) :

상대의 부정적인 발언을 인정하지 않거나 전혀 신경을 쓰지 않는다.

자, 그렇다면 이제 여러분에게 모멸감을 선사하는 이들에게 반격을 하는 방법에 대해 이야기해보자.

03

반격의 기술이 궁금한 당신을 위해!

예시를 보자 | A: 오늘 무슨 좋은 일 있나 봐? 표정이 좋아
보이네^^?

B: 글쎄~그다지...

A: 항상 무슨 귀신 마냥 후질 그래~하게 다니다가 오늘에서야 좀 사람
다워 보여서말야 하하~

B: 아.. 그.. 그래..

A: 사람들 좀 만나고 그래~ 허구한 날 왕따처럼 혼자만 다니지 말고~

B: ...... (부글부글...)

A: 사람들이 너한테 뒤에서 머라고 하는지 알아? ㅋ 에이~아니다.. 여
하튼 좋은 하루 보내고^^

이 예시를 보니 어떤 생각이 드는가? A를 한대 쥐어박아주고 싶다는 생각이 들지 않는가? 아마 여러분의 주변에도 이와 비슷한 사람들이 있을 것이다. *혹은 앞으로 생길지 모른다.*

그럼 예시 속 B를 보자. A의 깐죽거림에 그냥 저냥 대답만 하고 있다. 상황이 끝난 후 A는 이렇게 후회할 것이다.

"내가 왜 그런 소리를 듣고만 있었지..? 뭐라고 한마디 했어야 하는데."

혹은

"____라며 받아쳤어야 했어야 하는데!! 왜 지금에서야 그 말이 생각나는 거야!!"

여러분도 비슷한 경험이 있을 것이다. 짧게는 몇 분 길게는 몇 시간이 지나고 나서야 불현듯

'__하게/ OO 라고 말했어야 하는데!! 왜 지금에서야 생각이 나는 걸까?!' 라며 후회했던 경험.

우리의 주변엔 A 같은 녀석들이 존재한다. 나이, 성별, 국적을 불문하고 말이다. 이는 A 같은 녀석들로 하여금 무시나 깔보임을 당할만한 행동(들)을 보여 왔거나 그들의 반복되는 언짢은 행동에 침묵으로 일관해온 결과이기도 하다.

물론 그 외 여러 요소들(시기·질투 등등)이 복합적으로 작용하여 발현된 결과일 수 도 있다.

이러한 일이 일어나는 이유에 관해선 지난 챕터를 통해 자세히 설명하였다. 지금은 모멸감을 선사하는 이들이 꼼짝하지 못하도록 반격을 준비하는 시간이다.

그럼 먼저, 곧바로 반격을 하지 못하는 이유에 대해 알아보자.

왜 상대(들)의 말에 곧 바로 반격하기가 힘들까?

이는 크게 세 가지의 이유로 나뉜다.

첫째: 마음이 약해서 (←평소 남에게 싫은 소리/모진 소리를 잘 하지 못하는 경우)
둘째: 반격할 타이밍을 놓쳐서
셋째: 큰 싸움으로 번질 것 같아서

첫째, 셋째 이유는 책을 다 읽고 나면 자연스레 알게 되는 부분이므로 넘어가겠다. 둘째 '반격할 타이밍을 놓쳐서' 에 대해 알아보자.

(여기서 말하는) 반격이란 무엇인가? 그렇다. 상대의 말을 곧바로 받아치는 기술을 말한다. 예를 들어 이렇게.

허구한 날 왕따처럼 다니지 말지 그래?~

→ 반격: 너 나 잘하쇼! 이상한 냄새나 풀풀 풍기며 다니는 주제에~

많은 이들은 순발력 있게 받아치는 것을 어려워한다. 왜? 준비해둔 소스(source)가 없기 때문.

평소 확실히 준비해둔 문장이 없어 외국인과의 대화가 막히는 경우와 비슷하다고 생각하면 된다.

평소에 'How are you?' 라는 문장을 수백 번도 더 연습했다면, 외국인과 대화해 본 경험이 거의 없다하더라도 실전에서 'How are you' 만큼은 자연스럽게 말 할 수 있지 않겠는가? 마찬가지다. 여러분이 상대의 비아냥 / 놀림 / 무시하는 말투 / 깔보는 말 등등에 반격을 할 수 있는 소스(문장)들을 미리 준비해놓고 해당 상황에 따른 '이미지 트레이닝' 을 충분히 해 놓는다면 실전에서 바로 사용할 수 있는 가능성이 높아진다는 얘기.

물론 평소 지속적으로 당하기만 하는 입장이라면 '실전 사용' 까지 어느 정도의 시간이 걸릴 수 있다. 하지만 충분한 연습과 실전 과정을 거치게 되면 좋은 '반격 실력' 을 가질 수 있으므로 크게 걱정하지 말자. 그럼 반격 기술을 배워보자.

너무 많은 반격 기술을 알려고 하지말길. 필자가 소개하는 간단한 기술만 있어도 충분하다.

첫 번째

만일 상대가 '00인 주제에 자랑이나 하긴!' 이라고 말했다 하자. 이 때는 절대 '내가 뭘!' 이라는 식의 항변이 나와선 안 된다. 상대의 말을 인정하는 꼴이 되어버리기 때문이다.

바로 반격하라. 이렇게.

반격: '참내~그런 넌 자기 주제를 알고 있기나 하나?'

상대가 '00인 주제에' 라며 공격을 하였기에 상대와 같은(=비슷한) 내용을 그대로 돌려주는 것이다.

웃기는 소리하고 앉아있네! → **반격:** 네가 더 웃기는 소리하고 있는 거 알아?
인생 그렇게 살지 마! → **반격:** 너나 그렇게 살지 마!

기억해야 할 점은 곧바로 반격해야 효과가 크다는 사실! 머뭇머뭇거리다 반격의 타이밍을 놓치게 되면 오히려 궁지에 몰릴 수 있다. 또한 어색한 눈빛과 어눌한 말투로 반격을 할 시 상대에게 밑 보일 여지를 줄 수 있으니 표정이나 목소리 톤은 상대가 비아냥 거린 만큼 만 유지하길 바란다. (←중요) 기억하라. '상대가 한 말을 그대로 돌려준다.'

두 번째

두 번째 방법은 상대의 비아냥 / 놀림을 인정 하는 것이다. 만일 상대가 '넌 왜 잘하는 게 하나도 없냐?' 고 했다 하자. 이렇게 반격하라.

'그러게, 그래도 너만 하겠어?'

일단 인정을 한 후, 상대를 무시해버리는 것이 중요하다. 또한 이 기술 역시 타이밍이 중요하다. 곧바로 인정을 하고, 그 후 '당신만 하겠냐.' 는 식으로 받아치길.

> **ex**
>
> 머리가 나쁘면 몸이 고생이라니까.
> → 반격: 그러게 말이야, 그래도 너만큼은 아니야~
>
> 너처럼 생긴 녀석이 연애는 무슨~
> → 반격: 그러게. 그래도 너보단 나아서 다행이라 생각해^^

세 번째

상대: '너 굉장히 이기적이고 독선적인거 알지? 그렇게 살지 마.'

여러분: '그래도 매번 다른 사람들에게 당하기만 하는 것보단 낫지. 다행이야~'

상대: '허구 한 날 그렇게 살다 인생 훅 지나가면 어쩌려고 그러냐? 쯔

쯔..'

　여러분: '그래도 맨날 실패만 하는 인생보다는 낫지 않을까?'

　자, 이 방법은 매우 강력한 반격방법으로서 상대가 여러분에게 굉장한 모욕감을 선사하는 것이 확실시 될 경우만 사용하여야 한다.

　자칫 싸움으로도 번질 수 있기에 매우 조심히 사용해야 함을 미리 알린다.

　이 반격의 구조는 '당신은 ○○ 하다.' 는 상대의 말에 긍정/부정도 하지 않은 채 '그래도 ◎◎한 것 보다는 낫다.' 는 말로 반격하는 것이다.

　◎◎의 자리에는 상대의 치명적인 단점이 들어가야 하며 해당 단점의 사실 여부는 중요치 않다. 빠르게 반격하는 것이 더 중요하다. 상대는 ◎◎의 자리에 언급된 사항이 자신에 관한 것임을 재빨리 눈치 챌 것이므로 굳이 상대의 이름이나 호칭을 넣어서 직접적으로 알릴 필요는 없다. 단, 상대가 여러분의 반격에 흔들리지 않을 것 같다고 예상된다면 상대 역시 공감할만한 성격/외적 요소를 넣어 반격하는 것이 좋다.

넌 왜 그렇게 멍청하냐?
(상대의 지능지수가 낮다는 사실을 알고 있다면 ↓)
반격: 그래도 아이큐가 두 자리 수인 누구 보다는 똑똑하니 얼마나 다행인지.

너 같은 녀석은 사회의 암적 존재야!
(주변인들이 상대를 싫어한다는 사실을 알고 있다면 ↓)
반격: 그래도 모든 사람들이 손가락질하는 누구보단 낫지.

　자, 여러분은 이제 막 모멸감을 선사하는 이들에게 어디서든 곧바로 반격할 수 있는 세 가지 반격기술을 배웠다. 말했다시피 본 반격 기술들은 후에 더 큰 폭풍을 몰고 올지 모른다. 하지만 매번 속수무책으로 당하고 그로 인해 상처만 받는 이들은 물론 반격할 타이밍을 놓쳐서 매번 후회하는 이들에겐 최후의 방어수단이 될 수 있다. *양날의 검과 같다고나 할까?*

　당연히 '다투지 않고 상황을 풀어나가는 것' 보다 좋은 방법은 없다. 하지만 인간관계는 항상 긍정적으로만 흘러가지 않는다. 모욕감을 주는 상대의 '말' 에 '을(乙)' 의 입장만 고수한다면 '자존감 하락' 은 물론이거니와 타인들로부터의 가치 하락 역시 따 놓은 당상이지 않던가? 부디 인간관계의 윤활유로서 본 기술들을 잘 활용하길 바란다.

　PS: 본 기술들을 윗사람(부모 / 상사 / 선배 등등)에게 사용하는 일이 결코 없길 바란다.
　PS 2: 반격의 기술을 사용한 후의 상황은 그리 좋지 않게 흘러갈 것이다.

초보자의 경우 반격이후의 상대 반응을 관찰할 필요 없이 자리를 뜨는 것이 좋다.

중급자(이 후의 상황대처에 문제가 없는 이)라면 세 가지의 반격기술들을 섞어가며 이후 상황대처에 임하길 바란다.

PS 3: 상황이 심각히 변할 것 같다면 즉각적으로 반격을 중지하고 자리를 피하길 바란다. 해당 상황에 오래 있으면 있을수록 감정적인 상태가 될 수 있다.

04

비난 또는 중상모략에 휘둘리지
않는 방법은?

많은 사람들은 타인으로부터 비난을 듣게 될 시 적절한 대처를 하지 못하는 경향이 있다.

대부분 다음의 범주안의 행동들 중 하나를 취할 것이라 예상된다.

① 비난을 가한 이에게 즉각적으로 대응한다. (욕설, 비난, 폭언 등등)

② 마음속에 담아두고 추후 타이밍을 노려 분노를 표출한다.

③ 아무런 대응도 하지 않은 채 마음속으로 삭히기만 한다.

④ 비난을 가한 당사자와 차분히 대화에 임한다.

⑤ 신경 쓰지 않는다.

여러분은 누군가로부터 비난을 듣게 될 때 이 중 어떤 행동을 취하는가? 제일 좋은 대처 방식이 정해져 있는 것은 아니다. 상황에 따라 달라질 수 있기에. 다만, ①, ②, ③의 행동을 취한다면 문제가 더 커질 가능성이 있다.

물론, ①, ②, ③의 행동이 필요할 때도 간혹 있기는 하다. (당연히! 합법적이지 않은 행동은 절대 금물이다!) 또한 ④, ⑤의 행동이 해(害)가 될 때도 있다. 하지만 그것은 어디까지나 상황의 경중(輕重)에 따라 나뉘는 문제이니 행동하기 전의 진중한 고려가 필요하다.

비난이 발생하는 원인은 무엇일까?

필자는 비난의 90%이상은 질투로부터 탄생한다고 본다. 자신이 될 수 없는, 오를 수 없는 위치에 올라선 누군가를 향한 질투가 비난이라는 이름의 괴물로 변신한다. 나머지는 이득관계로 인해 파생되는 '악의(惡意)적 전략'에서 탄생한다고 본다. 타인을 깎아내려야만 자신이 이득을 볼 수 있는 상황. 딱히 상대를 질투하는 것은 아니지만 단지 이해득실을 위해 하는 행동이 비난이라는 이름의 괴물로 변신한다.

자, 그럼 그 첫 번째.

'질투에서 탄생한 비난'과 그러한 비난에 휘말리지 않기 위해 우리가 해야 할 일에 대해 알아보도록 하자.

'인간은 왜 타인을 질투 하는가에 대한 근원적 원인을 탐색 하자면 끝이 없다. 철학, 심리학, 과학적 지식이 총동원되어도 완벽히 설명하기 힘들다고 할까? 그러니, 너무 어렵게 생각하지 말자. 단지 '질투'가 여러분에게 주는 그 느낌 자체만으로도 '질투'에 대한 설명은 충분하다. 문제는 그러한 질투심이 누군가에게 화살처럼 꽂힐 때 시작된다.

'나는 지금 요 모양 요 꼴인데 저 녀석은 저렇게 잘 나간단 말이야?'

일반적으로 질투는 자신의 '현재 불만'에서 탄생한다.

여기서 잠깐!

인터넷의 발달과 함께 문제가 되고 있는 '악플' 역시 이러한 관점에서의 설명이 가능하다. 예쁘고 멋진 연예인의 사진에 달리는 악플, 행복해 보이는 누군가의 SNS에 달리는 악플 등등.
물론 질투란, 상호 경쟁을 통해 발전을 꾀하는 '인간의 사회성'에 있어 없어서는 안 될 중요한 요소이기도 하다. 그러나 그것이 지나칠 때 ('악플'처럼) '비난'이라는 이름의 괴물로 둔갑하여 상대를 파멸로 이끌 수 있다는데 주목해야 한다.

'질투'는 왜 '비난'으로 변질될까?
이유는 바로 '질투'를 그대로 내 비칠 시 그에 따른 사회적 비난이 오롯이 자신에게로 향하기 때문이다. 만일 누군가 여러분을 향해 혹은

여러분 주위의 누군가를 향해

'당신이 너무나 예쁘기에 질투가 납니다.'
'당신은 나보다 부자이기 때문에 상당히 질투가 나는군요.'
'나보다 학벌이 낮은 당신이 나보다 더 좋은 직장에 취직을 하다니. 너
  무 화가 나네요.'

라며 '질투'를 직접적으로 드러낸다고 해보자. 기분이 어떻겠는가?

'뭐 저런 녀석이 다 있어?'
'자기가 못난 것 가지고 왜 남 탓을 하지?'
'상대할 가치가 되지 못하는 사람이군.'

이라고 생각되지 않겠는가? *동시에 그의 낮은 사회성을 나무랄 것
이다.*

이렇듯, 인간이라면 누구나 위와 같은 질투심을 마음속 한 켠에 숨
기고 있지만 그것을 겉으로 드러낼 시 사회적 비난을 면치 못하게 된
다.

비난의 경우를 보자. '비난'은 별다른 목적이 없고 방향성 없는 '질

투' 와 달리 뚜렷한 목적성을 가지고 있다. 그리고 '무작정 가해지는 이유 없는 비난' 이 아닌 이상 어느 정도의 공의성(共意性)도 가지고 있다.

'저 녀석의 __한 행동은 우리에게 매우 해가 될 거야'

'우리들은 이렇게 힘들게 일하는데 저 사람은 저리도 쉽게 돈을 번다고?'

'저 사람은 분명 연줄이 있을 거야. 그렇지 않고서야 우리를 제치고 저렇게 빨리 승진할 수 있겠어?'

이 비난들을 보라. '우리' 를 가장하여 듣는 이에게 '당신! 역시 피해를 보고 있습니다.' 라며 호소하고 있다. 즉, '나 뿐만 아니라 당신 역시 그(질투의 대상)로 인해 피해를 받고 있습니다.' 는 식의 의미 전달이 이루어지고 있음을 알 수 있다.

만일, 개인적인 이유만으로 비난을 가했다면 (마치 질투를 직접적으로 드러냈을 때처럼) 듣는 이는 '비난을 하고 있는 이' 를 나무랄 가능성이 크다. 그러나 이 경우 듣는 이를 피해자의 울타리 안에 넣음으로서 '피해자 인식' 을 심는다. 물귀신 마냥.

필자는 이를 '듣는 이에게 동일 피해자 인식을 심는다.' 라고 칭하겠다. 다시 말해, 듣는 이를 함께 엮음으로서 자신의 (질투에 따른) 분노를 정당화 하는 것. 이는 비난의 형식 중 제일 많이 이루어지는 방법으로서 개인의 '사적인 질투'를 '공적인 비난'으로 바꾸는 교묘한 술책이다. (=중상모략[中傷謀略])

어라? 개인의 질투가 순식간에 정당한 비난으로 바뀌었다. '당신 역시 피해자라'는 식의 의미를 부여하는 것 만 으로 말이다. *예시에서는 '우리'라는 단어를 자주 사용함으로서 의미를 부여하였다.*

여러분은 일상 속에서 다음의 형식과 비슷한 비난을 자주 접할 것이다.

'저 정치인을 뽑으면 우리 구·시·나라가 위험해질 수 있습니다'

→ 자신의 목적 또는 이득을 위해 유권자(들)에게 '동일 피해자 인식'을 심었다.

'우리 종교에만 구원이 있습니다. 다른 종교를 믿으면 지옥에 떨어질 것입니다.'

→ 자신의 목적 혹은 특정 목적 을 위해 듣는 이(들) 또는 신자(들)에게 '동일 피해자 인식'을 심었다.

'저런 사람과 친하게 지내지 않도록 해. 어떻게든 사기나 칠 궁리나 하는 사람이야.'

→ 자신의 목적을 위해 듣는 이(들)에게 '동일 피해자 인식'을 심었다.

물론 진정으로 상대를 걱정하기에 '비난'의 형식을 빌려 전하고자 하는 바를 전하는 경우도 있다. 하지만 그러한 경우는 매우 드물다. '위하는 척' '생각해주는 척'으로 둔갑된 비난인 경우가 대부분임을 명심하라.

만일, 여러분과 신뢰관계가 형성이 되지 않은 누군가가 여러분을 걱정하는 척, 위로하는 척하며 타인을 비난한다면. 혹은 여러분에게 일정부분의 피해가 있을 것이라 경고하며 타인을 비난한다면 타당한 이유가 있지 않은 이상 웬만해서 그를 신뢰하지 말라고 이야기하고 싶다.

그는 자신의 질투를 악의적으로 이용하고 있는 사람이니까. 객관적, 이성적, 합리적인 이유가 있지 않은 이상 그의 비난은 '이기적 질투심에 공동체 의식을 접붙여 그럴싸하게 포장한 전략'에 불과하다. 꼭 기억하기 바란다.

현명한 사람이라면 스스로의 합리적 사고에 따라 이성적으로 판단하고 행동해야 한다. 하지만 그러기에 우리 주변은 합리적 사고를 야금야금 갉아먹으려 하는 벌레 같은 이들이 너무나 많다.

사회적, 경제적, 인간관계적인 부분들에 있어 그들의 무차별적인 공격을 방어하기 위해선 자신의 사고방식 및 행동양식을 다시 한 번 점검할 필요가 있다.

그럼, 악의적인 비난에 휘둘리지 않는 방법에 대해 알아보자.

05

악의(惡意)적인 비난에 휘둘리지
않는 방법은?

이번 │ 챕터에서는 딱히 질투를 하는 것은 아니지만 자신의 '이
익'을 위해 타인을 비난하는 이들의 심리와 그들을 마주
할 때의 대처법에 대해 알아볼 것이다.

자신의 이익을 위해 타인을 비난하는 경우는 정치, 비즈니스계에서
빈번히 일어난다. 이는 (자신의 이익을 위한) '타인 비난'이 권력이나 금전
적 영향력을 원하는 이들에게 큰 이득을 줄 수 있는 힘을 가지고 있기
때문이다.

지금 우리가 살고 있는 이 시대는 냉철한 (어찌 보면 처절하다고도 할 수 있
는) '경쟁 사회'이다.

경쟁? '같은 목적에 대하여 서로 이기거나 앞서려고 다투는 것'이
라는 사전적 의미의 단어로서 '타인을 이기기 위한 행동'이라 해석해

도 무방하다. 타인을 이기고 내가 앞으로 나아가는 행위. 현재 우리들은 이러한 경쟁에 너무나 익숙해져있다. 생각해보라. 남들보다 더 뛰어난 성적을 받기 위한 시험 경쟁, 남들보다 더 좋은 대학에 들어가기 위한 수험 경쟁, 남들보다 더 나은 직장에 취직하기 위한 입사 경쟁.. 너무나 익숙하지 않은가?

뒤쳐지지 않기 위해 죽기 살기로 공부하고 더 앞서나가기 위해 미친 듯이 스펙을 올리고.. 어떻게 보면 우리 모두는 평생 '경쟁의 울타리'를 벗어나지 못하는 인생을 살아왔는지 모르겠다.

노자(老子)가 말하는 무위자연의 세계, 예수(Jesus Christ)가 외치던 사랑으로 하나 되는 세상, 거기에 토머스 모어(Thomas More)가 주장하는 유토피아까지. 경쟁이라곤 찾아볼 수 없는 행복한 세상 그 자체 아니던가? 그러나 돈과 명성, 권력이 인생의 중요 지향 점 중 하나가 된 현시대에선 현인(賢人)들의 사상도 한낮 꿈같은 소리일 뿐이다.

돈을 벌기 위해 악착같이 경쟁에서 살아남아야 하고 명예를 얻기 위해 악바리같이 살아나가야 하며 권력의 자리를 차지하기 위해 미친 듯이 앞만 보고 가야 하는 세상 아니던가.

이러한 경쟁 사회 속 '이기는 전략'들 중 자주 애용되는(?) 전략 하나가 있다. 바로, 자신의 이득을 위해 타인을 깍아 내리는 '비난 전략'.

이는, 대중(혹은 주변 지인, 관계자 등등)으로부터 상대를 외면시키고 자신의 입지를 굳혀나가는 비열한 방법이 아닐 수 없다.

갑(甲) 사(社)와 을(乙) 사(社)가 있다고 하자.

두 회사는 자동차 부품을 만드는 회사이며 현재 병(丙)이라는 기업에 부품을 납품하려 한다.

갑 사장은 병 사장에게 이렇게 얘기한다.

'을 사의 부품들은 질(質)이 매우 나쁜 재료로 만들어집니다.

생각해보세요, 자칫하다 그 부품들이 문제라도 일으킨다면 어떻게 되겠습니까??'

병 사장은 생각에 잠긴다. 잠시 후, 을 사의 사장으로부터 연락이 온다.

'갑 사 부품의 가격이 말도 안 되게 비싼 거 아시죠? 우리 회사 부품만큼 가성비가 좋은 제품들은 어디에도 없습니다.'

예시 속 이야기는 어떤 면에서 '선의의 경쟁'으로 비칠 수 있다. 하지만 '선의의 경쟁'은 결코 서로를 비난하지 않는다.

만약 여러분이 병 사장이라면 어떻게 하겠는가?

그럼, 이러한 비난(= 악의적인 비난)에 휘둘리지 않고 현명한 판단을 할 수 있는 방법을 알아보자. 만일 누군가 여러분에게 'A라는 사람은 됨됨이가 글러먹었어요.' 라고 비난한다. 여러분이 집중해야 할 부분은 그의 말대로 정말 A라는 사람의 됨됨이가 글러먹었는가? 가 아니다. 그가 이와 같은 비난을 함으로써 얻게 되는 것은 무엇 인가?이다.

만일 그가 A를 비난함으로써 금전적(혹은 감정적) 이익을 얻을 수 있겠다!라고 판단된다면 십중팔구 그의 비난은 악의적인 공격이기 때문이다.

위와 같은 비난에 휘말리게 된다면(=무심코 동의하게 된다면) 비난자와 한패거리가 되는 것이나 다름없으니 조심하길 바란다.

더 연습해볼까?

B 가게와 경쟁하고 있는 A 가게의 주인 왈: 'B 가게의 물건들은 품질이 영 아니에요.'

생각해야 할 점: '이 비난으로 인해 이득을 보는 사람은 누구인가?'

답: A 가게의 주인.

(B 가게를 비난함으로써) B 가게의 평판을 훼손시켜 자신의 가게로 손님을 모으고자 하기에.

C와 사귀고 있는 여성 D.

D를 짝사랑하는 E가 D에게:

'C가 얼마나 여자를 밝히는지 모르지? 알면 깜짝 놀랄걸?'

생각해야 할 점: '이 비난으로 인해 이득을 보는 사람은 누구인가?'

답: E

C와 D의 사이를 멀어지게 한 후 자신이 D와 가까워지려는 하는 수작.

본 예시는 (이해를 돕기 위해) 비교적 쉽고 간단한 사례를 예로 들었지만 실제로는 좀더 교묘히 이루어진다.

간단하지 않은가? 단, 이러한 판단을 내리기 위해선 반드시 다음의 주의사항 을 명심해야 한다.

주의사항 1: 비난을 하는 이가 '비난의 대상' 과 직접적인 경쟁 상태에 있는지 확인하라

직접적인 경쟁 상태가 아님에도 비난을 하는 경우는 '알맹이 없는 푸념'(=별 의미 없는 불만, 불평)이거나 비판일 가능성이 높기 때문이다. ['비난' 과 '비판' 은 다르다.]

주의 사항 2: 전 챕터에서 언급한 '질투로 인한 비난' 과 '이익을 위한 비난' 을 구분할 수 있어야 한다.

질투로 인한 비난: 듣는 이에게 '동일 피해자 인식' 을 심는 데에 주력한다.

이익을 위한 비난: 자신과 '직접적인 경쟁 상태'에 있는 상대를 헐뜯는데 주력한다.

이렇듯 '자신의 이익을 위한 비난'은 직접적인 경쟁 상태에 있는 상대를 타겟으로 하며 그로 인해 이득을 취해보려는 꼼수라 할 수 있다. 그러나 애석하게도 많은 사람들은 이에 제대로 대처하지 못해, 비난의 내용 자체를 순수하게 받아들이는 일이 비일비재하다. 그것이 금전적인 문제든, 인간관계적인 문제든 말이다.

합리적인 판단 없이 상대의 꼼수(=비난)에 휘말리게 된다면 상대는 악마의 미소를 짓지 않겠는가.

앞으로, 이러한 '비난자'들을 접하게 된다면, 반드시 위 사항들을 접목시켜 합리적인 판단을 하길 바란다.

여기서 잠깐!

만일 의사가 '담배를 피우면 자칫 큰 병에 걸릴지 모릅니다!' 혹은 '담배를 만드는 회사들은 폐암 환자를 양산해내고 있는 것이나 마찬가지에요!'라고 한다면 이것은 비난이라고 할 수 없다.

왜? 그는 듣는 이에게 '동일 피해자 인식'을 심어주려는 것도 아니며 담배 회사와 직접적인 경쟁상태에 놓인 것도 아니기 때문이다. 따라서 이와 같은 경우는 '비난'이 아닌 '비판'으로 보아야 한다. 필자가 일부 심리 상담사 혹은 관련 업계 종사자들의 행태를 꼬집는 것 역시 비판이다. 그들이 필자와 경쟁 상태에 놓여있는 것도 아니고 독자들로 하여금 '동일 피해자 인식'을 심어주려 하는 것도 아니기 때문이다.

06

원하는 것을 얻는 방법은 무엇일까?

성공을 │ 갈망하는 한 청년이 있었다. 청년은 고민 끝에, 크게 성공한 CEO를 찾아가 성공의 비결을 물어보기로 결심한다. 어렵사리 CEO를 만나게 된 청년. CEO에게 이렇게 묻는다.

'성공을 하려면 어떻게 해야 합니까? 알려 주십시오'

한참을 생각하던 CEO는 대답했다.

'정말 알고 싶은가?'
'네 알고 싶습니다. 미치도록...'
'알겠네. 그럼 따라오게.'

CEO는 청년을 데리고 어느 바닷가로 향했다. 도착하자마자 바닷가에 뛰어 들어간 CEO. 목까지 차오르는 바닷물 속에서 청년에게 이렇게 말한다.

'어서 들어오게!'
청년은 의아해하며 물었다.
'아니... 제가 왜 거기에 들어가야 합니까?'
'잔말 말고 들어오기나 하게.'

청년은 이게 무슨 영문인가 싶어 망설였지만 이내 바닷가로 천천히 걸어 들어갔다. 그가 CEO에게 가까이 가자 CEO는 갑자기 청년의 머리를 움켜잡고 바닷물에 집어넣었다.

'어푸어푸......이게..무..무슨..!'

청년은 발버둥 쳤고 어떻게든 빠져나오려 했지만 너무나 완강한 CEO의 힘을 당해낼 재간이 없었다. 가까스로 수면 위로 머리를 내민 청년. CEO에게 따지듯 소리친다.

'이게 무슨 짓입니까?!!!'

그러자 CEO는 태연히 청년에게 물었다.

'자네 방금 전까지 무슨 생각을 했는가?'

'생각이라니... 무슨 생각요!?'

'물속에서 몸부림치며 무슨 생각을 했느냐 말일세.'

'그야 이러다 죽을 수도 있겠구나.. 어떻게든 빨리 나가야겠다! 라고 생각했죠. 참 나!'

'그렇군, 물 밖으로 나오길 간절히 원했나?'

'당연하죠, 죽을 수도 있는 상황이니까..'

'그래, 자네는 어떻게든 물 밖으로 나가기 위해 몸부림쳤네. 물 밖으로 나가고자 하는 노력이 아주 간절했지.'

'네!! 그런데요?!'

'만일 자네가 방금 전과 같은 간절함을 가지고 하고자 하는 일에 임한 다면 반드시 그 일을 성공시킬 것일세. 무슨 일을 하던 그와 같은 간절 함이 함께한다면 자네에게 성공하지 못할 일이란 결코 없을 것이야.

항상 기억하게. 그 간절한 마음을. 이렇게 하지 않으면 죽을지도 모르 겠다는 절박함을. 그것만이 자네를 성공으로 이끌 것이니까.'

위 내용은 필자가 얼마 전 한 영상을 통해 알게 된 이야기다. 굉장 히 마음에 닿는 내용이기도 하고 지금부터 이야기 할 내용과도 밀접한 연관이 있기에 나름 각색하여 예시를 만들어 보았다.

예시에서 CEO가 청년에게 알려주고자 한 성공의 필수 요소인 '간절함'은 무엇이었던가? 바로 생존이 위급한 가운데 몸부림치는 것과도 같은, 다시 말해 '꼭 살고자 하는 간절함'이었다. 하고자 하는 일에, 성공하고자 하는 일에 그 정도의 '간절함'으로 임한다면 감히 못 해낼 일이 없다는 것이 그가 전하고자 하는 '핵심'이었다.

필자와 컨설팅, 상담, 세미나를 통해 직접적으로 만나는 회원들을 보면 그들의 눈빛, 행동, 말투 등등에서 그 누구보다 진한 '간절함'이 느껴진다. '지옥 같은 대인관계, 서투른 인간관계를 하루빨리 변화시키고 싶은 간절함'. 그래서인지 그들의 성장 속도는 매우 빠르다. 정말이지 하루가 다르다 할 정도로 빠르다. 심지어 며칠 만에 '내가 대인관계로 힘들었던 적이 있던가?'라며 변화하는 회원들도 있다.

이에 반해 단순히 온라인을 통해서만 만나는 회원들은 그들이 원하는 문제를 해결하거나, 개선점을 찾는데 있어 (비교적) 성장 속도가 느린 경향이 있다.

물론 모두가 그렇다는 것은 아니다. / 여기서 말하는 '온라인을 통해서만 만나는 회원들'이란 필자에게 이메일 혹은 카페 질문 게시판 등을 통해 자신의 걱정을 문의하는 이들을 칭한다.

필자는 이를 '간절함'의 차이라 생각한다. 너무나 간절한 나머지 (어려운 발걸음으로) 필자를 직접 찾아와 세미나, 강의, 코칭 등을 통해 변화하려는 그 의지, 그 간절함이 그들을 더욱 빨리 변화할 수 있게 해주는 '보이지 않는 손' 과 같다고 확신한다.

__가 되었으면 좋겠네~ 아니면 말고~ 라는 식의 물렁물렁한 사고는 __가 되기 위한 행동에 '연약한 동기' 를 부여할 수밖에 없다. 매우 약한 힘의 모터를 달고 앞으로 나아가는 보트 같다고 나 할까? 반대로, 반드시! 꼭! 무슨 일이 있어도! __를 해 낼거야! 라는 식의 사고(=간절함)는 하고자 하는 일에 매우 강한 동기를 부여할 수밖에 없다. 마치 초강력 모터를 달고 돌진하는 보트 와 같다고 할 수 있다.

물론 다짐만 하고 아무런 행동을 하지 않거나 작심삼일로 끝맺음을 하거나, 시작은 창대하나 끝이 미약하다면 (←용두사미[龍頭蛇尾]) 오히려 안한 것 보다 못 할 수밖에 없다.

장기적인 맥락에서 보았을 때, 강력한 의지로 시작한 일이라도 작심삼일, 용두사미와 같은 식의 결과를 맞이한다면 그것은 '간절함' 에서 나온 강력한 의지가 아닌 '간절한 것처럼 보이는 잠깐의 충동' 이라 하는 편이 맞을 것이다.

진정한 간절함은 넘어져도 다시 일어나는, 실패를 실패로 받아들이지 않는 꾸준함이 동반 될 때 빛이 난다. 그것이 경제적 성공이던, 인간관계의 성공이던, 삶 전반의 성공이던 말이다.

작심삼일을 극복하기 위한 효과적인 전략

이제 | 여러분은, 성취하고자 하는 일에 '진정한 간절함'으로 임한다면 그에 따른 성공, 성취가 보장된다는 사실을 알게 되었다. 또한, 그 간절함이 지속되지 못한다면 결국 성취하고자 하는 일은 작심삼일, 용두사미로 끝나게 된다는 사실 역시 알게 되었다.

그렇다면 성취를 위해, 우리의 간절함을 더욱 길게 지속시킬 수 있는 방법은 무엇일까?

일반적으로, 새해가 되면 담배 판매율이 떨어진다고 한다. 하지만 얼마 지나지 않아 다시금 상승한다고 하니, 새해가 되면서 금연을 다짐하는 이들의 간절함이 잠시 위력을 발휘한 게 아닌가 싶다. 어디 금연뿐이겠는가? 헬스클럽을 등록하는 회원들도 등록 후 며칠 내지는 일주일 동안만 간절함의 위력을 발휘하는 경우가 허다하지 않던가. 필자는 그들의 '빠른 포기 원인'이 '약한 의지' 보단 '간절함의 부족'에 있다고 본다.

목숨이 경각에 달릴 정도로 위급한 간절함이 금연 혹은 다이어트에도 동일하게 작용한다면 결코 실패란 없었을 것이니 말이다. 그렇다해서 우리의 간절함을 '생명이 위급한 정도'의 수위로 끌어올리자니 어렵기만 하다. 그래서 필자는 '생명이 위급할 정도의 간절함'은 아니지만 그에 필적할 수 있을 만큼의 '간절함 창출 방법'을 소개하고자 한다.

어찌 보면 정말 간단한 방법일 수 있지만 의외로 많은 이들이 간과하고 있는 방법이기도 하니 집중 바란다.

수많은 사람들은 '타인 의존적 성향'을 가지고 있다. 타인 의존적이라 해서 부정적인 이미지로 비칠지 모르겠는데, 꼭 그렇다고 볼 수는 없다. 왜? 타인과의 의존관계가 일절 형성되지 않은 소위 '인간관계의 단절'은 인간 생존에 치명적 영향을 미치기 때문이다.

※ 물론 지나친 '타인 지향적 삶'은 지양해야 한다.※

본 책에 언급 된 무인도에서 삶, 히키코모리의 삶 등을 보면 잘 알 수 있다.

타인들과의 적절한 의존 상태를 이루는 것은 인간의 생존율을 높이기 위한 본능적 전략이며 '인간은 사회적 동물이다' 라는 말을 뒷받침해주는 증거이기도 하다.

타인 의존적 성향이 부정적으로 비칠 때는 '남들의 눈치를 지나치게 보는 사람' '자신의 중심 없이(=줏대 없이) 이리저리 흔들리는 사람' 등의 이미지가 덧입혀질 때이다. 따라서 인간인 이상 '타인 의존적 성향'은 누구나 탑재하고 있다 봐도 무방하다. 다만, 그 정도가 '지나친가', '그렇지 않은가'로 나누어질 뿐. 그렇다면 어떻게 이러한 타인 의존적 성향을 '간절함의 지속'에 어떻게 활용할 수 있을까? 바로 주변인들에게 자신이 성취하고자 하는 일에 대해 미리 '선언'을 해 두는 것이다. 예를 들면

'나는 1년 안에 __을 해낼 것입니다.'

'3개월이 지나면 나는 반드시 __하게 변할 것입니다'

'6개월 동안 회사를 __하게 변화시킬 것입니다' 라는 식으로 말이다.

간단하지 않은가? *이는 금연을 원하는 이들이 많이 활용하는 방법이기도 하다.*

주변인들에게 자신의 다짐을 선언함으로써, 지키지 않으면(=다짐에 비해 결과가 형편없으면) 자칫 '말만 앞서는 사람'으로 불릴지도 모른다는 불안 적 요소를 심어 스스로를 밀어붙이는 형식. 하지만 이 방법에는

단점이 존재한다. 예를 들어 '나는 3개월 만에 반드시 뛰어난 _의 실적을 올릴 것이야!' 라고 선언했건만 3개월 후의 결과가 예상보다 좋지 못할 경우, 둘러댈 핑계 거리를 만들어 낼 수 있다. 치명적 단점이 아닐 수 없다.

행여 잘 둘러대어 주위 사람들을 납득시켰다 하더라도 자신을 속일 순 없지 않겠는가? 당사자의 마음속에는 '지키지도 못할 말을 던지고 핑계나 대는 자신에 대한 자괴감' 이 싹 틀 것이다. 스스로에 대한 신뢰도는 점점 하락할 것이며 자존감 역시 하락 할 수 있다. 따라서 이 전략의 단점을 최소화하기 위한 주의 사항들을 소개하고자 한다.

1. 기간을 너무 타이트(tight)하게 잡지 말 것.

본래 자신이 본래 설정한 기간보다 좀 더 길게 선언하는 것도 하나의 방법이다.

2. 지나치게 구체적으로 선언하지 말 것.

구체적으로 다짐을 언급할 시, 계획 진행 중 생길 수 있는 '방향 수정' 에 방해가 될 수 있다.

'막상 시작해보니 다짐과는 조금 다른 방향으로 가야 할 것 같은데, 주변 사람들한테 말해놓은 게 있으니 이거 원....'

3. 지나치게 많은 타인들에게 선언하지 말 것.

이는 추후 좋지 않은 결과를 맞이할 시 받게 되는 자괴감을 더욱더 증폭시킬 수 있다. 어디까지나 자신이 감당할 수 있는 인원 +5 ~ +10 정도가 좋다.

4. 중간 중간의 진행 상황을 알리지 말 것.

말했다시피 여러분의 다짐은 방향이 바뀌어 진행될 수도 있다. 이럴 경우 진행 상황의 보고는 상대로 하여금 '수시로 말을 바꾸는 녀석'으로 비칠 수 있으므로 다짐만 선언하면 된다.

5. 친분이 깊지 않은 사람들에게 선언 할 것.

가족, 친구, 친한 지인들과 여러분은 이미 깊은 유대감을 가지고 있다. 이는 자신이 선언한 바를 지키지 않았을 시 얻게 되는 '평가'에 따른 불안이 다른 사람들에 비해 비교적 크지 않다는 것을 의미한다. 따라서 깊은 친분관계에 있지 않은 이들에게 선언하길 권한다.

6. 결과가 좋지 못할 경우 핑계가 아닌 솔직함을 택하라.

아무리 그럴싸한 핑계를 내놓는다 하더라도 혹은 상대(들)가 그 핑계를 실제로 믿었다 하더라도 그에 따른 자괴감은 결국 여러분의 몫으로 남는다. 차라리 자신의 실패를 솔직히 인정하는 편이 더 낫다.

이 주의 사항들을 참고하여 본 전략을 효율적으로 사용한다면 여러분의 간절함은 더욱 커지게 되어 성취하고자 하는 바를 이루는데 매우 큰 원동력으로 작용 할 것이다.

물론, 간절함을 증가시키는 방법은 이 외에도 여러 가지가 존재한다.

작게는 금연, 다이어트에서부터 크게는 인간관계, 성공에 이르기까지 어떠한 일이 되었건 꼭 성취되기를 바라는 바이다. 그리고 성취감의 카타르시스를 느껴보길.

08

'이기주의자' 에게는 이렇게 대하라.

엄밀히│말하자면 인간은 누구나 이기적이다. 단지 그 정도의 차이에 따라 '이기주의자' 혹은 '이타주의자' 로 불릴 뿐이다. 자, 그럼 '이기주의' 의 본질을 파헤쳐보자.

이기주의는 크게 사회적 통념상의 이기주의와, 개인적 기준의 이기주의로 나눌 수 있다.

사회적 통념상의 이기주의: 사회가 정한 룰(rule)을 어기고 이를 악용하여 교묘히 자신의 목적에 부합되는 행위를 하는 이기적 행동.

ex〉 주차금지 구역에 주차를 하는 경우, 몰래 새치기를 하는 경우, 금연구역에서 담배를 피우는 경우 등등.

개인적 기준의 이기주의: 상호 간의 암묵적인 룰을 악용하여 자신만의 이득을 취하는 이기적 행동.

ex〉 약속시간에 늦은 핑계를 대는 경우, 돈을 빌린 후 이리저리 둘러대며 갚지 않는 경우, (연인 간) 바람을 피운 경우 등등.

필자는 이번 챕터를 통해 개인적 기준의 이기주의, 즉 주변에서 흔히 볼 수 있는 '이기적 행위'와 그에 따른 대처 방법에 대해 이야기해 보고자 한다.

인간관계에 있어 제일 기본적이고 중요한 것은 무엇일까? 그렇다. '상대를 배려하는 마음'이다.

상대를 배려하지 않는 '독불장군' 형(形) 사고방식은 인간관계를 망치는 바이러스와도 같다. 상대를 배려하지 않는 사고방식? 바로 '이기주의'다. 예시를 보자.

예시 1〉

A: 아... 요즘 이래저래 사정이 여의치 못 해서 너무 힘들어....

B: 그래?...힘내...

A: 고마워.

B: 그나저나 나 얼마 전에 클럽에 갔다 왔는데 글쎄, 거기서~~

B가 진정 A의 마음을 헤아렸다면 (= A의 기분을 조금이라도 공감했다면) 이

렇게 얘기하지 않았을 것이다. 결코.

예시 2〉

A: 요즘 기분이 이래저래 왔다 갔다 하네. 어쩔 때는 기분이 좋았다가
   도 어쩔 때는 나쁘고..

B: 진짜??

A: 응, 그래서 그런지 의욕도 없고.

B: 난 살면서 단 한 번도 그렇게 기분이 오락가락한 적 없었는데~너가
   좀 이상한 거 아니야?

A:.....

이는 심각한 '공감 불능자' 수준이라 할 수 있다. 상대의 기분이나
상태는 안중에도 없이 자기만 괜찮으면 '만사 OK' 라는 사고방식과
'나는 그런 너를 이해 못한다.' 는 비(非)공감적 사고방식이 섞여있다.

예시 3〉

A: 아.. 아무리 해봐도 잘 안되네요..

B: 지금 일한 지가 얼마나 되었는데 왜 아직도 그걸 못해요?

A: 죄송합니다.

B: 일이 하기 싫은 건지 일부러 노력을 안 하는 건지 이거 원!

이 경우는 호불호가 갈릴 수 있는 상황이지만 필자는 이러한 경우 역시도 과감히 '이기적' 범주에 넣는다. 왜? 이렇게 쉬운 것 하나도 못하냐는 '말' 속에는 '당신을 결코 이해할 수 없다' 라는 비(非)배려 적 사고가 들어가 있기 때문이다.

예시처럼 (상대에 대한 배려가 결여된) 이기주의란,
1. 상대의 생각 혹은 행동을 오직 자신의 기준에서만 평가할 때
2. 상대를 이해하고자 하는 일말의 시도조차 없을 때
주로 나타난다.

이러한 행동을 반복적으로 일삼는 이들에겐 '이기주의자' 라는 칭호가 너무 잘 어울린다. 그렇지 않은가? 결국 이기주의는 상대에 대한 배려가 없는 상태 혹은 부족한 상태에서 그 빛을 발한다.

*말이 나온 김에 배려의 사전적 뜻을 보자.
배려: 여러 가지로 마음을 써서 보살피고 도와줌
여기서의 '여러 가지로 마음을 쓴다.' 는 '양보' 의 의미를 내포하고 있다. 양보? 약간의 손해를 감수하더라도 타인의 입장을 위해 한걸음 뒤로 물러나는 것을 뜻한다. 즉, '배려' 란 타인의 입장/상태/기분 등을 이해하여 한걸음 양보하는 행동이라 할 수 있다.*

각박해진 세상... 경쟁에서 살아남지 못하면 나락으로 떨어지는 사회.... 우리는 '배려' 보단 '이해득실' 이 삶의 기준이 된 시대를 살아가고 있다. 그나마 불행 중 다행인 것은 아무리 격변하고 꼬인 사회라 해도 '인간' 이 '인간' 다울 수 있는 특권(特權)은 사라지지 않았다는 사실이다.

　　아무런 대가 없이 묵묵히 봉사하는 이들이 박수를 받고, 타인을 위해 희생을 감수하는 이들이 칭송을 받는 것이 그 증거이지 않겠는가? 그럼에도 불구하고, 주변을 더럽게 물들이는 '이기주의자' 들은 여전히 우리 주위를 서성인다. 그렇다면 우리는 그들을 어떻게 대해야겠는가?

　　결론부터 말하겠다. '배려하는 마음이라곤 눈곱만큼도 없는 이기주의자' 에 대한 태도는 결코 평화적이어서는 안 된다. 그들이 자신의 이기적 심성을 지속적으로 드러내는 이유가 무엇이던가? '그렇게 행동해도 괜찮으니까' 라는 인식이 있기 때문 아니던가? 따라서 그들의 썩어빠진 인식이 전환될 수 있도록 우리의 대처 방법 또한 이전과 달라야한다. 쉽게 말해 그들의 태도를 아무렇지도 않게 받아주기만 해서는 안 된다는 얘기다.

　　이에 쉬운 대처방법 하나를 소개하고자 한다. 너무나 간단하기에 '뭐야 이게?' 라는 생각이 들 정도의 방법이다. 바로, '상대하지 않는 것'. 이기적 행동은 자기 자신의 이익에만 부합되므로 상대에게(=우리에게) 피해를 입히는 경우가 대부분이다. 또한, 맞서 싸운다 하더라도 그들은 잘 바뀌지 않는다. 많은 이들이 이기적인 상대와 다투며 그들의 잘못을 직접적으로 꼬집곤 하는데 본인의 감정만 상할 뿐, 결코 좋은 방법이 될 수 없다. 그러므로 상대하지 않는 것이 상책이다.

그가 자주 마주쳐야 할 직장 동료 · 선배 · 후배 · 상사 인가?
업무적인 일 외에 그와 깊은 개인적 친분을 쌓는 상황을 만들지 말 것.

그가 정기적으로 만나는 친구 · 지인 중 한 명인가?
더 이상 깊은 친분을 쌓는 일은 되도록 지양할 것.

그와 비즈니스적인 관계를 맺고 있기에 피할 수만은 없는 상황인가?
비즈니스적 관계 이외의 그 어떠한 관계 맺음도 피할 것.
단, 대놓고 피한다는 인상을 주면 자칫 비즈니스에 영향이 미칠 수 있으니 박자에만 맞춰간다는 기분으로 (=맞장구만 쳐준다는 느낌으로) 대하길 바란다.

그들의 이기적 행동은 굳이 여러분이 아니더라도 언젠가 다른 타인들로 하여금 지탄을 받게 될 것이다. 그때 회심의 미소를 짓는 것도 괜찮지 않을까?

그들이 두려워 피하는 것이 아니다. 상대할 가치가 없기에 상대를 하지 않는 것일 뿐이다. 그들은 얼마든지 자신의 '이기적 본성'을 활용, 여러분을 이용할 준비가 되어있다. 가까이하고 싶은가? 아마도 그들은 언젠가 느끼고 깨달을 것이다. 자신의 과오를.

아마 그때는 수많은 타인들로부터 지탄을 받거나 사회적 무리를 일으킬 때가 아닐까 싶다.

적어도 그때까진 여러분이 그들의 희생양이 되는 일이 없어야지 않겠는가?

이쯤에서 노파심에 한마디

상대를 섣불리 '이기주의자' 라고 판단하는 일은 없길 바란다. 서두에서도 말했다시피 인간은 누구나 이기적인 습성이 있기 때문이다. 상대의 '이기적 행동' 이 여러분의 기분을 처참히 뭉개버릴 정도로 반복되거나 누가 보아도 '이기적인 행동' 이라는 것이 확실 시 될 경우에만 대처를 하기 바란다.

※ 가족 구성원 중 한명이 심각한 '이기주의자' 일 경우 (그 특수성으로 인해) '상대하지 않는 것' 은 오히려 독이 될 수 있다. 이러한 경우는 '상대를 위하는 마음이 듬뿍 담긴 진솔한 대화' 를 통해 합의점을 찾아나

가는 방법을 택하기 바란다. [이는 가족이라는 공동체가 가지고 있는 특수성 때문에 가능한 방법이다. 일반적인 상황에서 이 방법을 택하는 오류를 범하지 말길.] ※

맺음말

이성적 능력을 키워가는 것이야말로 인간다운
삶이라 할 수 있지 않겠는가?

'인간다움'이란 우리네 인간의 밝은 면, 어두운 면을 모두 인정하
고 그에 맞는 최적의 (이성적)조율을 통해 비로소 빛을 발한다. 우리의
본성을 인정하고 그것을 컨트롤할 수 있는 이성적 능력을 키워가는 것
이야말로 인간다운 삶이라 할 수 있지 않겠는가?

그러한 삶에 있어 본 책이 큰 도움이 되길 간절히 바라는 마음이다.
또한 지금 이 책을 읽은 여러분이 바로 그러한 삶을 영위할 수 있는 사
람이었으면 하는 바람이다. 긴 내용임에도 끈기 있게 완독한 여러분에
게 감사의 인사와 큰 박수를 보낸다. 그럼, 앞으로 펼쳐질 여러분의 활
기차고 밝은 미래에 진심으로 건투를 빌며 글을 마친다.

2017년의 어느 날.

저자 권채민